東京二十三区女

長江俊和

幻冬舎文庫

目次

東京二十三区 006
板橋区の女 009
渋谷区の女 073
港区の女 155
江東区の女 215
品川区の女 295
解説 千街晶之 367

東京二十三区女

東京二十三区

東京都は現在、二十三区と二十六の市、五つの町と八つの村で構成されている。二十三区は、二十三の特別区から構成される地域である。

東京二十三区の成り立ちは、明治元年に遡る。徳川幕府が滅び、江戸城が新政府軍に明け渡され、江戸は東京府と改称された。新政府は、東京府の範囲を定めるために、江戸時代後期に作成された「朱引《しゅびき》」を参考にすることにした。「朱引」とは、寺社奉行の管轄範囲を、地図上に朱線で囲んだものである。幕府は「朱引」によって江戸市域と、それ以外の地域との境界線を決めていたのだ。明治政府はこれを元に、新たに「朱引」を作成し、東京府の領域を定めた。その時の東京府の範囲は、現在のJR山手線の内側に、江東区と墨田区を加えたものであった。

その後、東京府は拡大し続け、明治十一年には、東京府十五区が制定される。その内訳は、麴町区、神田区、日本橋区、京橋区、芝区、麻布区、赤坂区、四谷区、牛込区、小石川区、本郷区、下谷区、浅草区、本所区、深川区であった。

明治二十二年には、東京十五区は、東京市となる。

昭和七年、東京市は近隣の郡町村を編入し、新たに品川区、目黒区、荏原区、大森区、蒲田区、世田谷区、渋谷区、淀橋区、中野区、杉並区、豊島区、滝野川区、荒川区、王子区、板橋区、足立区、向島区、城東区、葛飾区、江戸川区の二十区が追加された。それまでの十五区と併せて、東京市は三十五区となり、その範囲はほぼ、現在の東京二十三区に相当する。

昭和十八年、第二次世界大戦が激化する最中、東京市と東京府が合併し東京都となった。合併したのは、帝都の行政機能を強化することとされたが、それは表向きの理由である。本来の目的は、戦争を遂行しようとする政府や軍部に反対していた、東京市の自治権を奪うことだったという。こうして東京市は合併により消滅し、東京都が誕生した。

昭和二十二年三月、戦後復興の中、三十五区は二十二区に整理統合される。統合された理由は、戦災によって各区の人口に差異が生じ、復興に支障があると考えられたからだ。この時、統合により誕生した区は、以下の通りである。

千代田区（麴町区と神田区）、中央区（日本橋区と京橋区）、港区（芝区と麻布区、赤坂区）、新宿区（四谷区と牛込区、淀橋区）、文京区（小石川区と本郷区）、台東区（浅

草区と下谷区）、墨田区（本所区と向島区）、江東区（深川区と城東区）、品川区（品川区と荏原区）、大田区（大森区と蒲田区）、北区（王子区と滝野川区）。目黒区、世田谷区、渋谷区、中野区、杉並区、豊島区、荒川区、板橋区、足立区、葛飾区、江戸川区は統合されていない。

同年八月、板橋区から練馬区が分離して、現在の東京二十三区となった。

板橋区の女

板橋区

東京都の北西部、荒川を挟んだ埼玉県との県境に位置する。

北部には東洋一のマンモス団地と言われた高島平団地を中心に、広大な住宅街が形成されている。人口は五十六万人と二十三区で七番目に多く、東京のベッドタウンとしての側面が強い。

江戸時代は、中山道の宿場「板橋宿」が置かれ、江戸の出入り口として繁栄した。

鬼

薄汚れた、裸足のか弱き足――

どぶ板の上を駆け抜けて行く。ただただ、一心不乱に薫《かおる》は走る。

齢《よわい》まだ五歳の薫。眼前に広がる漆黒の暗闇に身がすくんだ。どぶ川から強烈な異臭が漂ってくる。通りに建ち並ぶ、ぼろぼろの長屋や木賃宿《きちんやど》。中にはひどく傾き、今にも崩れ落ちそうな建家もある。

いつも見慣れている集落の風景は、夜の帳《とばり》に包まれている。だが今は、闇に怯《おび》えている場合ではない。

逃げなければならない。

逃げなければ、殺される。

ついさっきのことだ。

薫は、鬼を見た。

鬼だ。

小便がしたくて目が覚めた。長屋の四畳半。すえた臭《にお》いのするしみだらけの煎餅《せんべい》布団に、薫の五人の兄弟たちが折り重なって眠っている。用を足すには、雪隠《せっちん》（共同便所）まで出て行かなければならない。冬の初め、外は暗く寒い。家から出るのは気が重かったが、寝小便をすると、父と母から竹の棒でこっぴどく尻を叩かれる。これが、涙が出るほど痛い。とっととすましてしまおう。土間に下りて、建てつけの悪い板戸をこじ開けた。尿意をこらえて表に出る。

月が出ていた。思ったほど暗くはない。だが、吹く風は肌を突き刺すように冷たかった。外に出た途端、尿意がさらに込み上げてくる。思わず下腹部を押さえた。このままでは、雪隠がある路地までは保《も》ちそうもない。薫はとっさに玄関先の側溝にまたがり、ぼろ切れのような着物のすそをはだけた。臭いどぶ水の中に、勢いよく温かい液体が迸《ほとばし》る。薫は、ほっと安堵《あんど》のため息をつく。

その時だった。薫の耳を、今まで聞いたことのない声が劈《つんざ》いたのは。長屋の裏手の方から、断続的に聞こえてくる。甲高く、鳥や獣が鳴いているような声。動物だとしたら、今までこんな鳴き声は聞いたことはない。でも、どこかで聞いたような気もする。

一体なんだろう。しばらく耳を傾けていると、その奇妙な声はやがて途絶えた。あたりにはまた、夜の静寂が戻ってくる。薫は着物のすそを下ろすと、恐る恐る鳴き声がした方へと向かう。

足音を忍ばせて、長屋の裏側に回り込んだ。おんぼろな家屋が連なっている長屋の裏には、狭い空き地がある。奇妙な鳴き声は、そこから聞こえてきた。月明かりの下、薫は物干し竿をかける柱の陰に立ち、声がする方向に目をやった。

空き地の隅に誰かいる。さらに目を凝らした。薫の父と母のようだ。父は、せっせと土を掘っている。声をかけようとしたが、すぐに思いとどまった。夜中にこんな場所にいることが見つかると、叩かれるに決まっている。それに二人の様子が、何やら尋常ではなかった。

毛むくじゃらの手に鍬《くわ》を握りしめ、薫の父は懸命に土を掘り返していた。母はその傍らで、さらしを巻いた何かを両手に抱えて佇《たたず》んで見ている。

こんな時間に何をしているのだろう。薫は物干しの陰に身を潜め、二人の様子を覗き込んだ。

しばらくすると、父が動きを止めた。はあはあと息を切らしている。地面には、畳半分ほどの大きさの穴が掘られていた。首に巻いた手ぬぐいで汗を拭い、父は母に目配せする。母は小さく頷くと、さらしを外して、穴の前に屈《かが》み込んだ。さらしの中味は、赤ん坊だった。赤ん坊は服を着ておらず、目を閉じてぐったりとしている。

福男である。もうすぐ一歳になる薫の弟だ。弟と言っても、一ヶ月ほど前に父が連れてきたもらい子なのだが。

五人兄姉の末っ子だった薫にとって、福男は初めての弟だった。薫は福男のことが可愛くてたまらず、まだよちよち歩きすらできない弟の世話を熱心に焼いた。そう言えば、さっき部屋を出た時、福男の姿を見なかった。いつもは自分の横に寝ているのだ。てっきり、寝相の悪い兄姉たちの中に埋もれていると思っていた。

物干しに寄り添い、薫は考えた。どうして父と母は福男をここに連れてきたのだろう。それも、こんな真夜中に……。そしてこの後、とんでもない光景を薫は見てしまった。

母は穴の中に、福男の身体を沈めたのだ。

薫は我が目を疑った。もしかしたら、まだ夢を見ているのか。頬をつねってみたが……。夢ではない。現実だ。

穴の中に入った福男は、人形のように動かない。土の中は、さぞや冷たいだろう。でも眼を覚ます気配はない。普段なら顔を真っ赤にして、火がついたように泣き出すのに。

すると、父は持っていた鍬で、穴の中の福男に土をかけ始めたのだ。父だけではない。母も両手で地面の土をすくって、穴に被せ始めた。一心不乱に、福男に土を被せる父と母。手や顔に、泥がかかるのも厭おうともしない。薫は恐ろしくて、物干しを握りしめたまま、動くことすらできなかった。

その時である。また聞こえてきたのだ。あの声が……。

鳥か獣のような奇妙な鳴き声——

それは、穴の方から聞こえていた。たった今、福男が埋められた穴だ。

そうか。そうだったのか。あの声は、福男の悲鳴だったのだ。父と母に殺されようとしている弟の苦悶の叫び……。そして今も、彼は土の中から必死に叫んでいる。生きたい、生きたいと。

福男の命はまだ途絶えてはいない。私の大切な弟。どんなに泣きじゃくっていても、薫が抱くと途端に泣きやみ、愛くるしい笑顔を向けてくる。薫が、父や兄から折檻を受けていても、晩飯がもらえずどんなにひもじくても、福男の顔を見たら心が和んだ。この世に生をうけて、まだそれほど月日がたっていない私の弟……。

福男の身体が、土の中に埋没して見えなくなった。それでもまだ、地中からの叫びは、途絶えることはなかった。父と母は、土をかけるのをやめようとはしない。弟の声など聞こえないように、二人はただひたすら穴を埋め続けている。

今ならまだ、間に合うかもしれない。早く、助けてあげないと……。お願いすれば、分かってくれるはずだ。福男はまだ生きてます。土の中から、出してあげて下さい。お願いします。お願いします。必死に頼めば、父と母だって……。また叩かれるかもしれない。殴られるかもしれない。でも、福男は土の中から悲鳴を上げている。私に助けて欲しい。そう言っている。

勇気を振り絞って、足を踏み出そうとしたその時——。薫は地獄を見た。

二人は穴のあった土の上に乗ると、足踏みを始めた。死に物狂いで、福男が埋まっている土を踏み固めている。助けて欲しいと、悲鳴を上げているのに……。もう二度と福男がこの世に甦《よみがえ》ることのないように、満身の力を込めて……。その時の二人の顔は、もはや人間ではなかった。

鬼だ。

父や母じゃない。人間の皮を被った、二匹の鬼だ。

薫は恐ろしくて、恐ろしくて、それ以上前に進むことはできなかった。二匹の鬼は、まるで何かに取り憑《つ》かれたように、土を踏み続けている。もう土の中から、福男の声は聞こえてこない。

救うことができなかった……。

そのことを悟ると、途端に力が抜けた。薫はその場に崩れ落ちる。物音に気がつき、二匹の鬼は、恐ろしい形相を向けた。

「何してるんだ、薫」

父の皮を被った鬼が言う。

「見たのか」

じりじりとにじり寄って来る。もう一匹の鬼も迫って来た。

私も、鬼にとり殺される。

福男のように……。

思わず、薫は駆け出した。


鬼が迫って来る。

薫は逃げた。必死で逃げた。長屋を飛び出して、曲がりくねった小路を走る。あたりは夜に包まれていたが、普段遊び慣れた場所である。迷うことなく、すぐに広い通りに出ることができた。

集落の中心にある、真っ直ぐな道。誰も歩いていない。こんな真夜中に、この通りに来たのは初めてだった。昔この道は、お殿様や大名行列が練り歩き、大層賑やかだったそうだ。

しかし、今は全くその面影はない。あるのは、壊れそうなボロ家と、軒の低い障子の煤《すす》けた木賃宿。そして吐きそうになる臭いがするどぶ川だけだ。その時薫は思った。一刻も早く、この集落から逃げ出そう。こんな恐ろしい場所にいると自分も殺されてしまう。

なだらかな坂を駆け下りると、苦しくなって立ち止まった。両手を膝について、ぜえぜえと呼吸を整える。後ろを振り返る。追っ手の姿は見えない。

そこはちょうど、榎《えのき》様の真ん前だった。通りの一画に立つ榎の木。その傍らには、小さな祠《ほこら》が祀ってある。古くからの不思議な言い伝えのある榎様だった。お願いすると、嫌いな人や別れたい人と縁が切れるそうだ。

薫は祈ることにした。弟を殺した鬼たちから、守ってくれますように……。こんな恐ろしい集落と、一生縁が切れますように……と。

両手を重ね合わそうとしたその時、遠くから怒号がした。二匹の鬼が、迫って来る。凄まじい形相を浮かべて……。

早く逃げなければ――

薫の足は反射的に、榎様の前から飛び出ていた。走りざまに、ちらりと横目で榎様を見る。私の願いは届いたのだろうか。

そう思い、薫は深い闇の中にその身を投じた。

板橋

目映《まばゆ》い陽の光が、車内に差し込んできた。

都営地下鉄三田線――

さっきまで地下を走っていた電車は外に出て、高架線路を上って行く。視界に、地上の景色が広がってくる。つり革を握ったまま、原田璃々子《はらだりりこ》は窓の外を覗き見た。板橋区北部。ありふれた都心郊外の住宅街の風景である。この先の荒川の向こうは埼玉県だ。電車はしばらく地上を走り続けると、高島平《たかしまだいら》駅に到着した。

ホームから階段を下りて、一階の自動改札から駅を出る。朝のラッシュタイムはもう終わっているので、駅の構内はさほど混雑はしていない。車内は冷房が効いていたが、外に出るとさすがに暑い。璃々子は半袖、濃紺のチュニックブラウスにパンツスタイル、黒いトートバッグを肩にかけ、二十代の女性としては、地味なスタイルである。歩く度に一つに束ねた長い黒髪が揺れる。

駅の外に出て、コンコースの方へと進んで行く。空は晴れ渡っていて、真夏の太陽が照りつけている。コンコースから南側の歩道橋を上ると、何棟にも連なる巨大な団地群が見えてきた。中には大きな公園や病院、大型スーパーや商店が連なるショッピングモールもある。

璃々子は、団地の方に向かって歩を進めた。

施設は充実しているのだが、活気は感じられなかった。道行く人は年配の方がほとんどである。団地の住民が高齢化していると聞くが、確かに老人が多い。若い主婦の姿もちらほら見かけたが、どことなく覇気がない。それに皆、イマイチ垢抜けておらず、もっさりとしていた。このあたり、「ほぼ埼玉」と言われるのも、大いに頷ける。まあ璃々子も、人のファッションをとやかく言える方ではないが。

歩道橋の上で立ち止まった。トートバッグからデジタルカメラを取り出し、団地の風景を撮影する。後ろからついて来ていた長身の男性が、璃々子に声をかけた。

「高島平団地。総戸数一万戸以上のマンモス団地として知られている」

眉間に皺を寄せ、険しい表情を浮かべている。璃々子の先輩である。

「深刻な住宅不足が社会問題となっていた昭和四十七年に入居が開始され、都心に近いという立地から入居者が殺到した」

先輩の名前は、島野仁《しまのひとし》。某私立大学の民俗学の講師だった。今は訳あって、大学には勤務していない。島野はヒョロリとして背が高く、見ようによってはイケメンの部類に入るかもしれない。だが残念なことに、女性にモテたという話は、一切聞いたことがない。璃々子の大学時代も、先輩のことが気になるという女子は皆無であった。

「二十三区で最大の収穫量を誇っていた徳丸ケ原と言われたこの大稲作地帯に、一大コミュニティーが形成された。小学校や中学校などの教育機関や、役所や警察などの公的機関が整備され、団地の人口はピーク時には三万人にも達したという」

「やっぱり詳しいですね、先輩。ネットで検索するより速い。助かります」

「人をグーグルやヤフーみたいに思ってるだろ」

「いえ、グーグルやヤフーよりも役に立ちます」

苦虫を嚙みつぶしたような顔をしているが、璃々子は先輩の口の端が、わずかに緩んでいることを見逃さなかった。内心まんざらでもないようである。先輩の操縦法は、さほど難しいものではない。

「まあいい。でも、そんな基本的なことも調べてこないで、板橋区の記事を書こうとするとは呆れたもんだな」

「だから言ったじゃないですか。まだ記事を書くとか、そんな段階じゃないって。これから企画書を書くんですから」

そう言うと彼女は、団地に向かって歩き出した。

璃々子は、雑誌のフリーライターである。東京二十三区のルポルタージュ企画を作り雑誌社に売り込みたいと、まず手始めにこの板橋区にやって来た。

いや、実はそれもあくまでも名目で、ここにやって来た目的は全然違うのだが……。

歩道橋を下りて、団地の敷地内に入った。駅正面の棟の地上部分が、アーケード街になっている。まだ午前中ということもあって、住民の姿はまばらだ。開店の準備をしている大型スーパーの脇を抜けて、アーケードに入る。昭和の香りがする、飲食店や書店、理髪店などが軒を連ねている。もっとも、璃々子は平成生まれで、昭和のことはあまりよく知らないが。

こういった商店街は、団地の敷地内にほかにもあるらしい。団地というより、一つの街のようだ。アーケードを抜けると、一気に視界が開けた。コンクリートで整地された広場を中心に、何棟もの巨大な住居棟がそびえ立っている。緑に囲まれた広場では、団地の住民たちが憩いの一時《ひととき》を過ごしていた。まるで高度成長期の遺跡のような空間。高層団地の住居群に向かって、璃々子は歩を進める。

「それで」

背後を歩いている先輩が、口を開いた。

「何でこの団地に来た」

いつもこんな感じで、彼は璃々子に偉そうにしてくる。先輩は糊のきいた襟なしの縦縞シャツに、タックの入ったスラックスと、普段から割とかっちりした服を着ている。髪の毛もさらっとして色艶が良く、肌も白い。見た目はそれほど悪くないので、本当にもったいない。

「だから板橋区の記事を書くためです」

「団地なんかに来て、どんな記事にするつもりだ」

「それは……今考えているところです」

「きちんと理由を教えてもらえないと、協力する気にはなれないな。僕だってそんなにヒマじゃないんだから」

本当はヒマなくせに、すぐ先輩は見栄をはる。

「どうせ、また……お化けとか幽霊とか、それ系の企画なんだろ」

「違いますよ」

「そっち系の話だったら、お断りだから」

「だから違いますって」

団地の中を歩く。要塞のような住居棟が建ち並んでいる。一棟の階数は十四階で、全て番号が割り振られている。団地内は掃除が行き届いており、割と清潔な感じがするが、コンクリートの白い外壁には、うっすらと黒い汚れがにじみ出ていた。経年劣化の跡は、隠しきれないようだ。

「高島平団地……かつて、自殺の名所と呼ばれた場所だ。やっぱり、そういうことか。ここに来た目的は、この団地を怪しげなオカルト記事のネタにしようとか、そういったところじゃないのか。どうだ、図星だろ」

先輩の推理は、中《あた》らずといえども遠からず、といったところである。確かに、自殺者が多発するという噂があるので、この団地にやって来た。場合によっては、記事にするかもしれない。しかしそれが、ここを訪れた本来の目的ではない。

「もしそうだとしたら、はっきり言って見当違いだな」

その言葉に、思わず立ち止まる。振り返り、先輩の方を見る。

「どういうことですか」

「かつて、この団地で飛び降り自殺が相次いだことは、本当のことだ。昭和五十二年に、親子三人が投身自殺したことがきっかけとなり、団地内で自殺が相次ぐようになった。昭和五十五年には自殺者数は百三十三人に達し、その年の一月から七月までの間だけでも十九人もの人間がこの場所で命を絶ち、社会問題にまで発展した」

「ですよね。だから、やっぱりここは自殺の名所なんじゃ……」

「最後まで聞け。一体なぜ、この場所で飛び降り自殺が相次いだのか？　それは当時の深刻な住宅事情と無関係ではなかった。高度経済成長期、人口の増加に伴い四百二十万戸と言われた住宅不足を解消するために高島平団地は登場した。画期的だったのが、住宅の高層化だった。上へ上へと建物を高くしていけば、スペースが稼げ、狭い土地を有効利用できる。住宅の高層化によって多くの入居者を収容することが可能となり、緑溢れる快適な住環境が生まれたという訳だ。でも、その一方で、思わぬ弊害も生じた」

「思わぬ弊害？」

「団地の屋上や踊り場から、身投げする者が相次いだんだ。当時はまだまだ高層建造物が珍しく、投身自殺にはうってつけの場所だったんだろう。世をはかなんだ自殺志願者たちも次々とこの団地を訪れ、自らその命を絶った。自殺者の半数以上は、この団地の住民ではなく、他の地域から来た人だったらしい。人間とは、かくもおかしきものだ。快適な住環境を作るために、どんどんと高くした高層住宅を、投身自殺に利用し始めたのだからね」

　先輩は一歩前に出ると、団地の景色を見渡した。

「それと建物の高層化によって、日照時間の問題が生じたことも、自殺が多発した要因の一つだと言われている。このように巨大な建物に囲まれると、太陽は遮《さえぎ》られ、日中は必ずどこかに大きな影が生じることになる。そのことも、自殺志願者たちの精神状態に大きく作用した。日照時間が短いと自殺率が高くなる。昨今の研究やデータでそのことは立証されているからね」

緑溢れる、高層団地の風景——

しかし、何か奇妙な違和感がある。番号が割り振られた住居棟。幾何学的に並べられた無数のベランダ。周囲を取り囲む、要塞のような建造物。確かに快適な住環境なのだろうが、どこか人間性が失われた無機質な印象がする。

「事態を重く見た団地側は、対策を講じた。昭和五十六年、屋上や三階以上の外階段全てに、飛び降り防止用の鉄製のフェンスを取りつけたんだ」

確かに住居棟の屋上には、一様に背の高いフェンスが設置されていた。ほかの棟の屋上も同じだ。外階段にも全部、鉄格子が嵌《は》められている。

「その対策が功を奏した。以降、この団地で身投げする者はほとんどいなくなり、自殺者の数も激減したというんだ。もう三十年以上前の話だ。今でも状況は変わっていない。自殺の報告は滅多にないという。だから、この団地を〝自殺の名所〟として取り上げるのは、時代遅れで不適切だと思う」

「なるほど……」

そう言うと璃々子は、ゆっくりと一歩前に出た。全身の感覚を研ぎ澄まし、団地の景色を凝視する。

住民たちのざわめく声。児童公園ではしゃぐ子供。風の音——

ありふれた日常の風景である。取りたてて、異常は感じられない。璃々子は先輩の方を振り返ると、こう告げた。

「確かにそうですね。先輩の言う通り。ここは私が探している場所ではないようです」

その言葉を聞いて、先輩は大きくため息をついた。

「やっぱりそうなのか。君はオカルトまがいの記事を書こうとしているのだな」

璃々子はその問いかけには答えず、トートバッグからデジタルカメラを取り出す。資料用に団地の風景を、数カット撮影する。

高島平駅に戻り、先ほどとは反対方向の目黒行きの地下鉄に乗った。電車の中は冷房が効いていて心地よい。七駅先の板橋区役所前駅で下車する。

駅の階段を上り地上に出ると、巨大な高架道路が目に入ってきた。国道の真上を、首都高速の道路が走っている。背後からついて来ていた先輩が、声をかけてきた。

「この首都高速の高架下を走る国道十七号が、いわゆる中山道。でも、江戸時代に栄えていた中山道の旧道は、この一本東の脇の道にある」

璃々子は地図を取り出して、現在地を確認する。近代的な高速道路や高層マンションがそびえ立つ国道を背にして、裏通りの道に進んで行く。

しばらく歩くと、国道と並行している、古い商店街にさしかかった。正午を過ぎたばかりで、商店街は多くの人で賑わっている。後ろを歩いていた先輩が言う。

「これが中山道の旧道。江戸時代、宿場町として栄えた通りだ」

商店街に入り、北に向かって進む。京都に向かう方角である。

昔ながらの風情を残している商店街だった。古い店構えの酒屋や米屋、レトロな喫茶店や自転車屋などが軒を連ねている。そんな昭和の趣が残る商店の間から、近代的な首都高速の高架道路が覗いていた。過去と現代が入り混じった、東京の下町らしいアンバランスな光景である。板橋宿は、中山道の最初の宿場だ。この道が、京都までの百三十里（五百二十キロメートル）の始まりだったと思うと、ちょっと感慨深い。

中山道の旧道だった商店街を、北へ向かって進んで行く。買い物客を中心に、多くの通行人が行き交っている。ママチャリに乗った主婦やひげ面の作業員、腰の曲がった老婆。はっきり言って、裕福そうな人は見当たらない。典型的な東京下町の風景。しばらく歩くと、買い物客の姿は、徐々に減り始めた。

さらに北へ進む。正面に小ぢんまりした橋が見えてきた。橋の下には、小さな川が流れている。橋の欄干は茶色に塗られ、筆文字で『板橋』と記されていた。

「この川が石神井川《しゃくじい》。そしてその上に架けられた橋が『板橋』だ」

「知っています。この橋が、板橋の地名の由来となった橋ですよね」

璃々子は、思わず橋の手前で立ち止まった。板橋の地名の由来になった橋があるとは聞いていたが、見たことはなかった。実際の『板橋』を目の当たりにして、ちょっと拍子抜けした。板橋区の地名の由来となったにしては、規模が小さい……というか、はっきり言って〝しょぼい〟。

「それがちょっと違うんだ。この橋が板橋の地名になったとは言いきれない」

「どういうことです」

「板橋という地名は古い。鎌倉時代の書物『延慶本平家物語《えんぎょうぼんへいけものがたり》』には、このあたり一帯に源頼朝が陣を張った場所があり、そこが〝板橋〟と記述されている。その当時、川に橋を架けるというのは、驚異的なことだった。江戸時代までは、川を渡るためには、水の中を歩くか泳ぐか、船を使うのが当たり前だったからね。あそこには立派な〝板の橋〟があると、大層評判になったんだろう。だから板橋という地名がついたと言われている」

「なるほど。だったら、やっぱりこの橋が地名の由来じゃないんですか」

「最後まで聞け」

「はい」

「徳川幕府によって、この中山道が整備されたのは、先ほどの書物から数百年も経った後のことだ。つまり、その書物が書かれた頃、この道があったかどうかは定かではなく、石神井川に橋が架けられていたかどうかも怪しい。よって板橋の地名の由来となった板の橋が、この橋だとは言いきれないのだ」

そう言うと先輩は、璃々子を追い越して、橋に向かって行った。先輩の解説は、どんどん熱を帯びてきた。学生時代から、全く変わっていない。普段は黙りこくっていて、何を考えているか分からないのだが、一度火がつくと蘊蓄《うんちく》が止まらなくなる。周りの反応など気にせず、延々と話し続ける。

「板橋宿は、中山道の一番目の宿で、江戸の出入り口だった。江戸を訪れる旅人は、必ずこの橋を渡らなければならない。だから、このあたりは大層栄えたらしい。『板橋』は、旅人にとって〝江戸〟を象徴するものだった。今はコンクリート製だが、当時を偲んでこのように〝板〟の色に塗られている。いわばレプリカという訳だ」

まるでガイドのような、完璧な説明だ。もう少し愛想が良ければいいのだが、それを求めるのは無理な注文だろう。先輩の言葉をありがたく拝聴しながら、橋を渡る。

そのまま、商店街を進み続ける。徐々に通行人の数は減り始め、歩いているのは老人ばかりになってきた。活況が失われた商店街。シャッターが閉じられた店舗や、廃墟同然のまま放置されている店もある。江戸時代に大いに栄えたという痕跡は、さっきの橋以外は見当たらない。

「それで」

前を歩いていた先輩が、おもむろに立ち止まった。パリッとした縦縞のシャツを翻して、ぬっと振り返る。

「言ったはずだけど。オカルトまがいの記事には協力しないって」

別に璃々子が、調査の同行を頼んだつもりはない。先輩が勝手について来ているだけなのだ。

「君の考えていることは、全部分かっているよ。僕の知識を利用して、東京二十三区の怪しげな心霊記事を書こうとか、そういう魂胆だろ。だったら、本当に無理だからね。前から何度も何度も、口を酸っぱくして言ってるように、この世には存在しないんだよ。幽霊やお化けなんか」

歩きながら、先輩は早口でまくし立てた。璃々子は反論する。

「でも先輩、お言葉を返すようですけど、民俗学の世界にも〝物《もの》の怪《け》〟や〝あやかし〟みたいな、人智の及ばない存在が登場するじゃないですか」

「確かにそうだ。でも、それらは皆、学術的には解明されている。幽霊や妖怪、〝物の怪〟や〝あやかし〟も、そういった類《たぐい》のものは全部、人の心が生み出したものなのだよ。人間の生命は、いずれ滅びてしまう。誰にも皆死が訪れ、それに抗うことはできない。だから人は、死後の世界を畏怖し憧れを抱く。肉体が滅びてしまっても、心だけは残り転生したいと願う。決して目には見えない、霊的な存在を信じるのさ。だから、そういった意味では〝霊は存在する〟と言っても間違ってはいない。ただしその場合は、『霊の存在を信じたい』という人間の心の中に……。ということになるのだがね」

「なるほど、確かにそうですね。ごもっともだと思います」

面倒くさくなって、適当に相槌を打った。まだ話し足りない様子の先輩をかわして、先に歩き出す。

『霊の実在』については、在学中からも何度も、先輩と意見を戦わせてきた。しかし結果的には、こういった論を交えることは不毛であり、時間の無駄であると璃々子は悟っている。なぜなら彼女は、先輩が圧倒的に間違っていることを知っているからだ。それに璃々子だって好き好んで、曰くつきの場所を回っている訳じゃない。できれば、このようなこととは、あまり関わり合いになりたくない。はっきり言って、オカルトなんか大嫌いである。でも、今はそんなことを言ってられない事情があった。

「ほら、あそこだろ。君が探している場所」

後ろから先輩が声をかけた。思わず立ち止まる。先輩は、璃々子の隣まで歩いてくると、前方を指さしながら言う。

「あの交差点の一画」

璃々子は、先輩が指し示す方向を見た。

商店街の通りに、信号がある小さな交差点がある。その角に、鬱蒼《うっそう》と深緑色の葉が生い茂った古木が祀ってあった。古木を中心に、玉垣に囲まれた一画。平凡な商店街の中で、そこだけは異彩を放っていた。横断歩道を渡り、その古木へと向かって行く。

古木の幹には、しめ縄とこもが巻かれ、その奥には小さな祠が見えた。祠の両脇には、大量の絵馬が掛けられている。その前に、先客が一人佇んでいた。つば広の帽子を被った、三十歳ぐらいの女性だった。このあたりには不似合いな、品の良い身なりの婦人である。

璃々子は、古木を取り囲んでいる玉垣の前で立ち止まった。入り口ののぼりや、柵の前に立てられた石銘碑には、〝縁切榎〟と刻まれていた。

縁切榎――

悪縁を絶ってくれるという木である。

両手に抱えていたハンドバッグを、強く握りしめた。

まさか、この場所にたどり着くとは、思ってもみなかった。でもどこか心の片隅に、いつかまた戻って来るかもしれない。そんな予感がない訳ではなかった。

記憶の中の榎様は、もっと大きかったように思う。まるで立ちはだかるかのような威圧感があった。今、目の当たりにしている榎は、意外と小ぢんまりしていた。あれから、どれくらいの月日が流れたのだろうか。

榎様の前に立ちすくみ、薫は思った。通りの様子は、以前とすっかり変わっている。最後にここに来たのは……そうだ、もう二十五年も前のことだ。薫は鬼から逃げた。弟の福男を惨殺した二匹の鬼だ。あの時、薫は五歳だった。それ以来、薫は板橋のこの地を、避けるようにして生きてきた。ここに来ると、あの鬼たちに殺されるかもしれない。だから決して、近づかないようにしていたのだ。でも来てしまった。

風の便りに、薫の父と母は死んだと聞いた。兄姉らも街を出て行ったらしい。だから、もう恐れることはないのだ。この地に、もうあの鬼はいない。

あれから薫の人生は、色々とあった。五歳の時、この土地から逃げ出した後、薫は東京中を彷徨《さまよ》った。飯を食べることができず、死にかけたことも何度もあった。生きるためなら何でもした。身体も売った。男にも何度も騙された。苦しいことばかりだったが、どんな境遇にもめげずに耐えてきた。何があっても、絶対に生き抜いてやろう。そう思って毎日を過ごしてきた。

それは、あの日……。目の前で殺《あや》められた、福男の姿を見たからだ。どうして、もらわれてきた子を、わざわざ殺したのだろうか？　その時は、両親の行動の意味が分からなかった。自分を慕ってくれた、あの愛くるしい福男……。弟を救うことができなかった。助けるどころか、怖くなって逃げ出してしまった。

あれから、何度も福男の夢を見た。繰り返し、何度も、何度も。まだ生まれて間もない福男が、生き埋めにされたあの光景を……。土の中から聞こえてきた、福男の断末魔の悲鳴は、今も耳にこびりついて離れない。

だから生きた。必死で生きた。無念のままこの世を去った、福男のためにも……。どんなにひもじくても、どんなに苦しくても、歯を食いしばって生きてきた。そして、そんな薫にもやっと幸福が巡ってきた。

その男性の名は、英司と言う。薫の五つ年上だった。

薫が勤めていたスナックの客で、親から譲り受けた小さな医院を持つ開業医である。薫はいたく彼に気に入られ、ある日結婚を申し込まれたのだ。英司は物静かで聡明な、今まで出会ったことのないタイプの男性だった。自分に不釣り合いなことなど分かっていた。でも薫も次第に、英司の人柄に惹かれていった。

二人は結婚した。薫はどん底の人生から一転して、医師の妻となる。経済的には、何の不安もなくなった。そして何より、英司は自分を真摯に愛してくれた。生まれて初めて経験する、愛に溢れた生活――

だがそれも、長くは続かなかった。結婚して半年ほど経つと、英司の様子が変わってしまったのだ。妙によそよそしくなり、薫が話しかけても、返事は上の空。どこかおかしい。何か隠している。生真面目な性格だから、隠し事が苦手なのだ。明らかに態度に出ていた。

ある日、薫は英司の後をつけることにした。近頃彼は、誰にも行き先を告げず、こっそり医院を抜け出すことがよくあった。もしかしたら、浮気でもしているのかもしれない。そう思った。

電車を乗り継ぎ、英司がどこかに向かっている。ばれないように、灰色のつば広帽子を目深に被り、彼を尾行した。一体どこへ行くのだろうか。愛人が暮らす家なのか。それともホテルや旅館で密会するのか。相手は誰だ。看護婦か。患者か。それとも薫の知らない誰かなのか。

英司が駅を下りた。下町の路地を進んで行く。薫は彼の背中を追った。どこかで見た風景が視界に広がってくる。もしや……。目的地が近づくにつれて、薫の心臓の鼓動は高まっていく。まさかと思った。だが、薫のいやな予想は当たってしまった。

彼がたどり着いた先は……幼い頃、薫が逃げ出した場所。もう二度と、来ないと決めた、あの〝縁切榎〟だったのだ。

動揺を抑えながら、物陰に身を潜めた。英司は、榎様が祀ってある一画に入り、何やら熱心に拝んでいる。なぜ彼は、この場所を訪れたのか。もしかしたら、薫の出生を探りにでも来たのだろうか？

薫は自分の過去を、詳しく話してはいない。別に隠している訳ではなかった。結婚する時、洗いざらい話そうとしたが、彼は聞きたくないと頑なに拒んだ。その時、英司は言ったのだ。過去は関係ない。今の薫が大切なんだ、と。

どうして英司は、この板橋にやって来たのだろうか。やはり気が変わって、妻の過去が知りたくなったのか。極貧の幼少時代。集落から逃げ出して、孤児になったこと。男に身体を売り、それを生業《なりわい》にしていたこと……。彼の態度が急変したのも、何か関係があるんだろうか。胸の中に、不安が広がってくる。

しばらくすると、英司が榎様の一画から出てきた。通りを北の方へと小走りに去って行く。後を追おうと思ったが、榎様の方が気になった。彼は今、〝縁切榎〟に入り、何をしていたのか？　英司の姿が消えたことを確認すると、薫は〝縁切榎〟に足を踏み入れた。

二十五年前と同じように、榎様はそこに鎮座していた。まるで、彼女の帰りを待ち構えていたかのようだ。

深々と一礼すると、あたりを見渡した。幸い人の気配はない。鳥居をくぐり、祠の方へ向かう。祠の両脇にたくさん絵馬が掛けられてある。縁切りを願う人たちが掲げたものだ。ずらりと並べられた絵馬の数々。しばらく見ていると、その中の一つが目に入った。薫は愕然とする。思わず、心の声が口に出た。

「どうして……」

その時誰かがやって来た。とっさに、目の前に掲げられた絵馬を外す。ハンドバッグにその絵馬を入れると、慌ててその場から立ち去った。

その女性は、ハンドバッグを大事そうに抱えて、璃々子の傍らを通り過ぎていった。誰かとの縁切りを願い、ここを訪れたのだろうか。華奢《きやしや》な体つきの綺麗な人だ。でも、こういった場所で見たからだろうか、どこか幸の薄そうな雰囲気の女性だった。

彼女と入れ違いに、〝縁切榎〟が祀ってある一画に、足を踏み入れる。正面には、朱色に塗られた鳥居があり、その奥に小さな祠がある。その手前に、榎は祀られていた。

榎の前に立つ。深々と頭《こうべ》を垂れると〝縁切榎〟を見上げた。深緑色の葉が生い茂った枝。太く黒い幹には、しめ縄とこもが巻かれている。背後から、先輩が解説を加えた。

「縁切榎……縁切りの効力があると、古くから庶民の間で信仰されてきた木だ。この榎に祈ると、別れたい相手と後腐れなく、縁を断ち切ることができるらしい」

「縁結びなら聞いたことありますけど、縁を切るなんて」

「男女の悪縁を絶つものだから、嫁入りの時は、この榎の前を通ることをいやがり、徹底的に避けられた。江戸時代末期のことだ。孝明天皇の妹、和宮が第十四代将軍家茂の正室として嫁ぐことになった。京都から江戸へ嫁入りするためには、この中山道を使うのだが、幕府は、花嫁行列がこの〝縁切榎〟の前を通ると、縁組みが失敗するのではないかと恐れた。時は幕末動乱期。倒幕の気運が高まる中、幕府が皇室と縁組みして、危機を乗り越えようとしたんだ。だから絶対に、この結婚は失敗してはならない。そこで幕府は、この〝縁切榎〟を避けるよう、迂回路を作らせ、さらに念には念を入れて、榎に布を被せて、花嫁行列を通したと言うんだ」

「迂回路まで作らせるなんて、この榎にはもの凄い効力があるということですね」

「さあ、それはどうかな？　昔は、女性の方から離縁を申し出ることなんかできなかったから、悪い男と別れるためには、神仏に頼るしかなかったんだろう。この木の効能は、男女の悪縁だけじゃないらしい。自分に降りかかる災いや人間関係、病気などトラブルとも縁を切ってくれる、霊験あらたかな神木として大層評判を呼んだということだ」

璃々子は榎を、じっと見据えた。何か言葉にはならない、人智が及ばぬような、荘厳な気配が漂っている。先輩は榎に一歩近寄り、さらに解説を続けた。

「かつては、この榎の樹皮を煎じて飲ませると、より縁切りの効果が高まるという噂があった。人々はこぞって、木の皮を削ぎ落とし、持ち帰ったらしい。だが皮を剝ぐと幹が腐り、木の寿命が短くなる。だから〝縁切榎〟は枯れてしまい、何度か植え替えられているんだ。現在の榎は三代目ということだ。ほら、あそこの石碑を見てごらん」

先輩は鳥居の脇に設置してある、小さな石碑を指し示した。それを見て璃々子は、はっと息を吞んだ。

石碑の表面——

どす黒く変色した木乃伊《ミイラ》のようなものが、コンクリートに塗り固められていた。どうやら、木の幹の一部のようだ。

「先代の縁切榎だ」

「先代ということは、この石碑の中の榎は、二代目ということですか」

「そういうことだ」

石碑に封じ込められた、二代目縁切榎の遺骸。その姿はグロテスクで、どこか悲哀すら覚える。

先輩は、再び榎に視線を戻した。話を続ける。

「だから榎の樹皮を削いだりできないように、こうやってこもを巻いて、木を保護しているんだ。しかし現代でも、この榎に救いを求める人は後を絶たないようだ」

榎のこもを巻かれていない部分。何箇所か樹皮が削ぎ落とされ、肌色の木部が剝き出しになっていた。

「本当だ。結構剝がされていますね。一体どうして、この木が〝縁切榎〟と呼ばれるようになったんでしょうか」

「伝承の始まりは定かではないが、榎の横にほら」

先輩は、榎と並んで生えている、別の木を指さした。

「隣にもう一本、木があるだろう。これは榎ではなく、欅《けやき》の木だ。欅は別名、槻《つき》とも言う。

初代の榎も、こうして槻の木と並んで生えていたので、『エノキ』と『ツキ』。それが『エンノツキ』と転じた。つまり、ここに来ると、『縁が尽きる』と縁起をかついだという訳だ」

先輩の知識には舌を巻く。やはりインターネットの検索サイトより、全然役に立つ。

璃々子は鳥居をくぐり抜け、奥へと進んだ。背後でガラガラと音がして、買い物車を押した腰の曲がった老婆が入って来た。近所の住人だろうか。榎の前に立って、ありがたく手を合わせている。

璃々子は、祠の前で立ち止まった。白木で作られた、小さな祠である。二礼二拍手一拝の参拝をすませると、祠の両脇に掛けられた大量の絵馬に視線を向けた。

数百……いや千以上はあるだろうか。無数の絵馬が幾重にも折り重なり、所狭しと掲げられている。

「現在では、皮を剝ぐのは禁じられている。だからこうやって、絵馬に願いを書いて、〝縁切榎〟に悪縁切りを託すんだ」

ずらりと並んだ絵馬。そこからは、尋常ではない空気が発せられていた。恐る恐る、璃々子は近寄ってみる。

絵馬の表には、しめ縄が巻かれた榎の絵と、『縁切榎、善縁をむすび悪縁をたつ』という筆文字。裏には、マジックやサインペンなどの手書きの文字で、縁切りを願う人々の切実な思いが綴られていた。

・速やかに夫と離婚できますように。
・DV持ちの××××と、年内中に別れたいです。お願いします。
・私の息子××××と、あの女△△との縁を切って下さい。昔のような、優しい息子に戻して下さい。
・隣の家に住む××家と縁が切れますように……。毎日コツコツ真面目に生きている人間からのお願いです。
・旦那が、あまり家に帰ってきませんように。子供と二人で自由に暮らしたい。でも、お金だけは一生くれますように。
・乳ガンや痛い薬から、縁が切れますように。
・新しい職に就くため、今のお客様すべてと縁が切れますように。
・来客に不快な対応を取る、レストラン××の従業員が皆解雇されますように。
・△△社の社長、××××と縁が切れますように。△△社が業界から干されますように。元従業員一同。

無数の絵馬を前に、璃々子は圧倒された。

そこに記されていたのは、恋人や配偶者への恨みだけではなかった。息子の嫁や、隣家、職場や店舗への憎悪。ガンなどの病気や薬との決別、自分自身の性格など、その願いは多岐にわたる。

「自分の名前だけじゃなく、縁を切りたい相手まで、全部実名で書いてあります。住所や携帯番号も書いている人もいますね」

「こうして実名まで記しておかないと、誰が誰か分からなくなって、〝縁切榎〟に願いが届かないと思うからじゃないのかな」

絵馬には、憎悪や恨み、苦悩など念が込められていた。まるでそこには、現代の東京に暮らす人々の、負のエネルギーが集結しているかのようだ。

「ただの一本の木に、縁を切りたいと願いを託しても、叶うはずなどない。でも人はこうやって、個人情報を晒してまで、悪縁切りを信じている。人間とは、なんと愚かで滑稽な生き物なんだろうか」

「私はそうとは思いませんけど。この世では、人智を遥かに超えたことが起こっているんです。きっとこの縁切榎だって」

「だから言ってるだろ。この世には決して、人智を超えたことなど……」

先輩がそう言いかけた時、ガラガラと買い物車を押す音がした。さっきまで榎に手を合わせていた、腰の曲がった老婆が、こっちに近寄ってきた。しわがれた声で、璃々子に声をかける。

「どうも、こんにちは」

「こんにちは」

璃々子が返事すると、老婆はしわくちゃの人懐っこい笑顔を浮かべた。

「縁切りの願掛けですか。何か分からないことがあったら、遠慮なく、何でも聞いて下さいな」

「いいえ、違うんです。縁切りに来た訳ではなくて。ちょっと……」

「ちょっと？」

璃々子がどう答えようか躊躇していると、老婆が先に口を開いた。

「ふふふふ、榎様にはいろんな事情を抱えた人が来ますからね。ここに来るのは、縁切りを願う人とは限りませんから」

「それは、どういうことですか」

璃々子がそう聞くと、老婆はにっこりと微笑んだ。

薫

電車に乗り、自宅がある最寄り駅まで戻って来た。すぐに帰る気にもなれず、家の近くの河原に立ち寄った。気がつくと、もうすっかり陽が傾きかけている。薫は土手の上に、力なく腰を下ろした。

動揺がまだ収まらない。もしかしたら、私は見間違えたのかもしれない。恐る恐るハンドバッグを開いた。中には、さっき自分が外して持ち帰った絵馬が入っている。絵馬を裏返し、改めて、そこに認《したた》められた願《ねが》い文《ぶみ》に目を通す。

『私の結婚は間違っていました。妻の薫と別れさせて下さい。彼女との縁が、断ち切られますように　××英司』

見間違えた訳ではなかった。几帳面に書かれた文字。見覚えのある万年筆のブルーインクの筆致。やはり、この絵馬を書いたのは、英司に間違いないようだ。

　彼は薫と別れたいと思っている。どうしてなのだろう。結婚するまでは……いや、ほんのついこの前までは、私を熱烈に愛してくれていたはずなのに。この絵馬を突きつけて、その理由を問いただしてみようか。いや、それはできない。それをしたら、自分たちは終わりを告げるかもしれない。薫は夫を愛している。一生を添い遂げたいと思っている。別れたくない。縁を切られたくない。

　やっぱり、ほかに女ができたのだろうか。結婚する前は大人しくて物静かで、愛人を作るような性格ではないように思えた。誰か女に言い寄られたのだろうか。女に誘惑され蹌踉《よろ》めいたのだ。彼は財力もあり、医師という社会的に認められた立場にある。それに、こういったご時世だ。女性が放っておくはずもない。

　きっと、一時の気の迷いだろう。彼の心は、私のもとに戻って来るはずだ。愛人を見つけ出して、なるべく事を荒立てずに別れてもらおう。

　夕陽が河面に落ちていく。もうこんな時間だ。絵馬をハンドバッグにしまうと、慌てて薫は立ち上がった。

　翌日から、夫の不倫相手を探すこととなった。だが薫本人が、あまり大っぴらに行動する訳にもいかない。探偵に頼んで、夫の周辺を調査してもらうことにした。

三ヶ月後、薫は探偵事務所を訪れた。調査報告書が上がったという連絡が来たからだ。結果を見て、薫は愕然とする。調査によると、夫英司の行動に、不審な点は全く見当たらないと言うのだ。愛人らしき女性の影も一切ない。彼のここ最近の素行は、品行方正そのものであるという。

おかしい。そんなはずはない。絶対に夫は浮気しているはずだ。薫は調査員につめ寄った。しかし彼はこう言う。

「奥さん、ご安心下さい。旦那さんは絶対に浮気なんかしていません。私どもは、調査に絶対の自信を持っていますから」

薫は呆然とする。夫には愛人がいない？　ならば一体なぜ、自分と別れたいと思っているのか。

何か理由があるはずだ。調査結果を持ち帰り、目を皿のようにして読む。確かに、調査員の言う通りだ。英司の行動に女の影は見当たらない。だが一点、薫はある事実に気がついた。彼は休みの日に、また板橋に行っているのだ。あの〝縁切榎〟を、一人で訪れている。

薫は、すぐさま榎様のもとに向かった。

人がいなくなるのを見計らって、縁切榎が祀られた一画に入る。大量の絵馬に駆け寄り、英司が掲げたものがないか、探し始めた。もし彼がまた、自分との〝縁切り〟を願った絵馬を掛けたとしたら、一刻も早く外さねばならない。英司の願いを、榎様に届けさせてはならない。そう思い、必死で探した。溢れかえらんばかりに折り重なった絵馬を、一つ一つめくりながら限なく見た。そして、やっと見つけたのだ。あのブルーインクの筆致……。英司が書いた絵馬だ。思わず、薫はそれを手に取った。複雑に絡み合った紐を解き、絵馬を持ち帰った。

二枚目の絵馬にも、妻との〝縁切り〟を願う文字が綴られていた。理由は分からなかったが、彼が薫との別れを望んでいるのは、間違いないようだ。

それほど別れたいならば、面と向かって離婚したいと言ってくれた方が、話も早い。だが、英司の方から別れを切り出してくることはなかった。

ある日の朝食の時、薫はそれとなく話しかけてみた。

「最近疲れているんじゃ。……何かあったんですか」

「そうか？　別に……」

そう言うと英司は、味噌汁をすすった。

「今度、気晴らしに旅行でも行きましょう。どうですか」

「……考えておこう」

英司との会話はそれで終わった。薫も、それ以上話しかけることはしなかった。どうせ、まともな返事は返ってこない。そう思ったからだ。

その日、薫はあることを感じた。会話の途中、夫は一切こちらを見ようとはしなかった。今日だけじゃない。ここ最近、夫はこちらを見ようとはせず、視線を逸らし続けていた。妻の方を一瞥もしない夫。それほどまでに、自分は嫌われているのだろうか。しかし思い当たる理由はなかった。

そんな状態で、一年ほどが経過した。状況は一向に改善へと向かうことはなかった。相変わらず、話しかけても生返事。こちらの目を見ようともしない。無論、夫婦の営みもない。英司の様子はさらにひどくなっていく。薫に対する態度だけではなかった。何か思いつめるようになり、仕事でも診断を誤ったり、薬を間違えるなど、頻繁にミスが目立つようになった。

さらにこの一年で、彼は幾度となくあの縁切榎を訪れている。一向に、〝縁切り〟の効果が表れないことに業を煮やしてなのだろう。それもそのはずだ。その度に薫は彼の後をつけ、絵馬を外し続けたのだ。決して、彼の願いを成就させる訳にはいかない。私は彼を愛している。絶対に彼を失いたくない。やっとつかんだ幸せを手放したくない。

一体なぜ彼は、執拗に別れたいと思っているのか？　その理由が分かれば、何か打つ手はあるはずだ。心を割って正直に話し合えば、もとの関係に戻れると思う。

そんなある日のことだ。縁切榎を訪れてみると、夫の筆跡で書かれた絵馬を見つけた。

『妻には過去のゆか　憂い怒る怖い。かなし　××英司』


最初、絵馬を見た時、すぐにはその意味が分からなかった。

『妻には』『過去』『憂い怒る怖い』『かなし』。

それらの言葉から推察すると、彼の心が離れていった原因は、自分の過去にあるようにも思える。夫は何らかの理由で、自分の結婚までの半生を知ったのだろうか。浮浪者同然の少女時代。売春を生業としていた生活。その凄惨な事実を知って、さぞや衝撃を受けたに違いない。きっと、私のことが心底いやになったのだろう。

だが不可解なのは、『妻には過去のゆか』という表現である。「ゆか」とは人の名前だろうか。自分の今までの人生の中で、「ゆか」という名の女性と関わり合いになった記憶はない。勤めていた売春宿やバーやスナックでも、薫は「ゆか」という源氏名（水商売などで勤務する女性の仮の名前）を使ったこともなかった。やはり夫の周辺には、薫の知らない、「ゆか」という女性が存在しているのか。

もしかしたら、英司は何か勘違いしているのかもしれない。やっぱり、ちゃんと話し合った方がいいのだろう。正直に打ち明けよう。自分の過去も、彼への思いも全て……。きっと分かってくれるはずだ。でも、いつ、どういった形で彼と話せばいいのか。そうこう考えて躊躇《ためら》っていると、その機会は意外な形で訪れた。

ある日、夕食が終わった時のことだ。英司から「あとで書斎に来るように」と告げられた。食器などの片付けを終えて、書斎へと向かう。

家の中は、静まりかえっていた。

病院は自宅を兼ねていたが、もう診察時間は終わっている。看護婦や事務員は皆、既に退勤していた。この立派な屋敷は、戦争前に英司の父が建てたという。だが父は戦死し、母は空襲で命を落としている。今ここで暮らしているのは、英司と薫だけだ。

英司の話とは、一体何だろう。ついに別れを切り出す決意をしたのだろうか？　緊張して書斎のドアをノックする。返事があって、ドアを開ける。書斎の中を見て、薫は息を呑んだ。

洋風の調度品に整えられた書斎。黒光りする執務机の前にある応接ソファに、彼は腰掛けていた。薫が入って来ても、やはりこちらに視線を向けようとはしない。彼の視線の先には、木目が入った応接テーブル。それを見て、薫は我が目を疑う。

テーブルの上には、絵馬が並べられていた。それは英司が〝縁切榎〟に掲げたもの。そして、薫が外し続けたあの絵馬だった。

ドアを開けたまま、薫は呆然と立ち尽くしていた。外した絵馬は、分からないように二階の納戸に隠しておいたはずなのに……。

「とにかく、座ってくれないか」

言われた通り、ドアを閉めて英司の正面のソファに座る。一つ咳払いすると、彼が話し始めた。

「納戸を整理していて、偶然見つけた」

診察している時のように、落ち着いて淡々とした口調である。相変わらず、一切こちらには、視線を向けようとしない。

「不思議なんだ。これは僕が何度か、板橋の〝縁切榎〟に行って、願掛けした絵馬だ。どうして納戸にあるのか、何か知っていることがあれば、教えて欲しい」

二階の納戸は、主に薫の荷物が置いてある。〝偶然〟見つけたと言っているが、嘘に決まっている。薫の荷物を物色するために、二階の納戸に入ったのだろう。まさか彼が、妻の持ち物を盗み見するとは思っていなかった。でも、いい機会だ。絵馬は、自分が書いたものだと英司は認めたのだ。彼に聞きたいことは山ほどある。

「確かに私が、榎様の場所に行って外したものです。申し訳ございませんでした。では、私も聞かせてもらいます。ここに書かれたことは、本当のことなのですか。あなたは私と縁を切りたいと願っている。それがあなたのお気持ちなのですか」

単刀直入に、薫は聞いた。彼はすぐに答えなかった。だが、しばらくすると、返事が返ってきた。

「ああ、間違いない。本当だ」

「それは一体、どうしてなのですか」

英司は何か言おうとした。だが、すぐに思いとどまり、言葉を呑み込んだ。彼の眼球が、わずかに泳いでいる。

「ほかに、誰か女性がいるのですか。私よりも、大切に思える人が」

「いや、そんな人はいない」

「では、なぜそんなことを言うのです。やはり……知ったからですか。私の過去を」

薫は夫を問いつめた。英司の両目がわなわなと震えている。視線を外したまま、彼は力なく答えた。

「すまない……。調べさせてもらった」

その言葉を聞いて、今まで押し殺していた感情が、一気に込み上げてきた。薫の目から、涙が溢れ出す。

「結婚する時、あなたは言ってくれたじゃないですか。過去は関係ないって。あの言葉は、嘘だったんですね」

「違うんだ。確かに私は知ってしまった。幼い頃のことや、結婚するまで、君がどんな暮らしをしていたか……。でも本当なんだ。あの時の言葉に嘘偽りはない。過去は過去だと思っている。日本はこんな状態だった。生きていくためには、仕方なかったと理解できる」

薫は、テーブルの上にあった一枚の絵馬を取り上げた。『妻には過去のゆか　憂い怒る怖い。かなし』と書かれた絵馬だ。

「ではこの絵馬にある、『妻には過去のゆか』とはどういう意味です。私は、過去に『ゆか』と名乗っていたことはありません。ほかに、『ゆか』という女性がいるのではないですか」

「違う。そんな女性はいない」

そう言うと英司は、目を固く閉じて下を向いてしまった。

「本当ですか」

「本当だ、神に誓ってもいい」

「じゃあ、どうして……後生ですから、教えて下さい。あなたはなぜ、別れようとするのですか。あんなにも、私のことを大切にしてくれたではないですか」

英司はじっと、黙り込んでしまった。

「私も……あなたのことを、心底愛しております。絶対に、別れたくはありません……」

その時、おもむろに英司は顔を上げた。じっと薫を見つめた。それは、一年以上ぶりに向けられた夫の視線――

だがそれは、愛する妻に向けた眼差《まなざ》しではなかった。大きく見開かれた、夫の両目に浮かぶ動揺と恐れ。それはまるで、忌まわしいものでも見ているかのようだ。彼はごくりと唾を飲み込むと、すぐさま視線を外した。そして、叫ぶように嗚咽を上げて、ソファから崩れ落ちた。

「お願いだあ……一刻も早く、この家から出て行ってくれ。頼むからあ、私の前から姿を消してくれ」

床にうずくまり、頭を抱え込みながら、英司が叫ぶ。

「さあ、早くう。ここから、出て行くんだあ」

薫は呆然とした。もう何を言っても無駄だと思った。ガタガタと、心の中で何かが音を立てて壊れていく。

薫は悟った。やはり、これは一時の夢だったのだと。自分になんか、幸福が訪れるはずなどなかった。これはあの時、福男を見捨てて逃げた報いなのだ。ごめんなさい福男。守ってあげられなくて、本当にごめんね。私だけ幸せになろうとした……。やっぱり駄目だよね。

頭を抱えて、英司は苦悩している。何か、訳の分からないことをぶつぶつ言いながら。一体彼は、何を苦しんでいるのだろうか。結局、分かち合うことはできなかった。この人も、ほかの男と同じだった。私を弄《もてあそ》んでいただけなのだ。

途端に、激しい憎悪が込み上げてきた。誰かに、突き動かされるような感覚。ゆっくりと、ソファから立ち上がる。その後のことは、断片的な記憶しかない。

屋敷の廊下を往《ゆ》く――
台所の流し。洗い終えたばかりの包丁――
書斎、頭を抱えている夫――
激しく込み上げる憎悪――
絶叫する夫。大きくのけぞる顔――
静寂――

気がつくと、薫は書斎に立ちすくんでいた。

ソファや壁紙、そしてテーブルの上に置かれた絵馬にも、夥《おびただ》しい血が飛び散っている。自分の服も両腕も、鮮血にまみれていた。

うつぶせの状態で、倒れている英司。片頬を床に押し当てた顔は、微動だにしない。かっと大きく見開かれた、灰色の眼球。背中に突き立った包丁。そこからどくどくと、泡の混じった血が流れ出ている。

力が抜けて、薫はその場に崩れ落ちた。

昭和三十一年十月二十一日のことである。


「それでその女性は、どうなったんですか」

璃々子が問いかけた。穏やかな笑顔を浮かべたまま、老婆が答える。

「もちろん、逮捕されましたよ。刑務所に入ったと聞いております」

「どうして、旦那さんはその女性と別れたがったんでしょうか」

「さあ、どうだか。これ以上、私は知りませんよ。聞いた話ですから。でもなんとも皮肉な話だね。結局、その旦那さんは妻と別れることができた……望み通りにね。ふふふふ」

老婆の話を聞いて、璃々子の全身は薄ら寒くなった。曲がった腰をゆっくりと動かし、老婆は身体を榎の方に向ける。目を細めて、そびえ立つ木を眺めた。

「やっぱり榎様には、逆らえないんだねえ……。おや、誰か来ましたよ」

老婆が指さす方を、璃々子は見た。先ほどここにいた女性が、交差点の向こう側に立って、こちらを気にしている。茜色のつば広帽子をかぶった品のいい女性である。どうやら戻って来たらしい。

「彼女も、縁切りを願いにやって来たのですかね。それとも、別の目的があるのでしょうか。さっきの薫という女のように……いずれにしろ、私らは邪魔のようです、ここら辺でお暇《いとま》しましょうか」

岩の坂

老婆と別れて、〝縁切榎〟が祀られた一画を出た。商店街の片隅では、エプロン姿の太った中年女性が打ち水をしている。

夕刻が近づいてきた。日差しは弱まったが、暑いのには変わりない。璃々子は流れ出る汗をハンカチで拭うと、トートバッグから手帳を取り出した。歩きながら頁をめくり、さっき、老婆の話を聞いて書いたメモを見る。

『妻には過去のゆか　憂い怒る怖い。かなし　××英司』

「これって、どういう意味なんでしょうか」

隣にいた先輩が口を開いた。

「夫は気づいたんじゃないのかな？　自分が掛けた絵馬が、誰かに見られているかもしれないと。だから、暗号みたいにして書いて、本心を隠したんだろう」

「暗号ですか」

「ああ。絵馬には実名が書いてあるだろ。万が一、誰かに見られた時のことを考えて、願い事を暗号みたいにして、分からないようにする人もいるんじゃないのかな」

「なるほど……。では先輩、分かりますか。この文章の意味」

「ん？　ああ、もちろん……」

そう言うと先輩は、眉間に皺を寄せ、璃々子の顔をじっと見た。

「さっぱり分からない」

いざという時、先輩は割と役に立たない。

「この四つの感情を並べた言葉が気になります。『憂い怒る怖い。かなし』。この中で『かなし』だけが句点で区切られ、ひらがなで書かれています。しかも「悲しい」ではなく『かなし』。これには何か意図があるんでしょうか」

「古語で『かなし』という表現はある。その場合は『かなし』は、『可愛い』とか『愛らしい』という意味になる」

「……でもそれだと、もっと意味が分からなくなりますね」

「確かに、そうだな」

「かなし……か」

璃々子はそう呟くと、商店街を歩き続けた。

「でも、その薫という女性の旦那さんは、どうして別れようとしたんでしょうか。自分から結婚を申し込んでおきながら……ほかに女性がいた訳でもないし、過去にもこだわらないって言ってたくせに」

「さあな、男女の機微《きび》はあれこれ詮索しても仕方ない。当事者同士にしか分からないものだからな」

「あれ、先輩って男女の機微についてもお詳しいんでしたっけ？」

顔色一つ変えず、先輩は璃々子を見た。そして静かにこう告げる。

「もちろん……君よりはな」

しばらく商店街を歩く。道は緩やかに蛇行した上り坂になっている。通りの両脇には、古い酒屋や米店など、相変わらず趣深い店舗が並んでいる。もう少し歩くと、環状七号線だ。

先輩は、ふと立ち止まると、周囲を見渡した。

「このあたりが、岩の坂だ」

「岩の坂？」

「ああ、今はもうその地名はなくなっているが、かつてこの一帯にあった集落は、岩の坂という貧民窟、つまりスラム街のようなところだったんだ」

「スラム街って？　昔このあたりは中山道の宿場町で、江戸の出入り口として、かなり繁栄していたんじゃ」

「それも、江戸時代までのことだ。明治に入って、板橋宿の状況は大きく変わった。明治維新を契機に、近代化の波が押し寄せてきた。日本各地に鉄道が敷かれることとなり、このあたりにも鉄道が通る予定だった。だが板橋は、由緒ある宿場町として、鉄道が入ることを拒否したんだ。明治十八年に開通した中山道を通る鉄道は、板橋を迂回して王子、赤羽方面を通ることになった。それから、板橋宿は一気に廃れてしまう。宿場で生計をたてていた人は職を失い、日雇いや物乞いなどで生計を立てる貧民窟となった。また大正十二年に関東大震災が発生し、家をなくした人たちが、この集落の長屋や木賃宿になだれ込み、この辺りは当時、一種の無法地帯だったらしい」

「そうだったんですか」

璃々子は、周囲の景色を複雑な気持ちで眺めた。

風情の残る、平凡な下町の商店街。そこはかつて、貧民地帯だったという。今はその名残は、全く感じられないが。

「昭和五年にはこの岩の坂で、日本中を震撼させた、恐ろしい出来事が発覚した」

「恐ろしい出来事……」

先輩は、周囲を気にしつつ、少し声を潜めて話を続けた。

「ある日、この岩の坂の病院に、乳児を抱えた中年女性が現れた。子供が死んだので、死亡診断書を書いて欲しいと言うんだ。女性が抱えていた生後一ヶ月ほどの乳児は、もうその時、息をしていなかった。聞けば彼女は、その赤ん坊の母親ではないらしい。母親は貧民窟に住む念仏修行者で、乳を与えようとして、誤って乳房で押しつぶし、圧死させてしまったという」

「念仏修行者？」

「ああ、修行者とは聞こえがいいが、家々を回って金銭や食べ物を恵んでもらう、いわゆる物乞いのような暮らしをしていたそうだ。赤ん坊は死んでから時間が経過していて、口元に手で押さえつけられたような跡が残っていた。不審に思った医師は警察に通報して、事件が発覚した。母親を逮捕して話を聞くと、あっさり犯行を認めた。死亡した男児はもらい子で、口を塞いで殺したというんだ」

「殺した……どうしてですか」

「金銭目的だよ。当時、子供を里子に出す時には、幾ばくかの養育費をつけて渡すのが一般的だった。戦前の日本では、堕胎は違法とされていたからね。不義でできた子や私生児などは、生まれてすぐに里子に出されたんだ。でも、その養育費目的でもらい子を引き受け、お金を受けとったあと殺害するという犯罪が相次いだ。俗に言う、もらい子殺しだ」

「もらい子殺し」

「その念仏修行者の母親も、もらい子の養育費が目当てだった。当時の新聞は、警察がこのあたりの集落を捜査した結果、分かっているだけで四十人以上ものもらい子が、行方が分からなくなったり、変死したりしていると報じている。最初に遺体を持ち込んだ中年女性は、もらい子斡旋人《あっせんにん》のような役割だったらしい」

「どうして、そんなむごいことを」

「もらい子殺しは、この岩の坂だけに限って起こった訳じゃない。当時は日本のほかの地域でも、こういった事件がいくつか報じられている。表に出ないだけで、水面下ではもっと多くのもらい子たちが命を落としているのかもしれない。昔は、こんなことまでしなければ、生きていけなかった人も数多くいたんだろう」

「生活のために、子供を殺していたということですか」

神妙な面持ちで、先輩が頷く。

「結局、この『岩の坂事件』は、念仏修行者の女性と、共犯の疑いがあるその夫が起訴されただけで終わった。それ以外の四十人以上といわれた、もらい子たちの死は、裁判では争われなかった。よって、この地域で組織的にもらい子殺しが行われていたかどうかは、定かではない。だがこの事件以来、岩の坂一帯に警察や行政が介入し、貧民窟の解体が行われた。そして事件から二年後の昭和七年に、『板橋区』が誕生している」

背筋に寒いものが走った。命を授かったばかりの無数の子供らが、無惨にも殺されていたのだ。自分たちが暮らすこの東京で、そう遠くない過去に……。やりきれない現実だと思った。

「そう言えば、さっきあのお婆さんが話してくれた、薫という女性。彼女の故郷も、このあたりなんですよね」

「そういうことになるな」

璃々子は眼前の風景を見た。そこには何の変哲もない、夕暮れの東京下町の商店街の風景があった。

かつて栄華を誇った宿場町――

そして、恐ろしいスラム街だったというこの町――

今は、どちらの面影もなかった。

「よっこらしょ」

と買い物車を脇に置き、曲がった腰を榎様の脇にあるベンチに下ろした。首に巻いた手ぬぐいで額の汗を拭う。

どこからか、夕餉《ゆうげ》の香りが漂ってきている。そろそろ陽が暮れようとしていた。榎様の周囲には、もう誰もいなくなっていた。

薫は去年、九十歳になった。岩の坂の集落から逃げ出したのは、もう八十年以上も前のことだ。長い月日が流れてしまったが、榎様の前に来ると、そんな遠い昔のことのようには思えないから不思議だ。

今日はここで、久しぶりに昔の話をした。夫を殺した時の話だ。今となっては、思い出の一つにすぎない。

あの時は、見えなかった。英司がなぜ、別れを望んでいたのか……。でも、夫を殺めてから月日が流れ、次第にその理由が分かってきた。

あの絵馬……。

『妻には過去のゆか　憂い怒る怖い。かなし』

絵馬の真意に気がついた時、薫は震えた。どうして夫は、自分を避けるようになったのか。なぜ薫の方に、視線すらくれようとはしなかったのか。その理由――
そうか。そうなのか。

英司を殺したあの夜。夫は最後に一度だけ薫を見た。まるで、忌まわしいものを見るかのような眼差し。そしてすぐに視線を外すと、怯えたように崩れ落ちた。

夫が見たもの……。

それは、自分ではなかったのだ。

岩の坂の集落から逃げ出したあの日から、薫について来たのだろう。結婚してからも、ずっと彼は薫の傍《そば》にいたのだ。夫には見えていたのだろう。自分の方を見なくなったのも、彼女を避けるようになったのも、別れを望むようになったのも、それが理由だった。夫は怖かったのだ。彼が……。決して薫と離れようとはしない、彼の存在が。

夫を殺した時、薫は見えない何かに操られているようだった。今思えば、それも理解できる。あれは彼の意志だったのだ。きっと許さなかったのだろう。薫だけが、幸せになることを……。

あの日以来、薫は自分に取り憑いた彼の存在を感じるようになった。もう、逃れることはできなかった。

刑期を終えると、薫はこの地に戻って来た。その後の人生を、この板橋の地で送ることにした。あの夜……福男を見殺しにして逃げたあの夜から、それは定められていたように思える。

薫は福男とともに生きた。それが自分の贖罪であり、運命だと悟った。福男だけではない。この地に眠る多くの嬰児《えいじ》たちの魂が、自分には宿っているのだ。

〃縁切榎〃を仰ぎ見る。

あれからもう、数えきれないほどの年月が過ぎた——。東京はすっかり変わってしまった。そして、板橋の風景も。でも〃縁切榎〃だけは、代は変われどあの時のように、その場に鎮座していた。そして彼も……今も薫と、片時も離れようとはしない。

あどけない笑い声がする。彼がじゃれついてくる。だが、それはもう人間の形を成していなかった。どろどろの黒い魂の塊が、薫の年老いた首筋に、幾重にも巻きついている。そのとぐろのようなものの先についた顔は、愛くるしい笑顔を浮かべた、あの時の福男である。

薫はしわくちゃの顔を福男に向けて、優しく微笑みかけた。

板橋本町交差点

数台の大型トラックが轟音を上げて、横切って行く。

商店街を分断している、環状七号線にさしかかった。環七沿《かんなな》いに左折して、歩道を進む。

環七と首都高速の高架道路が立体で交差している交差点が、璃々子の視界に入ってきた。

その背後には、夕闇に包まれた近代的な高層マンションが建ち並んでいる。

板橋本町の交差点である。さっきまで歩いていた昭和の風情が残る商店街とは、まるで別の世界だ。

交差点の一画に立つ。

板橋――

埼玉との辺境、東京最果ての区。

自殺が多発する団地。縁切榎。もらい子殺し。かつて江戸の出入り口の板橋宿として、繁栄と栄華を極めた場所。一転し貧民窟に変わり果て、多くの嬰児の魂が失われた。

東京という名の怪物。そこで生じた負のエネルギーが渦巻いている町……板橋。でも結局、ここでは璃々子が探し求めているものとは、出会えなかった。

「それで結局どうなったんだ。君の目的とやらは？」

後ろにいた先輩が、突如声をかけてきた。

「正直に告白したらどうだ。君が書こうとしているのは、愚にもつかないオカルト記事なんだろ。だったら、一切協力しないからな」

「とか何とか言って、結局、ここまでついて来てるじゃないですか。本当は先輩も信じているんじゃないですか。霊の存在を」

「馬鹿なことを言うな」

「いつか、先輩も実感する時がくると思いますよ。この世には、人智の及ばないものや現象が、存在するという事実を」

璃々子は、先輩を挑発してみた。

「……なるほど、それは面白い。よし分かった。君の企画に協力するぞ。そして、証明してみせよう。心霊など全部デタラメで、人智の及ばぬものなど、この世には一切存在しないことを」

「ありがとうございます。ぜひ証明して下さい。期待しています」

璃々子はそう言って、小さく頭を下げた。弧を描くように揺れる、一本に束ねた長い髪。黒いトートバッグを肩にかけ、地下鉄の入り口に向かって歩き出す。だがすぐに、彼女は足が止まった。

「あ」

「どうした」

先輩が珍しく、心配そうに声をかけてきた。璃々子は慌ててかぶりを振る。

「いえ、何でもありません」

突然、尋常ならざる不穏な気配が、背後から漂ってきた……。ゆっくりと振り返る。視線の先の光景を目の当たりにして、固唾を呑んだ。その瞬間、身体中の毛根が反応し、全身に鳥肌が立つ。

交差点を行き交う人々——

家路を急ぐサラリーマン。自転車に乗っている女子高生。買い物帰りの主婦。彼らの首には、何か黒い塊がまとわりついている。首から垂れ下がる、ずるずると黒い塊を引きずったまま、歩いている人もいる。もちろん、誰もそのことに気がついていない。

璃々子は、思わず息を呑んだ。その姿は東京に住む自分たちが背負った、重い罪のように思えた。

世界でも有数の大都市、東京……。この都市《まち》は、私たちが葬り去った無数の怨念が礎《いしずえ》となって、今日も動いている。

――つまにはかこのゆか　うれいいかるこわい。かなし――

渋谷区の女

渋谷区

千代田区、中央区、港区、新宿区と並ぶ都心五区の一つ。

渋谷駅周辺は新宿、池袋とともに三大副都心と称され、大規模な商業地域が広がっている。原宿、代官山、恵比寿には、若者向けの飲食店やファッション産業が集まり、流行の発信地としての側面を持つ。

明治神宮や代々木公園など広大な面積の緑地も有し、松濤や代々木上原などの高級住宅街も存在する。

渠《きょ》

天井から滴り落ちてくる水の音が、奇妙に反響している。

むせ返るような臭いだ。無骨なコンクリートの壁面が連なり、その先は闇に包まれている。

懐中電灯を正面に向ける。地面には瓦礫《がれき》が散乱し、その間を縫うように、水が流れていた。

水の流れはちょろちょろと、ゴム長の靴底がわずかに浸る程度である。

だが油断してはいけない。インターネットの情報によると、突如として大量の水が流れ込んでくることもあるらしい。特に大雨の時などは、用心が必要だという。壁面をよく見ると、水面のかなり上まで濡れていた。ここまで水かさが上がっていたことの証《あかし》である。

台風シーズンは終わり、ここのところ天候は安定している。今日の天気予報も、降水確率は〇パーセントだった。この中に入る前も、空には雲一つなかった。雨が降ることはなさそうだ。だが、初めて来た場所だ。何が起こるか分からない。

工藤肇《はじめ》は、それなりに装備を施して、この暗闇の中に身を投じていた。上下に分かれたレインウェア、ゴム手袋にゴム長。白いナイロン製の衛生マスク。光量の強い工事用の懐中電灯も購入した。

腕時計に目をやる。時刻は午前七時三十五分を示している。

進行方向を照らしながら、慎重に進んで行った。視界の先には、灰色のコンクリートに囲まれた空間が続いている。天井には頑丈な梁があり、数メートルおきに連なっている。両側の護岸の壁は汚れがしみ出ていて、至るところに動物の糞が付着していた。

密閉された空間——

水の流れに逆らう形で、川の中を進んで行った。入った時と比べると、少し水量が増しているような気がする。水面にライトを向けると、小魚たちが一斉に逃げて行った。水質は思ったより悪くないようだ。

川の水は澄んでいたが、臭いはひどかった。周囲には、水の腐ったような下水特有の臭気が充満している。マスクをしていても、悪臭が鼻をついた。早くここを出て地上に戻りたいと思ったが、そういう訳にもいかなかった。

しばらく、薄汚れたコンクリートに囲まれた川の流れの中を、上流に向かって歩き続ける。なぜ、平凡なサラリーマンでいる自分が、こんな場所にいるのだろうか？　このような事態になるなんて、思いも寄らなかった。だが、行かなければならなかった。肇にはどうしても、先に進まなければならぬ理由があったのだ。

ふと立ち止まった。

天井から、光の筋が差し込んでいる。一箇所ではなかった。数メートルおきに、幾筋もの細い光の線が、暗黒の水面に差していた。

あの光の筋は何なんだろう。

肇はゆっくりと、光の方に向かって進んで行った。

観音橋

まるで、何かに吸い寄せられているみたいだ。

『観音橋』という交差点で立ち止まり、原田璃々子は思った。

JR中央本線の信濃町《しなのまち》駅で降りて、神宮外苑を抜けてここまで歩いてきた。渋谷区の路上。外苑西通り、国立競技場前の道。目の前では、四年後に開催される東京オリンピックに向けて、国立競技場の大規模な解体工事が行われていた。その国立競技場のすぐ斜め前に、『観音橋』という交差点はあった。

交差点の一画で、璃々子は精神を集中させた。一切の雑念を断ち切って、気配がする方へと意識を研ぎ澄ます。身体が自然と動き出した。そのまま、外苑西通りを進み、青山方向へと歩き出す。

外苑西通りとは、都心を南北に走る都道である。新宿から青山、麻布を抜けて広尾、白金《しろかね》台《だい》まで続いている。

九月も半ばを過ぎていた。秋晴れの空。風が心地よかった。

デニムのジャケットにカーゴパンツ、大きな黒いトートバッグを肩にかけた璃々子。同じ年頃の二十代の女性と比べると、地味な雰囲気は否めない。腰のあたりまで伸びた長い髪を揺らし、外苑西通りを進んで行く。

「今日はどこへ行く。またオカルトごっこか」

後ろから、呆れた声で先輩が話しかけてくる。先輩の名は、島野仁。璃々子の大学時代の先輩である。

「もう君もいい歳なんだから、いい加減オカルトとか心霊とか卒業して、もっと地に足ついた記事を書いたらどうなんだ」

「オカルトとか心霊とかに、年齢は関係ないと思いますけど」

先輩は背が高く、髪の毛もさらっとしている。肌も白い。服装はいつもパリッとした縦縞のシャツにスラックスである。ダサいという訳でもなく、清潔感もあるのだが、なぜか、ちょっと勿体ない感じがする外見なのだ。口が悪く、性格も最悪なので、女性にモテたという経験は皆無である。

「先輩も、お忙しいようなので、わざわざご足労頂かなくてもよかったのに」

「そんなに忙しくはない。時間はあり余るほどあるからな」

得意げな顔でキメる先輩。ヒマなことなど自慢にならないのに。やはり先輩は、どこかずれている。

「言っただろ。君の信じている、幽霊だとかお化けだとか、人智の及ばぬものなど、存在しないということを、証明してみせるって」

「ああ、そうでした。よろしくお願いします」

別に璃々子だって、好き好んでやっているわけではない。できれば霊的なものとは関わり合いにならずに、楽しく生きていきたいのだが、そうもいかない事情があった。

外苑西通りの歩道を、南下して歩く。しばらく行くと、信号のある交差点にさしかかった。信号には、『仙寿院《せんじゅいん》』と表示されている。

交差点の手前で立ち止まると、ふと右側に視線を送った。外苑西通りと交差する原宿方向へ抜ける道に、トンネルが見えた。入り口には、鬱蒼と生い茂った蔦《つた》が垂れ下がっている。

交差点を渡り、トンネルに向かって歩く。後ろから先輩の声がする。

「やはり君の目的地はここだったのか」

「知ってるんですか。このトンネルのこと」

「千駄ヶ谷トンネルだろ。怪奇サイトやオカルト本では必ず登場する、都内でも有名な心霊スポットだ。千駄ヶ谷トンネルとは定番中の定番だな」

「先輩も、嫌いな割には詳しいんですね」

トンネルの入り口にたどり着いた。

六十メートルほどの短いトンネルである。車道は中央を柱で区切られ、片側二車線ずつあるが、歩道側の車線はタクシーやトラックなどの駐車車輌で埋まっている。トンネルの中は、昼間でも薄暗い。天井に設置されたオレンジ色の照明が、より一層不気味さを漂わせていた。

千駄ヶ谷トンネル。ここは、数多くの心霊現象が目撃されたという場所である。情報によると、天井にぶら下がった逆さまの幽霊が現れたり、トンネルの壁から手が伸びてきて腕をつかまれたりするという。

ゆっくりと、トンネルの内部に向かって歩いて行く。天井のコンクリートは変色し、入り口から伸びている蔦が絡み合っている。噂にあるような気味悪いしみも、ところどころに浮き出ていた。確かに、逆さ吊りの霊が現れたり、壁から手が出てきそうな雰囲気はある。

トンネルの中ほどで立ち止まった。速度を上げて、数台の車が通り抜けて行く。東京の中心部だけあって、交通量は多い。

「このトンネルが開通したのは、昭和三十九年。東京オリンピックの年だ。この上には、仙寿院という寺があり、寺の墓地の下をぶち抜く形で建設された。禍々《まがまが》しい怪奇現象の噂が流布したのも、そういった背景があるからだろう」

先輩の解説が始まった。そんじょそこらの検索サイトより、全然役に立つ。大変ありがたい。璃々子は心の中で手を合わせる。

「仙寿院は、徳川御三家の一つ、紀伊徳川家の菩提寺だった寺だ。江戸の頃は、このあたりはのどかな田園地帯だった。仙寿院には、壮大な庭園が作られ、江戸名所の一つに数えられるほどの美しい場所だったらしい」

「どうして仙寿院の下に、この千駄ヶ谷トンネルが作られることになったんですか」

「そんなことも知らないで、ここに来たのか」

「もともと、このトンネルに来るつもりじゃありませんでしたから」

役に立つのだが、一言多いのが玉に瑕《きず》である。

「昭和三十四年、オリンピック開催が決まった。東京の街は急ピッチで改造を要され、都内各所で一万箇所もの土地が掘り返されたんだ。特に国立競技場があるこの一帯は、集中的に工事が入った場所だ。当時、最寄りの原宿駅と国立競技場を一本で結ぶ道路はなかった。そこで、その間に位置する仙寿院の墓地に、道路を通そうということになった」

さすが先輩である。そういったことの知識は、人一倍凄い。

「だが大きな問題があった。墓地の中に道路を通すにも、たくさんの遺骨が眠る土地を切り開く訳にはいかない。とはいえ、墓地を全部移転させていては、到底オリンピックには間に合わない。そこで、墓地の下にトンネルを作り、道路を通してしまおう、ということになった」

「墓地の真下にトンネルを掘るなんて、ちょっと気味悪いですね」

「だから、まことしやかな噂が流れるようになったんだ。この天井の上には、無数のご先祖様の遺骨が埋葬されているのだからね。そういったご先祖様の霊魂に対して、申し訳ないという無意識下にある罪悪感が、ありもしない心霊現象を流布させているのだと思うよ」

「あれ、今ご先祖様の霊魂って言いませんでした？　先輩は、そういうこと信じてないんじゃなかったでしたっけ？」

「別に僕が、霊魂の存在を信じている訳ではない。昔の人が、そう信じていたという事実について言及したまでだ。霊魂の実在は認めないが、そういったものを信じたいという人間の心は本当だからね」

先輩と霊の実在について議論することは不毛であり、時間の無駄であることは分かっていた。なぜなら、璃々子は先輩が圧倒的に間違っていることを知っているからだ。

璃々子は、小さく深呼吸すると、視線の先に目を凝らした。薄暗いトンネルの内部を見つめる。精神を統一させて、感性を震わせる。

トンネルの中で、しばらく立ちすくんでいた。だが突然踵《きびす》を返すと、璃々子はトンネルに背を向けて歩き出した。

「どうした」

「どうやら、ここではないようです。私の目的地は」


トンネルを出て、再び外苑西通りに戻った。青山方向に進んで行く。しばらく歩くと、道はゆるやかな上り坂になってきた。緑の木立が続き、瀟洒《しょうしゃ》なビルが建ち並んでいる。

外苑西通りを右に曲がり、住宅街の路地に入っていった。ゆるやかに蛇行している、住宅街の中の小道。豪華な邸宅やマンションが建ち並んでいる。人通りはほとんどない。そのまま、南西の方角へと進む。

「次は、どこへ行くつもりだ」

先輩が後ろから声をかけてくる。

「さあ、私にも分かりません」

本当に、自分自身どこに向かっているのか全く予想できなかった。

璃々子には、あまり人には言えない能力があった。彼女は、感じ取ることができるのだ。生きている者以外の存在を。

常に感じるという訳ではない。だが突然、身体中の感覚が研ぎ澄まされ、彼らの存在を知覚することがある。それは、空気だったり匂いだったり、目に見えないもののことが多いのだが、時として明確な形で現れることもあった。

今日も、渋谷区の路上を歩いている途中、強烈な感覚に全身が支配された。それは、今まで感じたことのないほどの強い波動であった。そして、引き寄せられるように、ここまでやって来たのだ。とにかく、強い気配がする方向に舵を取り、進み続けた。

住宅街の路地を歩いて行く。瀟洒な邸宅やマンションが建ち並ぶ中に、板塀の古い木造家屋も残されている。しばらく進むと、道端に古ぼけた石柱を見つけた。蛇行している路地の途中に、ぽつんと立っている石柱。腰ぐらいまでの高さで、風化した石の表面には『原宿橋』と刻まれていた。

「このあたりはもう、原宿なんですね」

『原宿橋』からしばらく歩くと、道は下り坂になっていった。さらに進んで行くと、古民家風のカフェや古着のショップなどの小洒落た店が現れてくる。人通りも増えてきた。いわゆる、裏原宿というエリアである。

通行人の中には、古着を着こなし、紫やピンクなど個性的な髪の色をした若者の姿が目立つ。いわゆる裏原系といった人種である。

「およそオカルトとは、縁遠い場所を歩いているようだが」

「そのようですね」

「本当に、どこに向かっているんだ。付き合わされるこっちの身にもなってみろ」

「だから、別にご足労頂かなくても、大丈夫ですから」

目に見えない力に導かれ、裏原宿の路地を進んで行く。

時折、璃々子はこの能力を恐ろしく思うことがある。こんな能力さえなければ、人生はどれほど幸福なものになるだろうか。そう思い、常々自分の運命を呪っていた。

物心ついた頃から璃々子は、自分には他の人にはない能力があることを認識していた。そのお陰で、彼女のこれまでの人生は散々なものだったと言える。

璃々子には、友人と呼べる人間がほとんどいない。誰かと話していても、その人物に憑いている、穏やかではない者の存在を察知し、彼女を悩ませるのだ。なんとか忠告してあげたいと思うのだが、そのことを話すと、確実に気味悪がられる。目に見えない存在など無視して付き合えばいいのだが、そんな器用ではない。よって、その人とは疎遠となってしまう。

今まで、まともな恋愛もしたことがない。何度か付き合ったことはあったが、その男性に取り憑いている不穏な存在を知覚すると、平常心ではいられなくなる。だから、交際が続いたためしがない。大学を出た後、出版社に就職したのだが、すぐに辞めてしまった。職場にいても、そのことが障害になって、仕事が手につかなかったからだ。何度か会社を変わったが長続きしなかった。だから、先輩のように『幽霊などいない』などと、呑気に言っている人間が本気でうらやましい。霊的な存在を感じる能力がなくなれば、どんな楽しい人生が待っているのだろうか？

璃々子の願いは、「一刻も早く、自分の特殊能力を消してしまいたい」ということだけなのだ。同世代の女子みたいに、人並みの恋愛をして青春時代を楽しみたい。自分で言うのも何だが、そんなにイケてないことはない、と思う。いや、そう思いたい。胸も大きくはないけど、顔は悪い方じゃない、と思う。きっと、多分。とにかく素敵な男性と結ばれ、幸せな結婚がしたい。優しい夫と、可愛い子供と楽しく過ごしたい。何はともあれ、普通の女の子になりたい。

でもその目的を叶えるためには、自分に降りかかっている、〝ある大きな問題〟を解決しなければならなかった。璃々子にまとわりついている、洒落にならない恐ろしい事態。そこから解放されるために、こうして東京都内の曰くつきの場所をまわっているのだ。

そして今、彼女を引き寄せている強烈な波動。渋谷区に足を踏み入れた途端に感知した恐ろしい気配。もしかしたら、たどり着けるかもしれない。璃々子がこの東京で探し求めている場所に……。その可能性はあった。

そのまま裏原宿の路地を進んで行くと、表参道の通りに出た。

中央分離帯がある片側三車線の道路は渋滞しており、右に行くと明治神宮、左は青山通りの表参道交差点だ。

道路沿いには、高級ブランド店やブティックなどオシャレ系の店がずらっと建ち並んでいる。歩道は、若い男女を中心に、修学旅行生や外国人観光客などで溢れかえっており、女性ものの香水の匂いがたちこめていた。

大勢の人が行き交っている、表参道の歩道の方に歩み出す。雑踏の中、精神を研ぎ澄ました。璃々子を導く気配がするのは、右の明治神宮でも左の青山通りでもない。やはり正面の、南西の方角からである。表参道を隔てた、対面の通りから気配は漂ってくる。

表参道を渡るため、人混みをかき分け、正面の歩道橋の方へ向かった。その時である。

璃々子は歩道の手前で立ち止まった。

「ここにも、石柱がありますね」

表参道の歩道の片隅にも石柱があった。原宿の路地にあったものと同じような、腰までの高さの石柱である。東京の最先端の街並みの中に立つ、古ぼけた石柱。表面には、『参道橋』と刻銘されていた。

先輩は石柱を覗き込むと、興味深く呟いた。

「なるほど……『参道橋』か」

「参道橋？」

「そうだ。この石柱は参道橋と言って……」

突然、先輩はあっと息を呑んだ。

「……そうか、そういうことか」

「え、どうしたんですか」

先輩は、璃々子を真顔で見る。

「分かったぞ、君が何を考えているのか」

「え、私ですか……」

切れ長の目を、冷ややかに向けると、先輩が言う。

「そうだ。僕を試そうとしているのかもしれないが、残念ながら全てお見通しだ」

「試そうって、別に何も……」

璃々子がそう言うと、先輩は歩道橋に向かって歩き出した。仕方なくその後を追う。

歩道橋で道路を渡り、対面の通りに入った。通りにはアパレル系のショップやオープンカフェのような店舗が建ち並んでいる。キャットストリートという名称のファッション街である。わずかにカーブを描きながら、続いている道。大勢の最先端のファッションに身を包んだ若者たちが行き交っている。道の真ん中に車道があるが、車は走行していない。この先をずっと進んで行くと、渋谷の駅のあたりにたどり着く。

「それで」

ぼそっとそう言うと、先輩は立ち止まりこちらを振り向いた。

「そろそろ話してもらおうか。今回の企画について」

「……企画ですか？」

先輩は、こっちに近寄ってくる。

「君にしては、よく考えた。とても面白いと思う」

「はあ？」

長身の身体を屈めて、璃々子の顔をじっと覗き込んだ。

「さあ隠してないで、早く言いなさい。今回の企画の趣旨とやらを」

「それが……企画なんかないんですけど。私はただ、強い気配を感じたんで、その気配がする方に向かって歩いて来ただけで」

「本当か」

「はい」

「本当に君は、何も考えずにこの道を歩いて来たのか」

「別に、何も考えてない訳じゃないですけど」

「信じられない……」

璃々子から視線を外すと、先輩は宙を見上げた。

「どういうことですか」

「気がつかなかったのか。神宮外苑からここまでのルートには、大きな意味があったことを」

「大きな意味ですか」

璃々子は狐につままれたような気分になった。本当に、何か意図があった訳じゃなかった。ただ、強い気配がする方に導かれ、歩いて来ただけである。珍しく先輩は興奮した口調で、璃々子に問いかけた。

「これまで歩いて来た場所を思い出してみろ」

「えーと、神宮外苑から観音橋に出て、千駄ヶ谷トンネル、原宿橋、裏原宿、表参道に参道橋……」

「ほら、どこかおかしいと思わないか」

「え、何がです？」

「何か違和感はなかったか」

「違和感ですか……」

璃々子は考えた。だが、先輩の言っている意味が分からなかった。

「まだ、分からないのか」

「はい。全く分かりませんけど」

「仕方ない」

そう言うと先輩は歩き出した。璃々子も慌てて後を追う。少し歩くと、先輩は立ち止まり、通りの一画を指し示した。

「見てみろ。あの石柱になんて書いてあるのか」

歩道の脇に、花が植えられたコンクリートの台座があった。その中心には、また古ぼけた石柱が鎮座している。石柱の表面には『穏田橋《おんでんばし》』と刻まれている。

「穏田橋？　ここにも橋の石柱がありますね」

「そうだ。観音橋に原宿橋、参道橋。そしてこの穏田橋。今まで、我々が歩いてきたルートには、橋とつく場所がいくつもあっただろ」

「あ、確かに」

「でも、川は見えたか？」

「え、川ですか？　そう言えば……」

先輩の言う通りだった。今まで歩いてきたルートに、川らしきものは見かけなかった。

「川は見ていません」

「そうだろ。でも川はあったんだ」

「どういうことです」

「僕たちが歩いて来たルートには、常に川があったんだ。そして、今も我々のすぐ傍を川は流れている」

「え」

慌てて、璃々子は周囲を見渡した。しかし、川らしきものは一切見当たらない。

「このあたりに、川なんかありませんけど」

「暗渠《あんきょ》だよ」

「あんきょ？」

「暗渠とは、地中に埋没させた河川や水路のことだ。川は我々の足の下を流れているんだ」

そう言うと、先輩は地面を指さした。

「本来流れていた川に、アスファルトで蓋をして、地上から隠したのが暗渠だ。この東京の地下には、暗渠が至るところに流れている。たった今、君が歩いてきたコースは、奇しくも地下を流れている渋谷川という暗渠の上をなぞっていたんだ」

「そうか……。だから、橋と名のつく石柱が至るところにあったんですね」

「かつて川は地上を流れていて、そこにいくつも橋が架けられていた。だが川が暗渠化されると、橋はお役御免となる。だから、この『穏田橋』のように、モニュメントとして橋の欄干に立っていた親柱だけが残されているという訳だ」

「なるほど。ということは、私は地下に流れている渋谷川に沿って、歩いてきたということですか」

「その通りだ。今もこの地面の真下には、暗渠と化した川が流れている」

知らなかった。暗渠という言葉を耳にしたことはあったが、暗い洞窟のようなものだろうと思っていた。都市開発で川を地中に埋没させたということも、聞いたことはあった。だが普段よく訪れる原宿や表参道などの地下にも、川が隠されていたとは……。

そして自分は今日、何かに誘《いざな》われ、暗渠と化した川の上を歩いている。それは、一体何を意味するのだろうか。

「このキャットストリートは通称で、正式名称は旧渋谷川遊歩道と言う。つまり、この道は、暗渠化した渋谷川の上にできた通りなんだ。そのことを踏まえ、通りを眺めて見ると、ほら……」

そう言うと先輩は、ショップやブティックが並んでいる通りを指さした。

「見えてこないか。川の流れが」

ゆるやかに蛇行している通り。言われてみると、確かに川の流れにように見える。

「この一帯、江戸時代までは穏田村と呼ばれる農村地帯だった。その頃の様子を描いた、葛飾北斎の富嶽三十六景には、渋谷川に架かる穏田の水車が描かれている」

「原宿に、水車があったんですか」

目前に広がる、原宿のファッション街。かつては田園地帯に豊かな川が流れ水車があった。

その風景は、今では全く想像できない。

気がつくと、璃々子の足が自然と動き出していた。

ゆっくりと、キャットストリートを進んで行く。渋谷川の暗渠の上を……。

今まで感じたことのない強烈な気配に引き寄せられ、歩き続ける璃々子。彼女を導くものの正体は何なのか。

自分は一体、どこに向かって行くのだろうか。

渋谷川

暗闇の中を、数メートルおきに光の筋が伸びていた。

光は水面に差し込み、ゆらゆらと乱反射している。光の下で立ち止まると、肇はコンクリートの天井を見上げた。天井には、直径二十センチほどの穴が開いており、格子状の鉄枠が取りつけられていた。耳を澄ますと、そこから車の走行音や街角の喧噪が聞こえてくる。

天井の穴は排水口だった。地上の側溝にたまった雨水などが、この穴から流れ落ちてくるのだろう。排水口の真下の瓦礫には、煙草の吸い殻が散乱している。路上喫煙者が、排水口にポイ捨てしたものが落ちて、たまっているのだ。

今自分は、地上ではどのあたりを歩いているのだろうか。東口のバスターミナルを越えたぐらいか。ということは、もう少しで目的の場所にたどり着くはずだ。

視線の先には、ちょろちょろとした川の流れと、コンクリートに囲まれた暗闇の空間が続いている。自分の頭上に、渋谷の大都会があるとは、到底思えなかった。

その奇妙なメールが届いたのは、四日前のことだ。

肇には仕事用と個人用の二つのアドレスがあった。その奇妙なメールは、個人アドレスの方に入っていた。

『貴殿の母が会いたがっている。九月×日午前八時。渋谷川の暗渠、宮益橋《みやますばし》跡で待っている』

送信者の名前は、記されていなかった。もちろん、アドレスにも心当たりはない。

イタズラかもしれないと思った。だがそのメールは、肇の心を大きく揺さぶった。

肇の母は、十年ほど前に失踪していた。肇が十六歳の時だ。それ以来、母とは会っていない。

五歳の時、肇は実父を亡くしていた。胃がんだった。父の記憶はほとんどない。後から聞いた話によると、食品会社に勤めるサラリーマンで、働きづめの毎日だったという。親戚からは、過労が祟《たた》って死んだのではないかと聞かされている。

父を亡くしてから、母と二人で暮らした。ほっそりとした美人で、穏やかで優しい性格の、自慢の母だった。暮らしは決して裕福とは言えなかったが、母との生活は今でも大切な思い出だ。よく、近所の小川に水遊びに連れて行ってくれた。母は川が好きだった。

　肇が十歳の時、母は再婚した。相手はいくつか不動産会社を持つ、やり手の経営者だった。結婚したことで生活は裕福になったのだが、それも一年と続かなかった。義父が自宅で撲殺されたからだ。そして、逮捕されたのが母だった。

　母は警察に、義父を殺害したことを認めた。犯行の動機は、義父の度重なる不貞と虐待であると供述。弁護士は心神耗弱《しんしんこうじゃく》を主張し、精神鑑定も行われた。でも鑑定の結果、心神耗弱は認められず、実刑五年の判決が下った。殺人罪で、五年の実刑はとても短いらしい。弁護側の主張もある程度受け入れられ、情状酌量の余地があったということだ。

　母の逮捕後、肇は実父の親戚のもとに預けられた。十六歳の時、刑期を終えて出所した母と、五年ぶりに再会する。でもそのすぐ後、母の行方が分からなくなってしまったのだ。理由は分からない。肇の前から忽然《こつぜん》と姿を消し、それ以来連絡も一度もなかった。

　肇は親戚の家に身を寄せながら、苦学して国立大学に入学した。そして希望していた大手商社に就職することができた。今は結婚を誓い合った恋人もいる。同期入社で知り合った女性だ。仕事も人生も、軌道に乗り始めたばかりだった。でも、母のことは片時も忘れたことはなかった。あれからもう十年も経つ。

　失踪当初は親戚も行方を追ったが、その消息は杳《よう》として知れなかった。肇も学生時代、自分なりに心当たりを探し続けた。しかし学生の身分では、失踪人を探すには限界があった。

社会人となり、今はそれなりの収入もある。結婚する時は、母に真っ先に知らせたい。探偵でも雇って、母の行方を探してもらおうかと考えていた矢先だった。そのメールが届いたのは――

肇の頭の中に、様々な思いがよぎる。

果たして、メールは本物なのだろうか。本当に、指定された日時に『宮益橋跡』とやらに行けば、母に会えるのだろうか。送信者は誰なのだろうか。イタズラだとしても、肇の母が失踪したことを、知っている人物であることは間違いない。一体何のつもりで、こんなメールを送ってきたのだろうか。

肇は、そのアドレスにメールを打ち返した。

『メール拝受しました。あなたは、どちら様なのでしょうか。母の消息をご存じなのですか。あなた様の名前と電話番号を教えて頂けませんでしょうか。直接話がしたいです』

しかし、返事は送られて来なかった。やはりイタズラなのかもしれない。そう思った。現に指定してきた場所が、かなり胡散臭い。

『渋谷川の暗渠、宮益橋跡』

最初はどこか、分からなかった。『暗渠』とは一体どういう場所なのか。インターネットで検索し、大体のことは調べることができた。『渋谷川の暗渠』とは、渋谷駅前の地下を流れる川で、『宮益橋』とは、かつて宮益坂にあった橋だった。宮益坂とは、渋谷駅から青山方向に上って行く坂だ。インターネットによると、今もまだ宮益坂の交差点の真下あたりの暗渠の中に、『宮益橋』が現存しているらしい。

『渋谷の地下』『暗渠』そういった場所に、実際に行くことはできるのだろうか。送信者はどうして、そんな場所を指定してきたのだろうか。やはり、これはイタズラの類ではないか。

そうこうしているうちに、その日は迫って来た。指定された日は日曜で、会社は休みである。だが肇は行くつもりはなかった。日が近づくにつれ、だんだんと怒りが込み上げてきたからだ。イタズラだとしたら、相当性質《たち》が悪い。誰だか知らないが、メールを真に受けて、のこのこと暗渠に出向いてゆく自分をせせら笑うつもりなのだろう。そう思うと、無性に腹が立ってきた。

そんな時だった。二つ目のメールが届いたのは。

『確認です。明日の午前八時、宮益橋跡。渋谷駅南側の稲荷橋《いなりばし》から、渋谷川の暗渠に入ることができます。濡れるかもしれないので、雨具とゴム長靴を着用のこと』

稲荷橋から宮益橋までの略図も添付されていた。相手は何としても、来てもらいたいようだ。その気持ちは伝わってきた。実際、母が失踪して十年間、手掛かりらしいものは皆無だった。母に会えないまでも、何か情報を得ることができるかもしれない。

イタズラかもしれないが、行ってみることにした。やはり、気になって仕方なかった。母に会える確率は低いかもしれないが、わずかでも可能性があるなら行くべきかもしれないと思い始めた。約束の場所に誰も現れなかったとしても、行かないで後悔するよりはいい。

インターネットの暗渠についてのサイトを再びチェックした。メールにもあったように、暗渠に入るにはある程度の装備が必要らしい。レインウェアはあったが、懐中電灯やゴム長は持っていなかった。足りないものは全て買いそろえた。

そして今日、二〇〇九年九月×日午前七時過ぎ。肇は渋谷にやって来た。日曜日の早朝ということで、渋谷駅周辺には通行人の姿はあまりない。登山用リュックにレインウェアやゴム長などの装備を入れて、暗渠の入り口を目指した。

国道二四六号線を渡り、明治通りとの交差点の一画で立ち止まる。書店があり、普段よく通る場所だ。明治通りと並行して走っている東急線の高架線路との間に、川が見えた。川は地上から四、五メートルほど下を流れており、両岸にはコンクリートの護岸がずっと続いている。渋谷川である。その川に架かっているのが稲荷橋だ。

橋の上に立って周囲の風景を眺める。渋谷駅側の道路の真下には、四角いトンネルがあり、そこからわずかに川の水が流れ出ている。このトンネルから暗渠の中に入ることができるらしい。

ビルの陰を見つけて、そこで着替えることにした。リュックからレインウェアの上下を取り出す。手早く装着すると、スニーカーをゴム長に履き替えた。

橋のたもとまで行き、柵を乗り越えた。コンクリート護岸の壁面に、昇降用の手すりを見つけた。手すりを使って川まで下りる。暗渠に入ることは、本来なら役所の許可がいるらしい。咎められれば、断念しなければならない。だがほとんど人目には触れず、割と簡単に、川まで下りることができた。ちょろちょろと水が流れ出ている川沿いを歩いて行くと、すぐにトンネルの前にたどり着いた。

暗渠の入り口――

コンクリートで形作られた四角いトンネル。その先は闇に包まれており、ひどい下水の臭気が漂ってきている。肇は衛生マスクを装着すると、暗闇の中に身を投じた。

少し背伸びをして、頭上の排水口を仰ぎ見る。

天井まで、距離は何メートルもある。光に溶け込んで、外の景色はよく見えないが、街角のざわめきは伝わってきている。すぐ頭の上には、渋谷の雑踏がある。ちょっと不思議な気分だ。

時刻は午前七時四十分。暗渠に入って十分ほどが経過していた。大した距離を歩いていないのだが、思ったより時間がかかっている。指定された時刻まで、まだ充分時間はある。肇は慎重に、奥へと進んで行った。

時折天井の方から、ドスンドスンと振動が伝わってくる。上の道路を車が通過したのだろう。

しばらく行くと進行方向に、何やら異様な物体が見えた。思わず身構える。注意深く懐中電灯を向ける。壁面に赤茶けたレンガの塊のようなものがある。恐る恐る近寄ってみる。どうやら、橋脚の一部のようだ。表面のレンガ状のタイルが剝がれ落ち、コンクリートの下地の部分が剝き出しになっている。橋脚を照らしながら、懐中電灯を頭上の方に向ける。天井には横一直線に、赤褐色に錆びた鉄骨が埋め込まれていた。隙間から、朽ち果てた木材の残骸が飛び出ている。

これが宮益橋なのだろう。かつて、渋谷川に架かっていたという橋である。肇が見ているのは、橋の裏側の部分になる。川底から橋を見上げている形だ。ということは、自分が今いる場所は、宮益坂下の交差点の真下あたりということになる。

時刻は七時五十分を過ぎていた。あと十分ほどで、指定された時刻だ。果たしてメールの送信者は、やって来るのだろうか。

そう思い、懐中電灯で周囲を照らす。その途端、肇はギョッと息を呑んだ。異様な物体が、視界に飛び込んできた。

懐中電灯に照らし出された視界。進行方向の先に、白い巨大な何かが見える。真っ白い大きな物体が、道を遮断していた。肇は懐中電灯を向けたまま、その物体の方に歩み寄る。

白い物体は、ゴム製のカーテンだった。天井から水面すれすれまで、横一面にすだれ状のカーテンが取りつけられている。その先は遮られ、奥は見えないようになっていた。カーテンはさほど汚れていないようだ。誰かが定期的に交換しているのだろう。

その奥を覗き込みたい誘惑にかられる。ゆっくりと近寄って行った。カーテンに手をかけようとした、その時である。

水を弾く音がした。背後から、誰かの足音が聞こえてくる。思わず、肇は振り返った。遠くから小さな光が近づいてきている。光が接近するにつれて、足音も大きくなってきた。誰かがやって来る。肇は姿勢を低くして身構えた。腕時計に目をやる。時刻は七時五十五分を示している。指定してきた時刻の五分前だ。

ちょっと意外な気がした。相手は姿を現さないか、結構待たされるのではないかと想像していた。だが約束の時間通り、その人物は現れた。

水の中を歩く足音が、暗渠内に響き渡る。肇も相手の方に、ゆっくりと懐中電灯を向けた。

相手の姿が見えてくる。

男性のようだ。灰色のレインコートのフードを、すっぽり頭まで被っている。膝下まであるゴム長に、顔半分を覆い尽くす衛生マスク。肇より大きなリュックを背負っている。

少し手前で、男はゆっくりと立ち止まった。身長はさほど高くない。銀縁の眼鏡を掛けているが、鼻から下はマスクに覆われていて、よく分からない。フードの隙間から白髪が覗いていた。かなり年配の人のようだ。

なんて声をかけようかと考えていると、男が先に口を開いた。

「君か？　私にメールを送ってきたのは」

肇は絶句した。それはこっちの台詞だ。言い返そうとした時、男はさらに声を荒らげた。

「一体、どういうつもりなんだ。カスミさんはどこにいる」

マスク越しのしわがれた声が、暗渠の中に響きわたった。

キャットストリートを通り抜けた。ファッション街は終わりを告げたが、さらに道はゆるやかなカーブを描きながら続いている。住宅街の中の路地。周囲には、瀟洒なマンションやビルが建ち並んでいる。そう遠くない過去、この原宿一帯は緑豊かな田園地帯だった。自分は今、田園地帯の中心を流れていた、地上から隠された川の上を歩いている。

璃々子は、後ろを歩いていた先輩に問いかけた。

「渋谷川は全部、暗渠化されたんでしょうか」

「そうではない。渋谷川は新宿御苑の池を源流として、今歩いてきた神宮外苑や原宿を通り渋谷へと抜ける。水源地から渋谷までは、穏田川とも呼ばれている。渋谷を越えると、広尾の天現寺から古川と名を変え、東京湾へ注いでいる。暗渠となっている区間は、この先の渋谷駅の南側にある稲荷橋までだ。そこから渋谷川は暗渠ではなくなり、川は地上を流れている」

暗渠の上を歩き続ける。ちょうど、原宿と渋谷の間ぐらいだろうか。ビルの谷間に、車一台が通れるぐらいの道が続いている。

「どうして渋谷川は、暗渠になったんでしょうか」

「東京が発展していく上で、その犠牲になったんだ」

「犠牲？」

「そうだ。もともと東京は川が多く、水源に恵まれた土地だった。江戸の町が栄えたのも、川や運河を利用した水上交通を発展させたからだ。しかし明治以降、土地が切り開かれ、宅地化していくと、人々はかつての川や小川を、下水道として使い始めた。川は臭いどぶ川と化した。見栄えも良くない。そこでコンクリートで蓋をして隠してしまおうと考えたんだ。その方が道としても使えるし、土地も広くなるからね」

「なるほど」

「そして昭和三十四年、東京オリンピックの開催が決まると、急ピッチで工事が行われることになった。汚い川を、日本にやって来る外国客に見せるわけにはいかない。都内の至るところで川は暗渠となり、地下に隠された。特に渋谷川は、国立競技場など、多くのオリンピック会場がある地域を流れており、支流も含めて集中的に工事が行われたんだ。そして、オリンピック開催年の昭和三十九年に、なんとか工事が完了したという訳だ」

「渋谷川が暗渠になったのも、オリンピックがきっかけだったんですね」

「そうだ。五十年ほど前の出来事だ。そんな遠い昔のことではない。その頃までは、この道は川だったんだ。『春の小川』を知っているだろう」

「『春の小川』って、あの童謡の？」

「そうだ。童謡『春の小川』は、渋谷川の支流である河骨川《こうほね》が舞台だと言われている。明治の終わり頃、作詞者の高野辰之という国文学者が、河骨川の近くで暮らしていたことがあり、家族ともどもこの川に親しんでいた。そのことを歌ったのが、『春の小川』だというんだ。だがその河骨川も東京オリンピックを契機に、渋谷川と同じ運命をたどっている」

「春の小川も、暗渠化されたということですか」

「まあ、オリンピックの頃はもう下水として使われていたので、春の小川という雰囲気ではなかっただろうがね」

複雑な心情だった。かつて水の恩恵で栄えた都市の川を、人間の都合でどぶに変え、蓋をして隠してしまった。川に申し訳ないように思えた。だがそうやって都市は発展していき、我々はその恩恵を被っている。それも否定できない事実だった。

一体なぜ、自分は暗渠の道に導かれているのだろう。璃々子を引き寄せているものの正体は何なのか。自分はどこに向かっているのか。全く分からない。

「それで」

後ろから先輩が、声をかけてきた。

「本当に君は、何も知らないで、ここまで歩いてきたのか」

「ええ、まあ」

「信じられない」

そう言われても、本当だから仕方ない。先輩はどうしても、認めたくないようだ。しつこく言ってくる先輩に、思わずつめ寄った。

「だから、言ってるじゃないですか。この世には、人智の及ばぬことがあるんだと。もしかしたら、本当は先輩だって、知覚しているんじゃないでしょうか。そういった世界が、現実に存在することを……。でも今はただ、それを認めたくないだけ。そうじゃありませんか」

その言葉を聞くと、先輩はゆっくりと立ち止まった。黙ったまま、璃々子の顔をじっと見据えてくる。怒らせたのだろうか。しばらくすると、先輩の口が動いた。

「……確かにそうだな」

「え、認めるんですか」

意外な答えだった。いつもだったら、全力で否定する筈なのに。

「君の言う通りかもしれない。近頃、ふと思うことがあるんだ。もしかしたら、実在しているかもしれないと。人智の及ばぬ存在が……」

璃々子は思わず息を呑んだ。先輩が考えを変えてくれたら、今彼女が直面している恐ろしい事態は、大きく好転する可能性があるからだ。璃々子はもう一度、念押しする。

「先輩、認めてくれるんですね。そういった世界があることを」

先輩は顔色一つ変えず、璃々子を見据えたまま答えた。

「な……」

璃々子は息を呑む。

「訳ないだろ」

そう言うと先輩は、再び歩き出した。璃々子を一瞥して言う。

「君のやり方がよく分かった。僕は誤魔化されないぞ」

璃々子は大きくため息をつくと、先輩の後を追った。

しばらく歩き続けると、道は大きな通りにさしかかった。明治通りである。明治通りは、池袋、新宿、渋谷、麻布などを通る、東京の幹線道路だ。明治通りと並行して山手線の線路が走っており、線路沿いには細長い公園が見える。宮下公園だ。線路の高架と同じ高さに作られた公園で、一階部分は駐車場となっている。

横断歩道を渡り、明治通りの対岸に出た。璃々子を導く気配は、どんどん強くなってきている。強烈な波動に引き寄せられ、璃々子は明治通りの歩道から、宮下公園の駐車場の脇にある狭い路地に入っていった。

奥に数軒の一杯飲み屋が見える、渋谷の裏路地といった雰囲気の道である。少し歩くと、路地は二手に分かれていた。左は宮益坂の方に抜ける遊歩道になっている。右側の路地は、山手線の線路が横切り、高架下を抜ける小さなガードが見えた。岐路の前で一旦立ち止まると、先輩が声をかけてきた。

「やはり、そういうことか」

「え、何がですか?」

「残念だ。まさか、君がそんな人間だとは思っていなかったよ」

「どういうことです」

「君は明治通りを渡って、この裏路地の中に入ってきた。そのルートが、渋谷川の暗渠の道なのは、紛うことなき事実だ。今我々がいるこの場所の地下にも、川が流れている。渋谷川の暗渠は、明治通りを横断し、宮下公園の脇にあるこの路地の下を通り抜け、渋谷駅の方まで続いている」

「そうなんですか」

先輩が、じろりと璃々子を見据えた。

「そろそろ正直に告白したらどうだ。全部調べて来たんだろう」

「え、違います」

「本当は知っているんじゃないのか、渋谷川の暗渠の道を。君は知らないふりして、僕の前で一芝居打っているんだ。そうだろ」

「どうして私がそんなことを」

「オカルト雑誌の企画としては、よくできている」

そう言うと先輩は、おもむろに歩き出した。璃々子を追い越して、左側の遊歩道の方へと進んで行く。遊歩道の両脇は、自転車置き場になっていて、多くの自転車やバイクが並べられていた。璃々子も仕方なく、遊歩道の方へと足を踏み出す。

「この遊歩道も、渋谷川の暗渠の上に作られた道だ。暗渠のルートを知っていたら、不思議でも何でもない。こうして渋谷川に沿って、歩いて行けばいいんだからな」

これ見よがしに先輩が言う。もちろん騙してなどいない。本当に璃々子は、渋谷川について知らなかったのだ。やっぱり先輩は頑として、人智を超えた力の存在を認めようとはしない。

先輩の背中を追って遊歩道を抜けると、よく見慣れた場所に出た。

渋谷駅の東側である。

正面に見えるJR渋谷駅と東口バスターミナルは、駅前の再開発のための工事が行われていた。目の前を横断する道路には、路線バスやタクシーが走り、歩道には多くの通行人が行き交っている。すぐ右側には山手線のガードがあり、その先はハチ公前のスクランブル交差点だ。左側には、飲食店が建ち並ぶ上り坂が見える。宮益坂である。

「残念ながら、君の魂胆は全部お見通しだ。超常現象を偽装しようとは、君にしてはいいアイデアだが、僕の目は欺《あざむ》けないよ」

言い返す気にもならなかった。信じてもらえないのなら、仕方ない。璃々子は、多くの通行人が歩いている宮益坂下の歩道に出ると、周囲を見渡した。

「宮益坂まで来ましたね」

「そうだ。かつてこの場所にも川が流れ、橋が架けられていた。宮益橋という橋だ」

先輩はかつて、『宮益橋』があった道路を眺めた。

こんな渋谷の真ん中にも川が流れ、橋があった。璃々子の眼前にあるのは、頻繁に車のタイヤが通り過ぎるアスファルトと、大勢の人で賑わう渋谷駅前の風景だった。今はその痕跡は何一つ残されていない。

「渋谷は谷底に作られた町だ。その証拠に……ほら、見えるだろう。ちょうど銀座線の電車がやって来た」

そう言うと、先輩は道路の先を指さした。工事用のフェンスに囲われた渋谷駅から、地下鉄銀座線の黄色い電車が姿を現す。ビルの谷間を貫くように高架線路を走って行く。

「銀座線は地下鉄であるにもかかわらず、始発駅の渋谷駅付近では、このように空中を走っている。それは渋谷の地形が関係しているからだ。銀座線の渋谷駅のホームは三階にある。そこから発車した電車は、谷の斜面に突っ込むように、地下へと入って行くんだ。渋谷駅が低い谷の底にあることがよく分かる」

「確かにそうですね。渋谷駅を出ると、道玄坂に宮益坂、どの方向に行っても上り坂になっています」

「谷底にあるこの土地にはかつて、渋谷川や宇田川《うだがわ》など多くの河川が流れ込んでいた。江戸時代、このあたりは渋谷村と呼ばれ、豊富な水資源と緑に溢れた自然の景色が広がっていたんだ」

多くの川が流れ、水の恵みに満ちた場所だったという渋谷。だが、璃々子の眼前にあるのは、最先端の高層ビルが建ち並んでいる、近代的な都会の姿だった。

「東京の中で、この渋谷という場所は最も変貌を遂げた土地と言っていいだろう。川が多かった谷底の土地は、川を全て塞がれて作り替えられていった。そして、これからも渋谷という都市の姿は変わり続けていく」

そう言うと先輩は、クレーンや重機に囲まれた渋谷駅の方に視線を送った。

「渋谷川の暗渠は、この先も続いているんですよね」

「そうだ。東口バスターミナルの下を通って、駅の南側の稲荷橋まで続いている。稲荷橋から先は暗渠が終わっていて、川は地表に現れている。そこが暗渠の入り口になっている」

「暗渠の中に入ることはできるんですか」

「二〇一〇年から始まった再開発の工事が行われる前は、役所の許可があれば入ることができた。特別な許可を受けて、暗渠内に入ったというテレビ番組やブログの記述もある。だが二年前から暗渠内で水路変更の工事が行われているため、現在は一切立入禁止だ」

「そうなんですか」

璃々子は、暗渠の入り口があるという稲荷橋の方に目を向けた。神経を集中させる。しばらくすると、ぼそっと呟くように言った。

「あの、先輩……一ついいですか」

「なんだ」

「やっぱり、先輩は全然間違っています」

「どういうことだ」

璃々子は、視線の先を指さした。

「こっちじゃないみたいなんですけど」

突然長い髪を翻し、彼女は今来た道を戻り始めた。再び、自転車置き場がある遊歩道の中に入って行く。慌てて、先輩がその後を追った。

「どこへ行く」

「方向が違っていたんです」

「そっちは渋谷川じゃないぞ」

遊歩道を通り抜ける。宮下公園の裏手にある路地まで戻って来た。山手線の高架下のガードと二手に分かれている、岐路の前まで戻って来ると、立ち止まり、意識を集中させる。

「君は渋谷川の暗渠に沿って、歩いて来たんじゃないのか」

先輩の問いかけには答えず、璃々子は山手線のガードの方に向かって歩き出した。

宮益橋

肇の前に現れた、しわがれ声の男。彼は母とどういう関係なのだろうか。容姿や声からすると、六十代か七十代前半といったところだ。こういう時は慌ててはいけない。肇は気を落ち着かせて、対峙する男に話しかけた。

「何か勘違いしているようだけど、僕はあなたを呼んだ人間ではない。僕にもメールが来て、ここに来るよう指示されたんですよ」

「嘘をつけ」

「嘘じゃありません。僕はあなたのことを知らないし、どうして、見ず知らずの人を、こんな場所に呼ぶ必要があるんですか」

男は答えず、じっと睨みつけている。肇はさらに言葉を続けた。

「嘘をついているのは、あなたの方じゃないんですか」

「なんだと」

「僕にメールを送ってきたのは、あなたですよね」

「馬鹿なことを言うな。私だって君が誰か知らん。君は一体誰なんだ」

肇は一瞬、押し黙った。相手の素性を知りたいのはこっちも同じである。だがここは譲歩して、素直に従うことにした。

「工藤肇。それが僕の名前です」

ゆっくりと丁寧に、自分の名を告げた。肇の名前を聞くと、急に男の眼差しに変化が生じた。

「工藤肇……。ということは、君はカスミさんの？」

「そうです。僕は工藤カスミの息子の肇です」

「君が、肇君なのか」

男は肇の顔を窺うように見ると、納得したかのように頷いた。

「それで……あなたは？」

一つ咳払いをすると、男は居住まいを正して答えた。

「私は、日向《ひゅうが》という者だ」

「どうして、母を知っているんですか」

「医者をやっている」

「医者？　お医者さんがどうして母を？」

「私は精神科の医師だ。十五年前の事件の時、工藤カスミさんの精神鑑定を担当させてもらった」

「あの時の……精神科の先生が、どうしてこんなところに？」

「だから、言ったじゃないか。メールが来たんだ。誰か知らない相手から……。工藤カスミに会いたければ、ここに来るようにと……」

肇の素性を聞いてから、日向という男の言葉は明らかに歯切れが悪くなっている。何か隠しているのかもしれない。

「……あなたと母は、どういった関係だったんですか」

日向は、怯えたような目で肇を見た。

「私は精神鑑定医だ。君の母は殺人事件の被告だった。ただそれだけだ」

「だったらどうして、メールが来たぐらいで、こんなところまでやって来たんですか。放っておくか、警察とかに連絡するのが筋だと思いますけど」

そのことを聞くと、日向の皺だらけの細い目が泳ぎ始めた。小さくため息をつくと、ゆっくりと目を閉じた。

「……確かにそうだな。分かった。全部話そう」

日向は落ち着いた口調で、語り始めた。

「私は鑑定医という立場にありながら、被告人であるカスミさんに個人的な感情を抱いてしまった。最初は同情からだった。カスミさんと何回か接見を重ねていくうちに、彼女が可哀想になってね。裁判が終わり、判決が出た後も、刑務所に通ったりもした。何とか力になりたいと思った」

日向の告白を聞いて、肇の胸はざわめいていた。彼の様子から、母とは鑑定医と被告を超えた、特別な事情がある予感はしていた。あまり聞きたくはなかったが、我慢して日向の話に耳を傾けることにする。

「カスミさんは穏やかで思慮深く、優しい女性だった。これは法廷でも私が証言したことだが、彼女が犯行を思い立った直接の動機は、夫の不貞行為でも度重なる虐待でもなかった。それはただひとえに肇君。君を守るためだったんだよ」

日向は沈痛な眼差しを、肇に向けた。

「事件当時、小学生だった君も、被害者である義理の父から毎日のように、ひどい暴力を受けていたと聞いている。愛する我が子が虐待される光景を目の当たりにして、いたたまれなくなったのだろう。カスミさんは精神的に追いつめられていった。そして、衝動的に夫を鈍器で殴り殺した。彼女は君を守りたかったんだ。だから、罪を犯してしまったんだ」

肇の目頭に、熱いものが込み上げてきた。母への思いや、十五年前の苦悶の日々が脳裏に甦ってくる。

「そんな彼女が不憫《ふびん》でね。放っておけなかったんだ。私はカスミさんの人間性に、心惹かれていった。そして次第に、同情は愛情へと変わってしまったんだ。美しい人だったからね。カスミさんは」

日向は遠い目をして言った。

「刑期を終えた後、カスミさんは君とまた暮らすことを楽しみにしていたよ。でも、それは叶わなかった」

「僕もどうしても、また母と暮らしたかった。でも実父の親戚がそれを拒んだんです。殺人犯の母と一緒に住むなんて、とんでもない。母の存在を、できる限り遠ざけておきたい。僕の将来に影響するからと」

「カスミさんはひどく落胆した。それで出所後しばらくは、私のもとに身を寄せていたんだ。だがある日、彼女は家から出て行き、行方が分からなくなった」

肇は驚いた。初めて聞いた事実だった。

「え、あなたは母と暮らしていたんですか」

「そうだ、ほんのわずかな期間だったが……私とカスミさんは愛し合っていた。それは嘘偽りない事実だ」

マスク越しのくぐもった声で、日向は告白した。肇は言葉が出なかった。複雑な気分である。母には愛人がいたという事実。それも裁判の時、精神鑑定を行った人物だった。

「私は、必死でカスミさんの行方を追った。あらゆる手を尽くして、彼女の消息を探った。だが結局、手掛かりすらも得ることはできなかった。そして彼女が失踪して十年が経った今、このメールが届いたんだ」

そう言うと日向はレインコートのすそを持ち上げ、ズボンのポケットから二つ折りの携帯電話を取り出した。携帯電話を開き、肇に向けた。画面には、メールの文面が表示されている。

『工藤カスミに会いたければ、九月×日午前八時。渋谷川の暗渠、宮益橋に来るように。待っている』

肇のもとに届いたメールと、言い回しはよく似ている。日向は携帯をポケットに戻すと、見据えるような眼差しを肇に向けて言った。

「それでは、君の話を聞かせてくれないか」

今度は、肇が話す番になった。ここを訪れた経緯をかい摘んで説明する。商社に就職したこと。結婚するかもしれないこと。母の行方を探そうとした矢先に、このメールが届いたこと。一通り話が終わると、日向の口が静かに開いた。

「すると私たち二人は、誰かにここに呼び寄せられ、引き合わされたということだな」

「そういうことになりますね」

二人の間に沈黙が訪れた。地上を走る車の振動が、天井から伝わってくる。なぜか自分は今、閉ざされた暗闇の中で母の愛人だったという老人と対峙している。何とも表現し難い、奇妙な感覚だった。

「どうして、送信者は僕たちを、この渋谷川の暗渠に呼んだんでしょうか」

「うん、そうだな……心当たりがない訳ではない」

そう言うと日向は、肇の方をじっと見た。

「『春の小川』という童謡があるだろう。それは、この渋谷川の支流が舞台となっているという話がある。カスミさんは、その支流の河骨川があったあたりで生まれ育った」

「確か母が生まれたのは、代々木のあたりだと」

「ちょうど、その河骨川があったあたりだよ。今はもう暗渠となって、この渋谷川のように地面の下に隠されてしまっているが」

「そう言えば、母は子供の頃、よく歌ってくれました。『春の小川』を」

「ああ、カスミさんは中学の時、事故で両親を亡くしているだろ。河骨川には家族との楽しい思い出があった。彼女が幼い頃に、河骨川は暗渠になっている。彼女の父は、深く嘆き悲しんだということだ」

「そうだったんですか」

「君が生まれた時、お母さんは、幼い頃の家族との思い出を重ね合わせていたんだ。カスミさんは忘れられなかったんだろう。失われた家族との記憶と、一人息子の君と過ごしていた、幸せだった頃のことを」

「そう言えば、思い出しました。僕がまだ小さい時、母はよく言っていました。自分は本当の『春の小川』を見たことがあるんだって。自分が生まれ育った場所には、『春の小川』があったんだと」

母の歌声が甦ってきた。『春の小川』を歌う声だ。

〈春の小川は、さらさら行くよ。岸のすみれや、れんげの花に、すがたやさしく、色うつく

しく、咲けよ咲けよと、ささやきながら〉

水辺で戯れる母。美しい母の笑顔。母と川遊びに出掛けた時の記憶が脳裏に浮かぶ。もちろん、そこは河骨川ではなかったけれど。

気がつくと、時刻は八時三十分を過ぎていた。暗渠に入って、もう一時間近くが経過している。慣れてしまったのか、周囲の臭いはさほど気にならなくなっていた。二人をここに呼び寄せた送信者が指定した時間から、もう三十分も過ぎている。まだその人物が現れる気配はない。

この日向という男が、母の精神鑑定を行ったという話は、嘘ではないと思う。母や自分の個人的な情報など、他人では知り得ぬことを、詳しく知っている。母と暮らしていたという話も、本当なのだろう。

それでも、やっぱり彼を信用することはできなかった。精神鑑定した被告人と関係を持つなど、尋常なことではない。それを被告の息子である肇に、何の躊躇いもなく話したのだ。とても、正常な感覚だとは思えない。やはり、この男は嘘をついている。そろそろ、本当のことを語ってもらわなくてはならない。

「興味深い話を、色々とありがとうございます。でも僕はまだ、信じられないんです。やっぱりあなたは、嘘をついていますね」

「私が、嘘を？」

「はい。僕にメールを送ってきたのは日向さん、あなたなんですよね」

その言葉を聞くと、日向は大きく目を見開いた。

「ほう。君はまだ私を疑っているのか」

「約束の時間から、もう三十分以上経っているのに、誰も現れないじゃないですか。やっぱりあなたが、僕を呼んだとしか思えない」

「私は洗いざらい、君に打ち明けたんだぞ」

さっきのように声を荒らげると思ったが、日向は意外と冷静だった。

「ええ、日向さんのお話を聞いて確信しました。やっぱり送信者は、あなただと」

「何か、証拠でもあるのか」

「証拠はありません。だけど最初に僕が自己紹介した時、僕が工藤肇であると聞いて、あなたは一切疑う様子はなかった。もしあなたが本当に、誰かに呼び出されてここに来たのなら、僕が本当に工藤カスミの息子なのかどうか、確かめようとすると思うんです。マスクを取って、免許証を見せろとか。でも、それを一切しなかった。なぜなら、あなたは知っていたからです。工藤肇がここに来ることを」

「そんなに疑うなら、もう一度メールを見せようか」

日向はレインコートをめくり、ポケットに手を入れようとした。

「無駄ですよ。メールなんか、いくらでも偽造できますから。証拠になんかなりません」

あきらめたように、彼の手が止まる。

「やっぱり、そうなんでしょ」

挑むように肇は、日向を見た。じっと反応を窺う。すると、口元の白いマスクの表面が、わずかに膨らみ始めた。どうやら、笑っているようだ。

「分かった、分かった。正直に言おう。確かにそうだ。君にメールを送ったのはこの私だよ」

何が面白いのか、笑いをこらえきれないようだ。肇は彼を睨みつけたまま、質問を続ける。

「どうして、僕を騙したんですか」

「いや、大変申し訳なかった。君を試させてもらった。君がどんな人間なのか、知りたくてね。いきなり私がメールを送ったと言うと、母はどこですか？　とか、なんでこんな場所に？　とかとなって、ゆっくり話を聞くことが難しくなるだろう。だから、私もここに呼ばれたふりをして、まずは君の様子を探ったんだ。でも、さすがカスミさんの息子だ。君はとても賢くて、誠実な人間のようだ」

日向の笑いは止まらない。そんな彼に対し、肇は激しい憤りを覚えた。

「僕はあなたが、信頼の置ける人物とは到底思えません。あなたは僕を騙した。それに精神科医という立場でありながら、被告人である母と不適切な関係を結んでいた。さあ、答えて下さい。一体なぜ、あなたは僕をここに呼んだんですか」

日向からの返事はなく、まだ笑い続けている。

「僕は真剣なんです。ふざけてないで、洗いざらい言って下さい」

彼に対して、初めて言葉を荒らげた。やっと、日向の薄笑いは止まった。肇はさらに言葉を続ける。

「さっきあなたは、母と暮らしていた時に、行方が分からなくなったと言った。それ以来、母の消息に関しては、何の手掛かりもない。日向さん。あなたが母の失踪に、何か関係していると思わざるを得ない。母はどうなったんです。あなたの目的は一体、何なんですか」

日向は困ったように、肩をすくめた。一呼吸置くと、こう答えた。

「君は、何か大きく勘違いしているようだ。私の意思は、メールに記した通りだよ。カスミさんは君に会いたがっている。だから、君をここに呼んだんだ。他意はない」

「じゃあ、母はどこにいると言うんですか」

「ここだよ。この暗渠の中で君を待っている」

まともに相手するのが、馬鹿らしくなってきた。母がこんな場所にいるはずはない。

「君を騙したことは、すまなかった。許してくれ。君という人間を知りたかっただけだ。本当だ。信じて欲しい。私はね、君とカスミさんが幸せになることだけを願っているんだ。私はこの生涯を、彼女のために尽くそう。そう決めたのだからね……。恩着せがましいことを言ってすまない。ではそろそろ行こうか。お母さんに会いに……」

そう言うと、日向はゆっくりと歩き出した。

明らかに、この男の言動は普通ではなかった。彼の目的は一体なんなのか。ただ狂っているだけなのか。それとも、何か違う目的があるのか。命の危険を脅《おびや》かされる可能性もあった。とはいえ、ここで帰るという選択肢もないように思えた。日向との邂逅《かいこう》は、十年間皆無だった母の消息につながる、初めての手掛かりである。彼が何か、重要な事実を知っている可能性は高い。

それに日向は、しょぼくれた老人だ。体格も若さも、肇の方が上である。もし何かあったとしても、負けるはずはない。ここはしばらく、彼の妄言に付き合ってみよう。

「さあ、早く。カスミさんが待っている」

白いカーテンの前に立ち、日向が肇を促した。暗渠の道を遮る、あのゴム製の巨大なカーテンだ。すだれ状になっているカーテンの切れ目を開いて、日向はその中に入って行く。肇もその後に続いた。

中に足を踏み入れた途端、思わずマスクの上から、鼻と口を押さえた。今まで歩いて来た場所の比ではなかった。むせ返るような臭気が充満している。我慢して、奥に向かって歩き出した。

カーテンの奥にもずっと、暗渠の道は続いている。肇は日向の後について、暗闇の中を進んで行った。注意深く、周囲を懐中電灯で照らす。西洋風のアーチ型の石組みが、奥まで連なっていた。今まで歩いて来た暗渠より、内部の造りは古い感じがする。ほとんど流れていない川の流れに逆らい、上流の方へ遡って行く。

小柄な背中を丸めた日向が、少し前を歩いている。背負ったリュックが、やけに大きく見える。彼も臭気に耐えられないのか、ずっと右手を口に押し当てている。

歩きながら肇は、日向に声をかけた。

「本当に、母に会えるんですね」

振り返ることなく、彼は答える。

「ああ、カスミさんが待っている。早く行こう」

少し歩くと、暗渠の道は二手に分かれていた。二つの川の流れが、ここで合流していたのだ。日向が立ち止まり、背中を向けたまま言う。

「右が渋谷川の上流に続く道。左は宇田川だ」

「宇田川？」

「そうだ。渋谷川の支流の宇田川だ」

そう言うと日向は、左側の暗闇の中に身を投じた。宇田川の暗渠の道である。肇も後に続く。

しばらく暗がりの中を進んで行く。地上では、今どのあたりを歩いているのだろうか。そう言えば、渋谷センター街は宇田川町という地名である。ということは、センター街の付近の地下にいるということなのだろうか。しかし、宇田川という川が実際にあったとは、知らなかった。

視界の先には、コンクリートに閉ざされた闇の空間が延々と連なっている。日向は立ち止まろうとはせず、歩き続けていた。

この男は、どこに連れて行こうとしているのか。いい加減、老人の戯言《ざれごと》に付き合うのが、不毛な行為であるかのように思えてきた。日向の後ろ姿を見ていると、無性に怒りが込み上げてくる。

この男の目的は何だ。自分をどうするつもりなのか。後ろから首根っこをつかまえて、全部吐かせてやろう。その方が、手っ取り早いような気がした。

そう思い決意を固めた。彼の背中に狙いを定め、飛びかかろうとした。その時……。

突然、周囲の景色が歪み始めた。意識が朦朧《もうろう》とする。全身の力が抜け落ちてきた。立っていることすらままならない。

膝から崩れ落ちた。水の中に倒れ込む。

その瞬間。日向が振り返った。彼は自分の口に、何か黒いものを押し当てている。マスクのようだ。チューブがつながっており、リュックまで続いている。酸素マスクである。その時肇は悟った。カーテンの中に入ってから、ずっと日向は酸素マスクをしていた……。

図られた。そう悟った瞬間、肇の意識は闇の中で途切れた。

宇田川

渋谷駅の裏路地――

線路下の小さなガードをくぐると、身体がぶるっと震えた。鳥肌が立っている。

この時、璃々子は初めて感じた。彼女を導く気配は、誰かの意思のようなものではないか。

自分は、何者かの強烈な思念や精神波に引き寄せられている……。璃々子は確信した。彼女を導くおぞましい思念の主は、この先にいる。

ガードを越えて、しばらく歩いて行くと、大勢の通行人が行き交う通りに出た。西武百貨店前の交差点が見える。雑踏の中、通行人たちが信号を待っていた。強い気配は、交差点の向こう側から漂ってくる。交差点を直進すると井ノ頭通りという道になり、その先は宇田川交番だ。

信号の手前で立ち止まると、突然先輩が声を上げた。

「なるほど。そういうことか」

「え、何がですか」

「先ほど、二手に分かれていたところは、渋谷川と宇田川の分岐点だった。そして、君が今進んでいる道は、宇田川の暗渠の真上なんだ」

「宇田川？」

「そう。宇田川は渋谷川の支流の一つで、さっきの分岐点から先は、宇田川の暗渠の上に作られた道なんだ。この先の井ノ頭通りもそうだ」

信号が青に変わり、一斉に人混みが動き出した。横断歩道を歩き、井ノ頭通りの方に向かって行く。交差点の先には、渡り廊下でつながった西武百貨店のA館とB館があった。

「この交差点の下にも、暗渠が流れている。西武百貨店が地下通路でつながっていないのは、両館の間の地下には、川が流れているからなんだ」

「なるほど、こんな渋谷のど真ん中にも、川が流れていたんですね」

「正確に言うと、ここに川が流れていた訳ではない。ちょっと渋谷川とは訳が違うんだ」

「どういうことですか」

「もともと宇田川はこの井ノ頭通りではなく、もっと駅寄りの場所を流れていた。渋谷川と合流していた場所も、今で言うハチ公前のスクランブル交差点のあたりだ。宇田川は川幅が狭く、蛇行が激しい川だった。大雨の時などは川が氾濫し、渋谷駅周辺は深刻な水害に悩まされていた。昭和八年に、大規模な工事が行われ、宇田川の新水路が作られた。渋谷川との合流地点を駅前から先ほどの自転車置き場まで、九十メートルずらし、この井ノ頭通りに新水路を作った。この宇田川の新水路は、氾濫などが起きぬよう、最初から暗渠として作られているんだ」

信号を渡り、井ノ頭通りを進んで行った。一歩進むにつれ、感覚はさらに高まってくる。全身の鳥肌は、ずっと立ちっぱなしである。

大勢の若者が行き交う、繁華街の道を歩き続ける。道の両側には居酒屋やカラオケ店などの飲食店が並んでいる。渋谷センター街というエリアだ。

「それで、宇田川の旧水路はどうなったんですか」

「しばらくは下水路として使われていたが、戦後の復興事業により、暗渠となった。そして川だった土地を土台として、渋谷駅前の都市開発が進み、現在の街並みを形成していったんだ。今も旧宇田川の暗渠は残っている。駅前のスクランブル交差点から109のあたりを抜けて、渋谷センター街の地下を流れているんだ」

「そうだったんですか。地上にはもう、川があったという痕跡は全くありませんね」

「そうだ。残っているのは、『宇田川町』という町名だけだ」

センター街の地下にも、川が流れているなんて知らなかった。渋谷系、ストリート系、ギャル男にオタクなど、常に大勢の若者で溢れているセンター街。その地下に今も暗渠が隠されていることは、誰も知らないと思う。

「それで、君は何を考えているんだ。どうして渋谷川ではなく、宇田川の暗渠に進路を変えた？」

「だから言ってるじゃないですか。私の意思ではないって」

井ノ頭通りを歩いて行くと、宇田川交番の前にたどり着いた。センター街の三角地帯に建つ、お馴染みの場所である。交番を境に、左右に道が枝分かれしている。右手は人で賑わう井ノ頭通りが続き、左は繁華街の裏通りといった雰囲気の、細い路地である。

璃々子は思わず、そこで立ち止まった。さっきから身体を震わせているざわざわとした感覚は、より一層強くなっている。引き寄せられるように、左の路地へと歩を進める。しばらく歩いていると、後ろから先輩が声をかけてきた。

「どうして、こっちの道を選んだ」

「こちらの方から、強い気配がしたから……」

先輩は落ち着いた声で、璃々子に言う。

「やはり、君は知っているのだろう。そうとしか思えないのだが」

「だから、違いますって」

「嘘をつくな」

「嘘じゃありません。本当です」

ここまで来て、先輩はまだ疑っている。一向に信じてくれない先輩と、彼を納得させることのできない自分に、璃々子は苛立ちを覚えた。気配に近づいている意識の高ぶりも手伝ってか、感情が込み上げてくる。抑えきれなかった。その場で立ち止まると、先輩をじっと見た。

「別に、信じてもらえなくてもいいです。私だって好きでやってるんじゃないんです。私はただ、私はただ……」

目頭に熱いものが込み上げてくる。絶対に泣いているところは見せたくなかった。涙を必死で堪えて、言う。

「ある人を助けたいんです。……ただ、それだけです」

璃々子は先輩から、視線を外した。先輩はじっと黙り込んでいる。

渋谷の路地裏――

無言のまま立ちすくんでいる二人。しばらくすると、先輩が静かに口を開いた。

「そうか。……それは悪かったな」

そう言うと先輩は、ぎこちなく微笑んだ。璃々子ははっとする。普段はあまり見ることのできない、先輩の笑顔である。なぜか、妙に胸が切なくなった。

璃々子は再び歩き出した。感情を露わにしてしまった自分を恥じる。黙ったまま、繁華街の路地を進んで行く二人。しばらくすると璃々子が口を開いた。

「あの、先輩……」

「何だ」

「……すみませんでした。色々教えてもらっているのに」

「別にそれはいい。僕だって、好きにやっているんだから」

「ありがとうございます。……あの、先輩」

「何だ」

「一つ聞いていいですか」

「ああ」

「……私たちはまだ、暗渠の上を歩いているんでしょうか」

「そうだ。この道が宇田川に蓋をして作った、暗渠の道であることは間違いない。あの交番から先の大通りの下には、川は流れていない。宇田川の暗渠が地下にあるのは、君が選んだこの道なんだ」

　やっぱり、そうだった……。

　路地を進んで行くにつれて、璃々子を導く感覚は、どんどん強くなってくる。全身の震えが止まらない。今まで感じたことのない、強烈な思念である。

「だからさっき、君がこの路地を選択した時、僕は驚いたんだ。昭和八年に作られた宇田川の新水路は、先ほどの交番までだった。そこから上流は、宇田川の本来の流路になる。我々は今、宇田川の本来の流路を、上流に向かって歩いている」

　アスファルトの下に、迷宮《ラビリンス》のように張り巡らされた暗渠。東京に住むほとんどの人々は、そのことを知らずに、暮らしている。

　かつては、豊かな水資源を育み、人間はその恩恵を享受していた。だが都市が開発されていくにつれ、どぶ川に変えて地下に隠した。そして人々は、川の存在に目を背け、まるでなかったことのように忘れ去ろうとしている。

もし、川が生きているとしたら……。

深く暗い闇の中に閉じ込められた執念が、自分を導いている。そんな気がした。

渋谷の中心地から離れて行くにつれて、人通りは少なくなり、店の数は減ってきた。ビルやマンションの間を縫うように、蛇行した道が続いている。こうしてみると、宇田川は蛇行が激しい川だったことが実感できる。

苦しくなってきた。息ができないくらいに……。全身を支配する尋常ではない感覚にうち震える。でも、歩き続けるしかなかった。もうすぐだ。もう近くまできている。

突然先輩が、ぼそっと口を開いた。

「この宇田川を上流へ遡って行くと、あの河骨川にたどり着く。『春の小川』の舞台となったという川だ」


川のせせらぎの音――

懐かしいあの人の声がする。記憶の奥底。閉ざされた闇。もう取り戻せない。懺悔と悔恨。母の歌声。流れる川。懐かしい歌声。春の小川……。

闇。

「気がついたか」

目映い光が、肇の網膜を直撃した。思わず、手で遮ろうとしたが、四肢が思うように動かない。目をしかめながら、なんとか正面を見る。懐中電灯をかざし、顔半分を白い衛生マスクで覆われた日向が、こちらを覗き込んでいる。

ここはどこだろうか。周囲は闇に覆われている。かすかに川の音がするので、暗渠の中にいるのだろう。まだ意識が朦朧としている。全身はずぶ濡れだ。一体何があった。そうだ、自分は水の中に倒れたんだ。暗渠を歩いている時、苦しくなり記憶をなくした。

日向の衛生マスクが、もごもごと動く。

「危なかった。あのエリアには、硫化水素などのガスが滞留していたんだ。カーテンで塞がれていたのは、有害なガスや臭気が流れ出るのを防ぐためのものだった」

さっき、日向の口元に酸素マスクのようなものが見えた。今はもう、それはない。彼は有毒ガスが充満していることを知っていて、自分だけマスクを持参していた。

「ここはもう安全な場所だ」

「騙したのか」

「そういう訳ではない」

「じゃあ、これはどういうことだ」

そう言うと肇は、身体をよじらせた。両手は、結束バンドで後ろ手に縛られていた。荷物の梱包などに使う、黒いナイロン製のものだ。足首と太ももも固く縛られていて、身動き一つ取ることができない。

「こんなことをして、僕をどうするつもりだ」

日向は答えなかった。ただ、まるで観察しているような冷静な眼差しで、じっと見ている。

肇は声高に叫んだ。

「さあ、早くこれを解いてくれ。早く」

日向は顔色一つ変えず、じっと、黙ったままだ。

「一体、何がしたいんだ。僕を殺すつもりなのか」

すると日向は、ゆっくりと首を横に振った。

「まさか。そんなつもりはない」

「じゃあ、一体どうしてこんなことをする。あんたの目的は何だ」

「だから言ってるじゃないか。君とお母さんを会わせるために……」

日向の言葉を遮るように、肇は絶叫した。

「いい加減にしろ。こんなところに母がいる訳ないだろ」

肇の声が、暗渠の中に反響する。だが日向は微動だにしない。

「さあ、正直に言うんだ。あんたは母をどうしたんだ。母に何をした」

「私は何もしていない」

「嘘をつくな。僕だって、こんなこと言いたくもないし、口にも出したくない。想像することだっていやだ。でも、あんたの一連の行動は普通ではないし、さっき僕に話した母に対する想いは、妄執とも言うべき偏執的な愛だ。はっきり言って、あんたはイカれている」

「君は、何が言いたい」

「あんたが殺したんだろ。母を」

「私が殺した？　ほう、何か証拠でもあるのか」

「あんたはさっき、気になる言葉を口にした」

「気になる言葉？」

「熱心に母への思いを語っていた時、こう表現した。『美しい人だった』と。どうして過去形なんだ」

日向は答えなかった。相変わらず、淡々とした目で肇を見ている。

「あんたは、母がもうこの世にいないことを知っているんだ。さあ、正直に言え。一体、母に何をしたんだ」

「過去形を使ったから、死亡を認知していると言うのは、さすがに無理があるんじゃないのか。そういう表現もあるだろう」

　そう言うと日向は人差し指を立て、まるで大学の講義のように語り出した。

「私がカスミさんを殺したと仮定しよう。ではなぜ、君をこんな場所に呼び寄せる必要がある？　君が何か証拠でも握っているのなら、話は別だ。口封じする必然性はあるだろう。しかし、私と君は今日が初対面だ。そうだろう。私がカスミさんを殺害したとしても、君をここに呼ぶ理由などない」

「常軌を逸した人間の行動に、理屈なんかある訳ないだろ。あえて言うならば、こうだ。あんたは母に対して歪んだ愛情を抱いていた。母は、そんな偏愛を気味悪く思い、拒み続けたんだ。あんたの精神は追い込まれた。自分の愛を受け入れぬ者は、この世から消えてなくなればいいとさえ思うようになった。そして母を殺害した。だが、それだけでは飽き足らなかった。その寵愛を一身に受けた存在もなき者にしたい。そう思ってあんたは、僕をここに呼び寄せたんだ。どうだ。図星だろう」

「苦しいね。答えになっていない」

　日向は、残念そうにかぶりを振ると、言葉を続けた。

「さっきから聞いていると、どうやら君は、カスミさんに死んでいてもらいたいようだな」

「え」

「私は知っているよ。全部」

「どういうことだ」

「さあ、自分の口から告白するんだ。自分の罪を。君がカスミさんに、一体何をしたのかを」

「何を言っている……」

日向はじっと、肇の顔を見据えて言う。

「殺したんだろう。君が、お母さんを」

「どうして僕が……。馬鹿なこと言うな」

思わず肇は、日向に殴りかかろうとした。しかし、結束バンドが固く手足に食い込み、近寄ることすら叶わない。

「自分の口から言えないのなら、私が言ってやろうか」

「うるさい。お前が何を知っているというんだ」

「私からのメールを目にした時、君は仰天した。そして震え戦《おのの》いたんだ。『母が会いたがっている』。そんなはずはない、と。なぜなら、自分の母はもうこの世にいないのだから……。そして、そのことを一番よく知っているのは、君だからだ」

「違う」

「君はこう思った。このメールの送り主は、一体何のつもりで送ってきたのか。自分が行った悪魔の所業について、どこまで知っているのか？　確かめずにはいられなかった。だから、こんな地下の暗渠まで、のこのことやって来たんだ」

「だから、違うって言ってるだろ」

「さっき君は、私にこう言ったな。不審なメールが来たのならば、なぜこんなところまで来たのか。警察とかに連絡するのが筋じゃないか、と。そっくりそのまま、その言葉を君に返したいよ」

「だから、それは……」

「カスミさんが刑期を終えて出所した後、君はお母さんを殺害した。その経緯について私は詳しく知らない。だが少なくとも君にとって、殺人犯の母の存在は、自分の将来を考えると邪魔だった。だから君は人知れず彼女を殺し、遺体をどこかに隠したんだ。そして、不幸な事件に巻き込まれた、いたいけな子供を演じ続けた。親戚の援助を受け、何食わぬ顔で大学に入り、一流商社にも入社した。話によると、君の恋人は会社の重役の娘らしいじゃないか。君は、未来を約束された有能な商社マンだ。今さら、過去の罪を蒸し返されたくない。だから、ここまでやって来たんだ」

「いい加減にしろ。僕は母を殺してなんかいない。神に誓って言える。十年間、母のことを思い続けていたんだ。会いたいと、ずっと願っていた。その気持ちに、嘘偽りはない」

肇は必死に訴えた。日向は黙って、肇の言葉を聞いている。

「お前に何が分かるんだ。僕は母を愛している。本当に、愛しているんだ」

肇の目が潤み、涙がにじんできた。洟《はな》をすすり上げ、泣き始めた。じっと、肇の様子を見ている日向。しばらくすると、マスク越しの口が静かに動いた。

「本当か」

肇は答えず、ずっと泣き続けた。

「その気持ちは、本当なのか」

嗚咽を上げながらも、何とか肇は言葉を振り絞った。

「本当だ」

「嘘偽りないか」

「当たり前だ。僕は母を愛している。殺すはずなんかない」

嘘ではなかった。自分が母を手に掛けるはずなんかない。悔しかった。悔しくて、涙が止まらなかった。

「そうか……。悪かったな。犯人呼ばわりして。君の本心を確かめるためだ。許してくれ」

肇は、涙に潤んだ眼を上げた。

「どういうことだ」

「君の、お母さんに対する思いを確かめたかったんだ。では、ここからが本題だ。……本当のことを、話してくれないか」

「本当のこと」

「そうだ」

日向は、凛《りん》とした眼で肇を見据えた。肇の視線がかすかに泳ぐ。

「話してくれないか」

思わず、肇の口から言葉が出た。

「……母に聞いたのか」

日向は無言のまま、頷いた。

この男は、どこまで知っているんだ。もはや隠しきれないと思った。自然と肇の口が動き始めた。

「何度も、忘れようとした。でも、忘れることはできなかった。ふとした時に、急に思い出すんだ。きっとあれは夢の中の出来事だったんだ。そう思うようにした。でも、やっぱり現実だった……」

そして肇は、呟くように言った。

「僕が人を殺したことは、事実だ」

その言葉を聞いても、日向は眉一つ動かさなかった。じっと肇の方を見ている。肇は今日まで心の奥底に封印していた恐ろしい光景を、噛みしめるように語り始めた。

「もう限界だった。あの男との生活が……。僕への暴力は、何とか耐えることができた。歯を食いしばって、我慢していればよかった。でも母に対する仕打ちは、どうしても許せなかった。あの日も、あいつは僕の目の前で、母を殴って楽しんでいた。あいつにとって、女子供を殴るのが、最高の娯楽だったんだ。あいつは、卑劣な人間だった。もう許せないと思った。その時、一気に怒りが込み上げて来たんだ。自分でも制御できなかった。反射的に、棚にあった花瓶を持って、あいつの頭に叩きつけた。重い金属の花瓶だった。あの男が大事にしていた骨董品だ。床に倒れ、呻いているあいつの頭の上に、何回か花瓶を落とした。いつの間にか、あいつは動かなくなっていた」

「君の義父も、まさか小学五年生の子供に殺されるとは、思ってもいなかっただろうな」

「あいつが死んで、いい気味だと思った。僕は刑務所に行ってもいいと思っていた。死刑になるのも構わないと思っていた。でも……」

「カスミさんが、君の身代わりになってくれたんだな」

肇は、小さく頷いた。

「母は僕の将来を思って、罪を肩代わりしてくれた。このことは、もう忘れなさいって。これは絶対に、二人だけの秘密だからって……」

そう言うと肇は、静かに目を閉じた。

遠くでピチャッと、水の弾ける音がした。

暗闇の中を、しばらく水音の反響は続いている。

日向は黙ったまま、肇の言葉に耳を傾けていた。やがて、マスク越しに口がもぞもぞと動き出した。

「ありがとう。正直に話してくれて。一つだけ言っておこう。カスミさんは、君との約束を守り通していたぞ。私にも決して、そのことは言わなかった」

「でもあなたはさっき、母から聞いたって」

「いや、私は彼女からは何も聞いていない。鑑定をしている時、気がついたんだ。もしかしたら、カスミさんは誰かを庇っているんじゃないかと。彼女は、人を殺せるような人間じゃないからな」

「また、僕を騙したのか」

「そうだ。すまなかった」

肇は深くため息をつくと、日向を見た。

「さあ、もういいだろ。結局あなたは何がしたい？　僕に罪の告白をさせ、母の無実の罪を晴らしたかったのなら、これで満足だろ」

「いやまだ終わってはいない。君はもう一つ、大きな罪を犯している」

「え？」

「私としては殺人より、そちらの罪の方が許しがたいと思っている」

「どういうことだ」

「刑期を終えて出てきたカスミさんを、君は激しく拒否しただろう」

「そんなことはない」

「カスミさんは昔のように、また君と暮らしたかった。でも、その願いが受け入れられることはなかった。君が、母親の存在を拒んだからだ」

「違う。それは僕の面倒を見ていた親戚が」

「いや、君もカスミさんの存在を疎ましく思っていたんじゃないのか。君の人生にとって、もう母親の存在など必要なかった。しかも彼女は前科持ちだ」

「そんなことはない……」

「ならばなぜ、カスミさんと暮らそうとしなかったんだ。いくら親戚がそう言っても、その時君はもう高校生だった。自分の意思を示すことはできただろう。でも結局君は、親戚のせいにして、母親を拒んだ……。彼女はずっと待っていたんだよ。君が戻って来るのを……」

「違う。僕は母を……」

また遠くで、水が弾ける音がした。

「君は母親を捨てたんだ。罪を被ってまで救ってくれたお母さんを……。カスミさんが失踪した原因も肇君……君だったんだ。最愛の息子に捨てられ、彼女は全てを失ったと思った。次第に精神状態も不安定となり、ある日、私の前から姿を消した」

「そんな……」

「君は母親を捨て、素晴らしい人生を手にすることができた。だから、私のメールを見て驚いた。今さら殺人犯の母に出てきてもらっては困る。そう思い、こんな場所にまで足を運んできたんじゃないのか。そうだろ」

「違う。さっき言った通りだ。僕は母を愛していた。この十年間、母のことを思い続けていた」

「本当か」

「確かに、母に会わないようにと親戚に説得された時、もっと自分の意思を主張するべきだった。心のどこかに、将来に対する打算のようなものがあったのかもしれない。結果的に僕はあの時、母を拒んだのだろう……。だから、悔やんでも悔やみきれない。一瞬だけでも、そう思った自分が許せない。ごめんなさい……ごめんなさい。お母さん……」

肇の両目から、再び涙が溢れ出した。涙はとどまることなく、肇の頰を流れ落ちた。

「その気持ちは、本当か」

子供のように泣きじゃくりながら、肇は答えた。

「……本当です。僕は……母を愛しています」

「もう一度聞く。君は、お母さんを愛しているか？」

「……はい、愛しています」

日向はほっとしたように、大きく頷いた。

「よろしい。その言葉を聞いたら、きっとカスミさんも喜んでくれるだろう」

「え？」

「言っただろう。お母さんは君に会いたがっていると」

ピチャ、ピチャ……。

また、あの水の弾ける音がした。日向の背後から、水音が断続的に聞こえてくる。

「私は必死でカスミさんを探し続けた。やっと見つけたんだよ。この暗渠にいたんだ」

「この暗渠に？　まさか」

「もはや生きていても仕方がない。カスミさんは錯乱状態のまま、死に場所を求めて、この暗渠に入ったんだ。家族との思い出の『春の小川』を目指して。でも、死にきれなかった……」

「死にきれなかったって……本当に母は」

「もちろんだ。カスミさんは生きている」

ピチャ……

ピチャ、ピチャ……。

水が弾ける音が、次第に大きくなってきた。誰かが近づいてくる。

「私がどんなに説得しても、ここから出ようとしないんだ。もう何年も、この暗闇の中で生活している」

日向のすぐ後ろで、水音が大きく弾けた。すぐそこまで来ている。日向が一歩後ろに下がると、彼女はその姿を見せた。

それは、もう人間のようではなかった。

全身から、肉がそげ落ちたかのように、痩せこけていた。骸骨が皮を身に纏っているようだ。皮膚の色素は抜け、紫色の毛細血管が浮かび上がっている。髪はほとんど抜け落ちて、青白い頭皮が剝き出しになっていた。

ゆっくりと、こっちに歩み寄ってくる。

肇は激しく身悶える。だが、結束バンドで拘束された手足は、びくとも動かない。

日向は嬉しそうに、その様子を見ている。

彼女は、肇の眼前まで顔を近づけてきた。灰色の眼を向けてくる。瞳からは色素が抜け落ちていた。顎の骨格が浮き出た下唇が、わずかに動き始めた。

「……は、じ……め」

喉の奥から発せられた、嗚咽のような声。木乃伊のような両手を突き出し、彼女は我が子を抱きしめた。

「もう……は、な……さ、ない」

暗闇に閉ざされた迷宮の中で、肇の絶叫が響き渡った。その声は、地上の誰にも、届くことはなく……。


その時、全身が総毛立った。

息が苦しくなる。足がぶるぶる震えた。もう立っていられない。璃々子は胸を押さえて、その場にうずくまった。

「大丈夫か」

先輩が、背後から声をかけた。

「は、はい。すみません」

何とか返事をする。

彼女を導いてきた波動は、極限に達していた。

その時、璃々子は悟った。これは、彼女がこの東京で探し求めているものとは、違うものかもしれないと……。

なぜなら、この強烈な気の流れは、恐ろしい恨みや呪い、怨念の類ではなかったからだ。

それは何か、もの悲しい執念のように思えた。

暗闇の中に深く閉ざされた、狂おしい妄執――

その強い念が現在のものか、過去のものかは分からなかった。そして、その者は生きているのか、死んでいるのかさえも……。

ただ、都会の真下に封じ込められた暗渠の奥底から、狂おしい妄執の念は漂っている。そのことだけは間違いなかった。

港区の女

港区

東京都の南東に位置し、東側は東京湾に面している。大企業の本社や外資系企業の日本支店も多く、日本のビジネスの中心地としての役割を担っている。赤坂や六本木には大規模な歓楽街を有し、麻布、白金には高級住宅街、汐留、台場には湾岸再開発エリアが広がっている。江戸時代は、多くの大名屋敷や寺社仏閣が建ち並び、明治以降、それらの土地は軍用地や外国公館に転用された。

台場

「お客さん。お台場って、なんで台場に〝お〟をつけてお台場って言うのか、知ってますか」

運転手のその言葉に、乾航平《いぬいこうへい》はゆっくりと目を開いた。

いつの間にか微睡《まどろ》んでいた。

時刻は午前〇時過ぎ。一瞬ここはどこだろうと考えた。ふと窓外を見ると、東京湾の灯がにじんで見える。車のウインドウに水滴が流れていた。いつ雨が降り出したのだろうか。十月は割と雨が少ない時期だと思うが、今年はそうでもないみたいだ。

航平が乗ったタクシーは、レインボーブリッジの一般道を走っていた。レインボーブリッジは、二層構造になっていて、上層は芝浦と台場を結ぶ首都高速十一号線、下層はゆりかもめ（東京臨海新交通臨海線）の走行路と、無料の一般道が通っている。

「お客さん、ご存じですか。なんで台場に〝お〟をつけるか」

まだ眠かった。無視しようかと思ったが、運転手はしつこく聞いてくる。

「さあ、知りませんけど」

とりあえず返事した。ずっと質問を続けられるのも、面倒だと思ったからだ。航平の声を聞くと、運転手は嬉しそうに話を続けた。

「じゃあ、台場っていうのは、なんで台場なのかは、知っていますよね？」

「台場っていうのは、あれでしょ。昔、大砲の砲台があったからでしょ」

「そうです。さすがですねえ。よくご存じで」

運転手は、堰を切ったように喋りだした。

「台場ができたのは、江戸は幕末の頃、黒船の来航がきっかけでした。開国を迫るペリーの黒船に恐れをなした幕府が、品川沖に十一基もの大砲を設置しようと考え、砲台場を作らせたんですね。高輪の八ツ山や御殿山を切り崩して土を調達して、海を埋め立てて土台を作った。急ピッチで工事が進められ、わずか一年三ヶ月の間に六基も作らせた。しかし、一度も砲台は火を噴くことなく日本は開国し、計画は中止になったということです」

「それで……台場に〝お〟をつける理由は？」

「おお、そうでした。台場に〝お〟をつけるのは、砲台場が幕府の施設だったからなんです。『お城』とか『お殿様』とかと同じですね。『お茶の水』は、将軍にお茶を出す時に使う、上質のわき水池があったからだと言います。江戸では、幕府直轄の組織や施設は、将軍に敬意を表して『お』の字をつける習わしがあったんです。だから、幕末にオランダから輸入した軍艦は、『お軍艦』と呼んだらしいです」

航平は、ちらりとガラス窓の外に目をやる。雨はまだぱらぱらと降っていた。暗い海の向こうに、ぼんやりと見えるお台場の夜景。ライトアップされたテレビ局のビルを中心に、高層マンションや工場の灯が見える。

ふと、脳裏に甦ってきた。

ぱちぱちと明滅する光。赤い火の塊。そこから、無数の小さな光が飛び散ってゆく。そうだ。さっき見ていた夢の光景だ。懐かしい夢……。

「しかしお客さん。乗って頂いて助かりました。今日はヒマでヒマで、本当にお客さん少なくて。私たちの業界の言葉で、客が少ないことを『インカチ』っていうんですけど。なんで、『インカチ』っていうか分かりますか」

「さあ」

「花札とかで、全くツイていない時のことをインケツって言うんですけど、そこから来てるみたいで。ちなみに、苦情が多いお客さんのことは『ネギ』って言うんですよ」

「ネギ？」

「京都の九条ネギを引っかけてるんです。分かります？〝苦情〟と〝九条〟を引っかけてるんです。では、暴力団のお客さんは『二十《にじゅう》』。……何でそう言うか、分かりますか」

「いや」

「簡単ですよ。やくざのことを数字で八九三《はちきゅうさん》とか言うでしょう。八と九と三を足すと」

「ああ……二十ですね」

「いやあ、でも本当に助かりました。まさかこんな時間に、埠頭の傍でお客さんを拾えるなんて。あそこで何をされていたんです？」

「オフィスが近くにあってね、残業で遅くなったんです」

航平は、ＩＴ関連の企業を経営していた。新しく開発したゲームソフトが当たり、数年前にお台場のオフィスビルに事務所を構えた。

「はあ、それであれですか？　こんな時間に六本木ヒルズに行かれるというのは、もしかして、あそこにお住まいだとか」

「ええ、まあ」

「へえ、それは凄い。お客さんはいわゆるヒルズ族なんですね」

「いや、別にそんな訳じゃ。住んでる人間は、ヒルズ族なんて誰も言いませんよ。マスコミとかが勝手にそう言ってるだけで」

「お客さん、もしかして社長さん？」

　声を弾ませて、運転手が言う。

「やっぱり、そうでしょう。お見受けしたところ、私より全然若いのに、大したもんだ。私も前はサラリーマンでしたけど、出世とは本当に縁がございませんで。地道にやっていれば何とかなると思っていましたが、会社自体がつぶれちゃって、五十過ぎてからこの業界に……」

　運転手は、構わず話し続けていた。ダッシュボードの上に掲げてある乗務員証に年齢は記されていなかったが、五十代後半か六十代といったところだろうか。航平より、二十以上は年上だろう。人の良さそうな運転手である。

　少し眠りたかったが、話を遮るのは何だか悪い気もした。航平は黙って、運転手の言葉に耳を傾けることにした。

「……ああ、すみません。私の話なんか少しも面白くないでしょう。調子に乗っちゃって」

「いいえ、大丈夫ですよ」

　ひどく疲れていた。仕事上のトラブルが立て続けに起こり、近頃はまともに寝ていなかった。マンションに戻ったら、熱いシャワーを浴びて久しぶりに熟睡しよう。いやなことは全部忘れて、ゆっくりと眠りたい……。ふと窓の外を見た。雨粒に濡れたガラス窓の向こう、暗い海の中に見える、お台場の光が遠ざかっていく。

「でも人間というのは凄いですね。このあたり、もともとは海しかない場所だったんですよ。そこに、砲台場を中心に埋め立てられ、広い陸地ができて、こんな凄い橋を造って……。もし江戸時代の人がこの光景を見たら、さぞかしビックリするでしょう」

相変わらず、運転手は喋り続けている。

「それに、お台場というのは、ほんの二十年ほど前までは十三号埋立地と呼ばれ、誰も寄りつかないような空き地だったんですよ。お台場が港区と品川区、江東区の三区にまたがっているのも、管理が面倒で押しつけあった結果なんでしょ。今じゃ、こんなに発展して、それぞれの区に莫大な収入をもたらしている。法人税だけでも、もの凄い額だと思いますよ。ほんとに何が幸いするか、分からないものですね」

レインボーブリッジを渡ると、タクシーは芝浦の倉庫街に入る。そこから第一京浜を横切り、三田の方へと抜けた。昼間は渋滞が多くなかなか進まないルートだが、この時間は空いている。

運転手がまた、話しかけてきた。

「お客さんは、お独りですか」

「え……」

「ご家族は？」

「ああ……妻と子供が一人いますけど」

「やっぱりね……お子さんはいくつ」

「七歳です」

「男の子でしょ」

「ええ、そうですけど……どうして、そんなこと聞くんですか？」

「さっき、いらっしゃいませんでした」

「え？　どこに」

「ご乗車される時です。後ろにいらっしゃったの、奥さんとお子さんですよね」

「え……いませんよ」

「あれ、そうでしたっけ？　確か、小さな男の子の手をつないでいる女性がいたような。てっきり、一緒にお乗りになるのかと思ってましたけど」

航平は笑って答えた。

「妻と子供は、もうとっくに寝ていますよ。見間違えたんじゃないですか」

「……そうですか。すみません。……たまにあるんです。そういうことが。いやあ、大変申し訳ない」

そう言うと運転手は、やっと静かになった。

仙台坂

雨はもうやんだみたいだ。タクシーは、三田から高層ビルが建ち並ぶ芝公園のオフィス街に入った。正面に東京タワーが迫ってくる。

オーストラリア大使館の前を通り、首都高速目黒線の高架をくぐる。二の橋交差点から麻布十番の住宅街を抜ける道に入った。外苑西通りの西麻布あたりに出る裏道である。

「港区と言えば、麻布、赤坂、六本木など、華やかなイメージがありますが、昔は人も寄りつかない山奥の険しい場所でした」

運転手がまた話し始めた。少しうとうとしていた。適当に間《あい》の手を入れて、彼の話を聞き流すことにする。

「……このあたりは武蔵野台地の海側に位置し、二十三区の中でも最も起伏に富んだ地形をしております。そのため、坂道がやたらと多い。鳥居坂に乃木坂、芋洗坂、暗闇坂に新富士見坂に鼠坂……挙げるとキリがありません」

通りは片側一車線の、なだらかな上りの坂道になっていた。道路の両脇には、シャッターを閉じた商店や、小洒落たカフェレストランなどが建ち並んでいる。

信号のある交差点の標識には、『仙台坂下』と記されていた。

「ちなみに、今通っている坂道は仙台坂という坂でございます。江戸時代には、仙台藩の下屋敷があったことから、仙台坂と名付けられたのですが、この坂には別名がありましてね。何だと思いますか」

「さあ」

「この坂は、通称……幽霊坂と言われております」

「幽霊坂？」

「はい。坂を歩いていると、地面から手が出てきて足をつかまれたり、女性の幽霊を見たりと、曰くつきの場所なんです」

坂を上って行くと、商店はほとんどなくなり、道は暗くなっていった。街灯の数も少なく、通行人もほとんどいない。言われてみると確かに、幽霊が出てもおかしくない雰囲気ではある。

運転手は、さらに熱心に話し続ける。

「こういう稼業をしておりますと、誰だって多かれ少なかれそういった体験はあります。いわゆるタクシー怪談って、ご存じですか。女性の客を乗せて、目的地に着いたら、後部座席には誰もいない。シートはびっしょりと濡れている。料金を取り損なったと思って、目的地の前の家で聞いてみると、死んだ娘の一周忌とかで、お礼に倍の料金をもらったとか……」

運転手はやけに真面目に話している。どうやらこの人は、そういうことを信じるタイプのようだ。

「実を申しますと、私もどっちかというと、霊感のある方でして。ごく稀になんですが、幽霊とか心霊体験とかに遭遇することがあるんですよ。目の錯覚だったらいいのですが、どうもそうは思えない。町中とか駅前の雑踏とか流している時、何か透明な黒い影がふわりと動いたり……くねくねした人のようなものが浮かんでいるのを見たり……。列車事故があった場所で、ちぎれた手首が地面を這うように動いているのを見たりとか。ああ、そうだ。この前は……」

「ごめんなさい。悪いけど、そういう話はあまり好きじゃないですね」

「あ、すみません。怖がらせてしまって」

「いや、怖いとか、そういうことじゃなくて。興味ないんですよ。お化けとか幽霊とか」

「そうですか。申し訳ございません。あ、そうそう。最後にもう一つだけ……。この幽霊坂なんですが、五十年近く前に、なんとも凄惨な事件があったそうです。この近くに住む主婦が、夫に捨てられ路頭に迷った挙げ句、愛娘の首を切り裂いて、自分も首を吊って死んだとか。この坂で起こる異変も、そういった因縁が関係しているんだと……。そう言えば、さっきお客さんの後ろにいたのも、女性と子供でしたね」

「だから、言いましたよね。そういう話は好きじゃないって」

「ああ、これはすみませんでした。すっかり、調子に乗っちゃって」

なるべく感情を抑えて、丁寧に言ったつもりだったが、苛立ちは隠しきれなかった。車内の雰囲気はまずくなってしまったが、運転手はやっと口を閉じてくれた。

ふと窓外を見る。車窓には、人気《ひとけ》のない麻布の暗い夜道が続いていた。

そのまま、外をぼんやり眺めていた。しばらく車の振動に揺られていると、再び睡魔が襲ってくる。脳裏に、あの夢が甦った。

ほとばしる光と光。連鎖して弾ける火花。

――線香花火の夢だ。

あれは、蒼太が何歳の時だっただろう？　まだ彼は幼かった。あどけない笑顔。その隣で、妻の希恵も楽しそうに笑っている。花火の光に照らされて……。

彼女の笑顔が失われたのは、いつの頃からだろうか。

激しい罪悪感に苛まれる。自分は取り返しのつかないことをした。悔やんでも悔やみきれない。一番大切なものを自分は……。

線香花火の真ん中の、赤く丸い玉。小さな無数の光が、激しくぶつかり合い大きく膨張していく。今にも落ちそうだ。

自分はどこにいるのだろうか？　不安になる。一体自分はどこに……。

「お客さん、もうすぐ着きますよ」

運転手の言葉に、航平は目を開けた。

「ああ……すいません」

寝ぼけ眼で、周囲を見渡す。一瞬、どこを走っているのか分からなかった。トンネルの中のようだ。点滅するオレンジ色のトンネル灯に照らされた、コンクリートの壁と天井が弓なりに続いている。

「あれ、今どこを走っているんですか」

「白金《しろかね》トンネルですよ」

「白金トンネル？」

白金トンネルは、白金から目黒方向に抜ける、首都高速の真下に造られた自動車専用のトンネルである。六本木とはまるで方角が違っていた。

「何で、そんなところ走ってるんですか」

「何でって、目黒はこっちの方ですから」

「目黒？　どうして目黒に」

「あれ、言いませんでしたっけ？　お客さん目黒に行ってくれって。目黒の五本木に」

「五本木？　全然違うよ。言いましたよね、六本木に行ってくれって」

「え、六本木ですか。これはとんだ勘違いを。すぐに引き返しますから」

呆れてものが言えなかった。五本木とは、目黒区にある住宅街である。名前は似ているが、港区にある六本木とは全く違う場所だ。タクシーはどんどん、六本木から遠ざかっている。

思わず航平は、声を荒らげた。

「あなた、さっき聞いてきたでしょ。六本木ヒルズに住んでるんですかって。覚えてないんですか。僕にそう言いましたよね」

「はあ、そうでしたか。すみません。本当にすみません」

「もういいですよ。降りますから。停めて下さい」

「いや、もう大丈夫です。六本木ヒルズですよね。すぐに引き返しますので」

「いいですよ。別のタクシー拾うんで」

「お客さん、ここは私が責任を持って、六本木まで送らせて下さい。この時間、このあたりにはタクシーはあまり走っておりませんし。もちろん、料金は充分サービスさせて頂きますので」

航平は深くため息をついた。確かに、トンネルの中で降りても、タクシーを拾うのは難しそうだ。運転手はハンドルを握りしめ、懸命に謝り続けている。自分より二回りほども年上の人を、これ以上責めても仕方ないと思った。

「分かりました。じゃあ、お願いします。六本木ヒルズですよ。六本木ヒルズに行って下さい」

「かしこまりました」

運転手は威勢よく返事すると、車の速度を上げた。だが、トンネルの中央は隔壁で分断されている。引き返そうにも、トンネル内でUターンすることはできない。どんどん目的地から遠ざかって行くが、仕方なかった。

タクシーは、そのままトンネルの中を走り続けた。トンネルを出ると、中央分離帯に切れ目があり、転回可能となっている箇所があった。運転手は即座にハンドルを右に切り、来た道を引き返した。

タクシーは再び、白金トンネルの中に入って行く。

またこの長いトンネルを引き返すのかと思うと、気分が重くなった。とんだ時間のロスである。航平は疲れていた。早く部屋に戻りたい。乾いたシーツの上で、何も考えず熟睡したい。まあ、あまり苛々するのはやめよう。この時間なら十五分もあれば六本木に着く。そう思い、心を落ち着かせた。

トンネルの中をしばらく走っていると、また運転手が口を開いた。

「お客さん。大変申し訳ございませんでした。どうしてあんな勘違いをしてしまったのか、自分自身が腹立たしくて。本当にすみません」

「もう、いいですよ」

「言い訳したくはないのですが、私どもの仕事は丸一日働いて、丸一日休みという勤務形態でございまして、この歳になるとこれが結構キツい。長時間車で走っておりますと、たまにおかしな間違いをすることもありまして、お恥ずかしい話なのですが、例えば、お客さんだと思って停まったら、大きなポスターや看板に写っている女優さんだったり、時には電信柱や郵便ポストをお客さんと間違えることもあるんです」

運転手はまた、饒舌に語り出した。

「あ、でもご心配なく。万が一事故など起こしたら大変ですので、そんな時は車を停めて仮眠するように心がけております。先ほどお客さんをお乗せする前も、お台場の埠頭で休憩し、充分睡眠を取らせて頂きましたので、ご安心下さい。あ、そう言えば……。思い出した。確かにそうだ。私が休んでいる時、埠頭に立っている人を見かけたんです。こんな時間に誰だろうって……。もしかして、あれはお客さんでは」

「え？　埠頭。オフィスは近くにありますが、埠頭には行ってませんよ」

「ああ、そうですか。おかしいな。確かに、お客さんによく似た……」

「人違いじゃないですか。とにかく、今日はずっとオフィスにいましたから」

「そうですか……それは、すみません」

肝がつぶれるかと思った。

この運転手は、ずっと埠頭にいた。そして、自分の姿を目撃していた。どこまで見ていたのだろうか。ただ見かけただけなのか。それとも航平の行為の一部始終を目撃したのか……。

いや大丈夫だ。

もし全部見ていたのなら、こんな風に平然と話しかけてこないはずだ。問題ない。彼は何も見ていない。安心しろ。航平は、そう自分に言い聞かせた。だが、その時である。

「ああ、そうだ」

突然、運転手が声を張り上げた。

今度は、心臓が止まるかと思った。なるべく平静を装いながら、航平は問いかける。

「どうしました」

「いや、さっきの話じゃないんですけど、この白金トンネルも、かなり曰くつきの場所なんですよ……。このトンネルの脇には、かつて旧日本軍が人体実験していた病院がありまして、数多くの心霊現象が目撃されているんです。それと、この先にあるトンネルの白金台側の出口には、女性の幽霊が立っておりまして、絶対にそちらの方を見てはいけないと言われています。もしそれを見たら……」

「運転手さん……。そういった話には興味ないって」

「ああ、そうでした。これは申し訳ない。すみません」

運転手は、口を閉ざした。車内に静寂が訪れる。

航平は、ごくりと唾を飲み込む。一刻も早く、このタクシーから降りたい気分だった。だが、今ここで強引に降りると、かえって不審に思われるだろう。少なくとも、彼は自分の姿を埠頭で見ているのだ。ここは慎重に接した方がいい。

しばらく走ると、タクシーはトンネルの出口にさしかかった。先ほど運転手が言った、白金台側の出口だ。

航平はちらっと、窓外に目をやった。

もちろんトンネルの出口には、誰も立っていなかった。

狸穴

タクシーは白金台を過ぎて、六本木に向かって走っていた。

白金トンネルを出てから運転手は口を閉ざしたままである。先ほどまで饒舌だった男が、急に黙り込んだ。ちょっと気味が悪い。もしかしたら、何か悟られたのだろうか。そう思い、航平は身構えていた。

だが、飯倉片町の手前でタクシーが左折し、細い一方通行の坂道を下り始めた時である。運転手が突然、話し出した。

「かつて、このあたりは麻布山と呼ばれ、それはそれは険しい場所でございました。今通っている坂の名前は、狸穴坂《まみあなざか》と申します。狸の穴と書いて狸穴」

また、彼の蘊蓄が始まった。さっき道を間違え、窘《たしな》められたことなど、すっかり忘れたみたいだ。航平は黙ったまま、運転手の言葉に耳を傾ける。

「この付近には数千もの狸が住む穴があり、田畑を荒らしたりして百姓を苦しめていたという話です。徳川家康が江戸に幕府を開く前に、家臣の井伊直政《いいなおまさ》がこの噂を聞きつけ、家老に狸退治を命じたという記録もあります」

窓外に視線を向けた。タクシーは瀟洒な邸宅やマンションが並ぶ、車一台が通るのがやっとの道を走っている。くねくねと蛇行した急な下り坂の道。航平もあまり通ったことのない道である。

「そういう訳で、このあたりはもともとは狸の縄張りだったのを、人間が追い出した土地。狸たちの恨みも相当あったのだと思います。この〝狸《まみ》〟というのは、魔物や魑魅魍魎《ちみもうりょう》という意味もありまして、狸の生き残りが美少年に化けて、江戸で悪さをしたという話もございます。このあたりは、今も地図に麻布狸穴町《あざぶまみあなちょう》と記されており、江戸時代からの町名が残されている数少ない場所なんです」

運転手の話は止まらない。熱心に薀蓄を語り続けている。航平は話を遮らず、好きなだけ喋らせておくことにした。

「お客さんは、麻布という地名の由来をご存じでしょうか」

「さあ……麻とか布とかが関係あるんですか」

「そういった説もあります。麻の産地であるとか、麻の織物が盛んであったなど諸説あるのですが、実はよく分かっていない。麻布の地名の由来について、私が最も興味を惹かれるのは、アイヌ語の『アサップル』が転じたという説……」

「アイヌ語ですか」

「そうなんです。近年の研究によると、縄文人はアイヌ民族だったのではないか、という学説もありまして、この麻布周辺からも、縄文民族の住居跡や貝塚が多数発掘されているのです」

運転手の語り口調が熱を帯びてきた。こうやって薀蓄話を人に聞かせるのが、好きなだけなんだろう。きっと彼は見ていない。さもなければ、のんきに話し続けることなどできないはずだ。そう思い、航平は気を落ち着かせた。

「『アサップル』というのは、アイヌ語で『渡る』という意味。太古の昔、麻布十番あたりまではまだ海でした。高台に位置する麻布は、当時は突き出た半島のような場所だったのでしょう。だから縄文人はこの地に、『渡って』やってきたのです。その証拠に、アイヌの土地だった北海道には、『麻布』に類似した地名が結構あるんですよ。知床半島には麻布町《あざぶちょう》、札幌には麻生《あさぶ》、函館に近い檜山郡には厚沢部町《あっさぶちょう》といった風にね」

タクシーは麻布の裏の住宅街を抜け、広い道路に出た。外苑東通りだ。進行方向に、見慣れた繁華街の灯りが見えてくる。六本木の交差点が近づいてきた。真夜中だというのに、六本木一帯は煌びやかな光に溢れ、まるで別世界である。

「このあたりに人が住むようになったのは、江戸時代より後のことだと言います。江戸に幕府が置かれると、人里離れた土地にも大名や武家の屋敷が建ち始め、寺や神社も建立されました。明治になると、麻布にアメリカ大使館をはじめとする、各国の大使館や領事館が建設され、周辺には高級住宅街が増えていきました」

運転手の話は、途切れることなく続いている。

「そんな中、六本木には陸軍の大規模な兵舎が建設されます。あ、前に防衛庁があった場所、今はミッドタウンがあるところですね。戦争に負けると、陸軍のその土地はGHQに接収され、六本木の街はGIの街に一変します。次々とカフェやバーが店を開き、学生や不良に芸能関係者も押し寄せ、今の六本木の街ができ上がったんです」

飯倉片町の交差点を越えて、外苑東通りを六本木交差点に向かって行く。街を包むネオンの光が迫ってくる。

「ではなぜ、このあたりが六本木と呼ばれるようになったのか、お客さんはご存じですか」

バックミラー越しの屈託のない笑顔で、運転手は問いかけてきた。間違いない。彼は何も知らない。ただ空気の読めない、薀蓄好きのおじさんだ。自分にそう言い聞かせると、航平はちょっと気が楽になった。運転手は航平の答えを待たず、話を続ける。

「それはかつて、この地に五本の榎が高くそびえていたことに由来します。六本木なのになぜ、榎は五本なのか？　不思議に思いませんか。その真相は、平安時代末期にまで遡ります。源平の争いが激しく行われていた頃、平家の落武者六人が、この地まで逃げ延びてきました。そのうち五人の落武者は力尽きて、墓標代わりにと、五本の榎の幼木を植えました。その後、五人の落武者は切腹、残った一人の落武者は、何とか生き延びようと周辺を彷徨いましたが、一本の松の木の下で息絶えてしまった。村人たちは落武者たちを憐れみ、五本の榎と一本の松、合わせて六本の木で彼らを弔い、この地が六本木と呼ばれるようになったといいます」

延々と続く運転手の話を聞いていると、また眠気が襲ってきた。微睡み始めた航平の耳には、彼の声がお経や念仏のように聞こえる。タクシーは、六本木のネオンの中に突入して行った。

「……まあ、六本木の地名の由来も、諸説あるんです。他の説では、江戸時代に、上杉氏や片桐氏など、名字に木の名前が入った武士の大名屋敷が六軒あったことが、六本木の由来であるとも言われています」

夢うつつの中、車窓の六本木の景色をぼんやりと眺める。深夜だというのに、客待ちのタクシーが並び、大勢の若者や酔客で賑わっている。

「『お前、麻布で気（木）が知れぬ』といった言葉遊びがあります。江戸の麻布には、六本木という地名があるが、それに相応する六本の木が見当たらないので、『木が知れぬ』という意味と、麻布というひどい田舎に住んでいるということから『気が知れぬ』と、変わった人や素っ頓狂な人を表現する時に使われたのです。まあ今とは違って、麻布や六本木の周辺は、昔は誰も寄りつかないような僻地だったんですよ」

車窓から見える夜の六本木の風景――

煌びやかな光が溢れる中、行き交う人々。着飾った水商売の女性。客引きの茶髪男や楽しげな外国人たち。もし昔の人が、こんな光景を目の当たりにしたら、夢か幻か、狸に化かされたと思うのだろうか。

航平も時折、感じることがある。今の自分の人生も、もしかしたら幻なのかもしれないと。近代的なオフィス。最先端の生活。何不自由ない生活。全ては夢か幻。〝東京〟という実態のないプログラム上の仮想セカイ。

タクシーは首都高速の高架道路が横断する六本木交差点を左に曲がり、六本木通りを渋谷方向に進む。

やっと目的地が見えてきた。地上五十四階建て、六本木の繁栄と栄華を象徴する巨大ビル。フロントガラス越しに、目映いライトに照らされた六本木ヒルズがそびえ立っている。

もうすぐ、わが家にたどり着く。これでやっと眠れる。ほっと胸をなで下ろした、その時である。

ふと、何か違和感を覚えた。誰かに見られているような感覚。フロントガラスの方から、運転席のバックミラーに視線を移した。

思わず息を呑む。バックミラーに映る自分の隣に、誰かがいる。

女だ。隣に女が座っている。

長い髪の女……。子供を抱えていた。

女の身体は、びしょびしょに濡れている。肩まで伸びた髪は海藻のように乱れ、水が滴り落ちていた。抱えられた子供も濡れていて、目を閉じてぐったりとして動かない。思わず、後部座席の自分の隣を見る。

誰もいない。

後部座席にいるのは、航平だけだ。自分は夢の中にいるのだろうか。再びバックミラーに視線を戻した。その瞬間――

女の眼球がぎろっと動いた。鏡越しに航平を睨みつけている。

航平は小さく悲鳴を上げた。

「どうされました」

訝しげに、運転手が聞いてくる。

「いや、何でもありません」

ちらっとバックミラーに目をやる。もう、誰も映っていない。目の錯覚だったのだろうか。自分は思っている以上に、疲れているみたいだ。さっきバックミラーに映っていた女と子供は、希恵と蒼太のように見えた。二人がこの車に乗っているはずは、絶対にない。やはり、幻覚だったのだろう。

ふと正面を見ると、六本木ヒルズの威容が迫って来ていた。


「お客さん。間もなく到着しますから」

運転手の声に飛び起きた。いつの間にか眠っていた。

窓外に目をやる。車はまた、暗い夜の道を走っている。何かおかしい。

身を乗り出して、走行しているタクシーの周囲を見渡した。前にも後にも、六本木ヒルズはどこにも見当たらない。六本木ヒルズどころか、六本木の街の灯も見えない。いつの間にかタクシーは、どこか住宅街の道を走っていた。

なぜ、こんなところにいるのだろうか。もう間近まで来ていたはずだ。思わず、航平は声を上げた。

「ここは、どこだ」

「お客さん。目的地まではもうすぐですから」

まさかと思った。また道を間違えている。この運転手は自分をからかっているのか。それとも、何か別の思惑があるのではないか。そうとしか思えなかった。

「これは、どういうことだ。二回も間違えるなんてこと、ありえないでしょ。こっちもヒマじゃないんだ。いい加減にしろよ」

「え……。どういうことでございましょうか」

「だから、ずっと言ってるだろ。六本木ヒルズに行ってくれって。いつになったら着くんだ」

「はあ……」

「何度間違えれば気がすむんだよ。あんた、無駄話ばかりしてないで、自分の仕事ちゃんとやったらどうなんだ」

悪夢である。いつまで経っても、家にたどり着かない。

航平の怒りは収まらなかった。後ろから殴りつけてやりたかったが、そんなことをすれば、後で面倒なことになる。湧き上がる衝動をグッとこらえた。

「もういいよ。車を停めてくれ。降りるから。早く」

「あの……」

「もういいから。あんたの顔を見たくないんだ。早く停めろって、言ってるだろ」

声を荒らげ、運転手を怒鳴りつけた。彼は黙ったまま、航平の言葉を背中で受け止めている。しばらくすると、申し訳なさそうに言った。

「あの、お客さん……。行ったんですよ、六本木ヒルズに」

「え」

「覚えておられませんか」

運転手の意外な言葉に、航平は一瞬たじろいだ。

「先ほど、六本木ヒルズの住居棟の車寄せにお着けしたんですよ。そしたらあなた、やっぱりいいって……。自分が帰る場所はここじゃないって」

「嘘つけ」

「嘘じゃありません。あなたは違う場所を指示されたんですよ。だから私は言われた通りにしているんです」

いい加減なことばかり言うな……口に出そうとして、思わず言葉を呑み込んだ。

確かに、自分はさっきまで眠っていた。もしかしたら、自分は夢うつつの状態で、そんなことを言ったのかもしれない。運転手はやけに落ち着いている。彼の言うことが正しいとしたら、そういうことになる。

黙り込んでいると、運転手が先に口を開いた。

「お客さん。さっき私、埠頭で寝ていたって言いましたよね」

ハンドルを握りしめたまま、彼は言葉を続ける。

「実は全部見ていたんですよ。お客さんのこと」

「どういうことだ」

「お客さんが何をしていたか。その一部始終を見ていたんです」

後ろから誰かに殴りつけられたような衝撃を覚えた。身体中の血の気が、一瞬で引いていく。やはりこの男は見ていた。埠頭での行いを目撃していた。

動揺を悟られてはいけない。航平は平静を装って、運転手に声をかけた。

「見ていたって、何を」

「だから全部ですよ。あなたがあの埠頭に来てから、ずっと……」

言葉が出なかった。足がぶるぶると震えだした。呼吸が苦しくなってくる。

「いやあ、驚きましたよ。埠頭に車を停めて、いつものように眠ろうとしたら、あなたがやって来たんです。こんな真夜中に一体何だろうと思って、しばらく眺めていたんです。そしたら……」

そこまで言うと、運転手は黙り込んだ。

身体の震えは止まらなかった。まずい。もはや言い逃れはできそうにない。航平が黙り込んでいると、運転手は神妙な面持ちで口を開いた。

「あんなことして、奥さんと息子さんが、可哀想とは思わなかったんですか」

航平は呆然としたまま、運転手の問いかけに答えることができない。

「どうして、あんな恐ろしいことをしたんです」

どんどん息が荒くなってきた。身体中の震えは止まらない。動揺は最高潮に達していた。この男は知っていた。航平の埠頭での行いを、全て……。彼は、自分をどうするつもりなのだろうか。この男の目的は何なのか。航平は恐る恐る、言葉を振り絞った。

「警察には、通報したのか」

航平の方に一瞥もくれず、運転手はかぶりを振る。

「いいえ」

「僕をどうするつもりだ。このまま……」

「別にどうするつもりはありません。お客さんがどういった方であれ、私の仕事は、お客さんを目的地に無事にお届けすることです」

「目的地？」

「はい。そうでございますよ……あ、到着しました」

そう言うと、運転手はブレーキを踏み、タクシーを停車させた。

自動ドアが開く。

運転手が振り返り、愛想のよい顔をこちらに向けた。この時、初めて運転手の顔をまともに見た。痩せぎすで色の浅黒い、胡麻塩頭の初老の男。

「お待たせしました。降りて確認してみてはどうでしょうか。お客さんが指示された目的地が、一体どこなのか」

目尻に皺を寄せ、運転手が満面の笑みを浮かべて言う。

「さあ、どうぞ」

運転手に促され、車外へと足を踏み出した。よくある住宅街の一画である。街灯がまばらにあるだけで、周囲は薄暗かった。取りたてて高級な住宅地という訳ではなさそうだ。築年数が相当経ってそうなマンションや、板塀の家屋が建ち並んでいる。あたりに人の気配はない。

タクシーが停車している場所から少し歩くと、下りの石段にさしかかった。住宅地の斜面に設置された、一本の長い階段。眼下には、都会の夜景に混じって、東京タワーの灯が見える。

「ここは……」

思い出した。この風景には見覚えがあった。この下のアパートだ。確かに、自分はこのあたりで暮らしたことがあった。

自然と足が動き出す。石段をゆっくりと下りて行った。先ほどの雨で、足元は少し濡れている。しばらく歩くと、中腹ほどの踊り場の脇にアパートの入り口が見えた。古い建物だったが、まだ残っていた。二階建ての鉄筋のアパート。ワンルームで狭かったが、一応バス・トイレはついていた。

ここに住んでいたのは、十年ほど前だっただろうか？　希恵と初めて暮らしたアパートだ。大学を出て数年経った頃だった。会社に入っても長く続かなかった。何とか、世の中に自分を認めさせてやりたい。野望と現実の間《はざま》で、毎日悶々としていた。定職がなく、希恵に食わせてもらっていた時期もあった。本当に彼女には助けてもらった。

「先ほど、あなたが指定されたのはこの場所です」

振り返ると、あの運転手が後ろに立っていた。目尻に皺を寄せて、航平に微笑みかけている。浅黒く皺だらけの顔に、人生の年輪がにじみ出ていた。航平はまた、アパートの方に目をやると、呟くように言った。

「懐かしい。妻と、最初に暮らしたアパートだ」

運転手は無言のまま、じっと航平の方を見ている。

「妻には、申し訳ないことをしてしまった。もう決して、取り返しのつかない……」

アパートを眺めながら、航平は話し続けた。

「人生というのは、なかなか思うようにならないものだ。大きなチャンスをつかみ、栄光をつかんだ。会社はどんどん成長し、六本木ヒルズに住居を構えることまでできた。全てが、自分の思う通りに運んだ。人生という勝負に勝ったつもりでいた。しかし甘かった」

運転手はずっと黙ったままだ。航平の話に耳を傾けている。

「会社が大きくなりすぎたんだ。だんだんと自分のコントロールが利かなくなった。わずかなほころびから亀裂が入り、途端に崩壊した。僕は多額の負債を背負ってしまった。六本木ヒルズに構えていた住居も解約した。信じていた仲間も、みんな離れていった。それでも負けたと思いたくなかった。自分は成功者だ。これぐらいのことでは終わらない。何とかしようと懸命に努力した。でも頑張れば頑張るだけ、借金は膨れあがり、もう自分一人ではどうしようもない額にまで達していた」

「なるほど、そうでしたか……。だから、あなたは」

そう言うと運転手は、表情を硬くした。そして航平に厳しい目を向ける。

「尊い命を奪ったんですね」

彼の言葉が胸に突き刺さった。さらに運転手は、航平を問いつめた。

「目的は保険金だったんですか」

もはや言い逃れはできない。航平は観念して、言葉を振り絞った。

「その通りだ」

「罪の意識はなかったんですか。冷たい夜の海の中に、あなたは尊い命を投げ捨てた。奥さんとお子さんがどんなに苦しむか、考えなかったんですか」

声を荒らげ、運転手は問いかけてくる。航平は耐えきれず、目を強く閉じた。だが運転手は容赦なく言葉を続けた。

「なんで、あんな恐ろしいことをしたんですか。どうしてあなたは……」

運転手は、航平をじっと見据えて言った。

「あなたは……」

聞きたくない。聞きたくない。だがついに運転手は、苦悩する航平に向かって、恐ろしい事実を突きつける。

「……あの暗い海に、我が身を投じたのですか」

航平ははっとして、運転手の顔を見た。

突然、奇妙な感覚が航平を襲ってくる。息苦しくなってきた。口や鼻から、ごぼごぼと大量の液体が侵入してくる。呼吸ができない。塩辛い水だ。気管支や肺にも入ってきた。苦しくてもがき続ける。そこは暗闇の水の中だ。苦しい。苦しい。苦しい。そうだ……。自分はさっき、身を投げたんだ。お台場の海の中に。そうだ、自分はさっき……自分はさっき、冷たい海の中でもがき苦しみ、息絶えたんだ。そうだ。そうだ。そうだ。

自分はさっき、死んだんだ……。

震えは止まらなかった。確かに自分は、お台場の海に身を投じた。楽になりたかった……。借金で首が回らなくなり、生きていくのが面倒になった。自分が死ねば、死亡保険金で借金はなんとかなるはずだ。一石二鳥だと思った。早く苦しみから逃れたかった。脳裏に一瞬、希恵と蒼太の顔がよぎった。だが、死の誘惑に打ち勝つことはできなかった。航平は、衝動的にお台場の暗い海に落ちていた。

「思い出しましたね」

航平はゆっくりと運転手を見た。相変わらず彼は、表情をなくした顔のままこっちを見ている。航平は、精一杯の力を振り絞って、運転手に問いかけた。

「あなたは……」

「言ったじゃないですか。私は霊感が強いと……。だから、あなたのようなお客さんを乗せることが多いんですよ」

ゆっくりと両手を持ち上げて、じっと見る。航平には、一切の感覚が消えていた。

雨上がりの夜の町。石段に植えられた木々はそよいでいるのに、皮膚は全く風を感じていない。目の前にある植物や土の匂いも匂わない。そう言えば、タクシーに乗っている時も、車特有の臭気もしなかった。気温の感覚も失われている。暑いのか寒いのかも、全く分からない。

そうか……。もう自分はこの世のものではないんだ。

「それでは行きましょうか」

呆然としている航平に、運転手が声をかける。

「え、どこへ」

問いかけには答えず、運転手は目の端を緩ませた。その眼差しには、そこはかとない慈愛が込められているように思えた。

運転手は、無言のまま石段を上って行く。

思わず航平は、その後を追いかけた。

青山

タクシーは、夜の道をひた走る。

一体、この車はどこに行くのだろうか。航平は後部座席から運転席を覗き見た。あの饒舌だった運転手は、静かにハンドルを握っている。

しばらくすると、正面にまた、あの煌びやかな六本木の灯が見えてきた。まるで幻のようだと、航平は思った。

誰かが言った。人生は振り子である。悪いことが起こったら、それと同じだけの幸福が訪れるはずだ。人生の振り子は揺れ続ける。不幸の度合いが大きければ大きいほど、やがて訪れる幸福の度合いも大きいはずだ……と。

だが裏を返せば、それは恐ろしい言葉にもなる。訪れた幸せが大きければ大きいほど、やがて訪れる不幸も計りしれないのだ。そのことを航平は痛感した。

心残りは家族のことだけである。結局、希恵には迷惑をかけたままだった。自分は仕事ばかりで、家庭を顧みることなどなかった。寂しい思いばかりさせてしまった。でも、彼女は一言も文句を言わずについてきてくれた。素晴らしい妻だった。

蒼太にとっても、最悪のパパになってしまった。彼のこれから先の長い人生にとって、大きな遺恨を残すことになると思う。会社をつぶし、借金を苦に自殺した父親。私のことを憎んで生きるのだろう。蒼太、すまなかった。腑甲斐ない父を許して欲しい。死ぬ前に一度だけでよかった。蒼太を抱きしめたかった。愛くるしい蒼太の笑顔。声。匂いを感じたかった。

でも、今はもうそれはできない。

しばらくすると、車はまた六本木ヒルズの前を通りかかった。夜の暗闇の中に、煌々とライトに照らされた五十四階建てのビルがそびえ立っている。

「お客さんはご存じだったでしょうか」

運転手が、ゆっくりと口を開いた。

「六本木ヒルズが建っている場所は、江戸時代には長州毛利家の江戸屋敷でした。元禄の頃、吉良上野介《きらこうずけのすけ》邸に討ち入った四十七士のうち、前原伊助など十名の赤穂浪士《あこうろうし》が、毛利家に身柄を預けられたんです。そしてこの地で、浪士十人は切腹し、その命を落としました。主人のために忠義を尽くした赤穂浪士、その終焉の地がこの場所だったんです。そう思うと、日本人としては、色々と感慨深いものがあります。日本の栄華を象徴する六本木ヒルズ。ここではいろんな人間が栄光をつかみ、落ちてゆきました。まさしく虚栄の塔。この地で命を落とした、赤穂浪士十人の怒りに触れたように……」

車窓から六本木ヒルズの威容を見上げた。自分も落ちていった人間の一人。運転手の言う通り、まさしく虚栄の塔だと思う。

六本木ヒルズの脇を通り過ぎると、タクシーは闇に包まれた六本木通りの立体道路をひた走った。

人生を終える瞬間、人は今まで生きてきた記憶の断片が、走馬灯のように見えるという。自分は今、そんな体験をしているのかもしれない。

これは、いわゆる臨死体験という現象である。死出の世界へと旅立つ人が、最後に見る風景。自分の魂は、この現世と別れを告げる。今はその過程にあるのだ。


タクシーはその後、航平をいろんな場所に連れて行った。

初めて、希恵とデートしたイタリアンレストラン――

なけなしの金をかき集めて、彼女を誘った。緊張してほとんど話せなかった。

蒼太の生まれた病院――

羊水や血液にまみれた、灰褐色の赤ちゃん、この世に誕生したばかりの蒼太。最初は全然動かなかった。足の裏を叩くと、元気よく泣き出した。生まれて初めて、我が子を抱いた感動にうち震えた。

家族で遊びに行った公園――

蒼太は、大人しい性格だ。どちらかというと気の強い方ではない。友達に叩かれてもやり返さず、いつも泣いてばかりいた。そんな蒼太が心配で、希恵は何度か自分に相談してきた。でも忙しくて、真摯に妻の言葉に耳を傾けなかった。

自分はどこから道を間違えたのだろうか？　仕事のことで頭がいっぱいだった。金さえあれば、何でも解決すると思っていた。こんなことになるんだったら、もっと家族のことを顧みるべきだった。そうしたら、自ずと道は開けていたのかもしれない。

しかし、それももう後の祭りである。今となっては、取り返しはつかない。自分は死んだのだ。もうすぐこの世を去らなければならない。その時は、刻一刻と近づいていた。

六本木トンネルを青山方向に抜けると、タクシーはほとんど車の通りのない一方通行の一本道に入った。

道の両脇には樹木が鬱蒼と茂り、その向こうには墓地が広がっている。青山霊園である。

「青山霊園は、明治時代に日本で初めて作られた公営墓地なんです。東京ドーム約六個分もの広大な敷地があり、十万人を超える死者が眠っています。乃木大将や大久保利通、志賀直哉、星新一と、数多くの偉人や有名人が葬られています。あ、そうそう。忠犬ハチ公のお墓もあるんです」

近代的なビルに囲まれた墓地。無数の墓石が並んでいる。その中心をタクシーは走り続ける。

「かつて、この青山一帯は森と灌木だけの荒野でした。古来この地では、多くの遺体が運び込まれ、風葬が行われていたんです。そういった場所だから、自然とこの青山に大きな墓地ができたのでしょう。今も昔もこのあたりは、生と死の間……死者と生者をつなぐ場所なんです」

ハンドルを握りながら、運転手が蘊蓄を語り続ける。

彼はこの青山霊園が〝生と死の間〟と言った。自分はこの地で、成仏するのだろうか。いや、自分は妻と子を見捨てたのだ。一人だけ楽になろうと、自ら命を絶った。成仏などできるはずなどない。きっと、地獄へ落ちるのだろう。

その覚悟は、もちろんできている。だが、許されることではないかもしれないが、ただ一つだけ願いがあった。

あの世に行く前に、もう一度会いたい。希恵と蒼太に。一目だけでいい、最愛の妻と我が子の姿を見たい。でも、それも叶わぬ願いなのだろう。

ゆっくりと目を閉じる。

ぱちぱちと弾ける線香花火の光。

懐かしい家族との思い出が、脳裏に甦る。屈託のない蒼太の笑顔。花火に照らされた優しい希恵の顔――

この花火が消える時が、現世との別れになるのだろうか……。

激しくぶつかり合う、無数の火花。中心の赤い火の玉が、どんどん膨張していく。

やがてポトンと、地面に落ちた。


途端に、周囲は暗闇に包まれる。

もう妻の顔も、蒼太の顔も見えなくなった。

永遠の暗黒が訪れる。

湾岸

「こちらです。どうぞ」

「はい、すみません」

医師の白衣の背中を追って、原田璃々子は病院の廊下を歩いていた。一本に縛った、彼女の長い髪が揺れる。湾岸地区にある総合病院。フリーライターの璃々子は、取材のためにこの病院にやってきた。

璃々子を案内する医師は、黒髪より白髪の方が多い、感じのいい初老の男性だった。まだ掲載されるかどうかも分からない雑誌の取材なのだが、色々と丁寧に対応してくれる。

時刻は、もうすぐ夕暮れを迎えようとしていた。病院取材のため、いつもより堅めの服装で訪れた璃々子。グレーのジャケットにパンツスタイル。肩にかけた黒いトートバッグに手をやり、さほど混んでいない病院の廊下を進む。

渡り廊下を通り、その病棟に入った。

エレベーターに乗り、六階で降りる。病室が並ぶ廊下を進んで行く。奥から歩いてくる痩せこけた中年の男性患者が、訝しげな目で睨みつけてくる。

しばらく行くと、医師はある一室で立ち止まった。璃々子に言う。

「こちらの部屋になります。先ほども申し上げたように、患者のプライバシーに関わることなので、写真撮影や録音などは差し控えて下さい。取材時間は十分ぐらいで切り上げて下さい。よろしくお願いします」

「分かりました」

医師は軽く頷くと、部屋をノックした。ドアの奥から女性の声で返事がくる。しばらくすると、ドアが開き、中から女性が顔を出した。三十代くらいの上品な女性である。看病疲れのためか、顔は痩せ細っていた。肩まで伸びた髪は色艶がなく、顔色もよくない。目の下の限も、化粧でも隠しきれていないようだ。女性は落ち着いた様子で、医師と璃々子を迎え入れた。

病室は二人部屋だったが、ベッドの一つは使用されていなかった。もう片方のベッドに、パジャマ姿の男性が仰向けに寝ている。

ベッドの男性は、部屋にいる女性と同じくらいの歳だろう。眠ってはいないようだ。その目は天井に向けて、見開かれている。

医師が、璃々子に目配せして言う。

「原田さん。話しかけてもいいですよ」

「はい……」

ちらっと、傍に立っている女性の方を窺う。女性はうつむいたままである。

璃々子は、ベッドに一歩近寄り、男性に声をかけた。

「初めまして」

男性からの返事はない。返事がないどころか、一瞥もくれない。

「取材でやって来ました。原田と言います。少しお話を聞かせてもらってよろしいでしょうか」

男性は身動き一つしない。目は開いているのだが、天井を見ている訳ではなかった。言うなれば、その目はどこも見ていない。璃々子には、そう思えた。

医師が落ち着いた口調で、男性に語りかけた。

「あなたにお話を聞きたいと言う方が、いらっしゃってるんですよ。返事をしてあげて下さい」

医師が語りかけても、男性は動く気配はない。じっと虚空を見つめている。

璃々子は、再び男性に声をかけた。

「突然お邪魔してすみませんでした。どうですか、今のご気分は」

やはり、反応はない。

璃々子は、男性の顔をじっと覗き込んだ。その瞳からは、まるで生気が感じられない。もしかしたら、この人は本当に死んでいるのではないか。璃々子はそう思った。今まで黙っていた女性が、ベッドの男性に声をかけた。

「あなた。お客様よ。返事をしてあげて……お願い」

まるで懇願するかのように、語りかける女性。

その時だった――

まるでからくり人形のように、男性の首がぎこちなく動いた。璃々子に向けられるガラス玉のような眼球。そして、男性の唇がゆっくりと開いた。

「……き、み、は？」

璃々子は、思わず息を呑んだ。

「初めまして。原田璃々子と申します。お話を聞きたくて、参りました」

男性は、璃々子をじっと見つめている。しばらくすると、唇が再び動き出した。

「話すことなど、何もない」

璃々子から視線を外し、男性は言葉を続ける。

「だって……」

女性は固唾を呑んで、男性を見守っている。

「だって……僕は、僕はもう生きてはいないのだから……」

「あなた……」

そう言うと、女性はベッドの傍らにひざまずいた。両手で男性の手を取り、語りかける。

「あなたは、死んでなんかいないわ……生きているわ。あなたは、生きているのよ」

女性の言葉も虚しく、男性はまた動かなくなってしまった。微動だにしない男性の身体。

その後も彼の視線はずっと、虚空に向けられたままだった。

「お忙しいところ、色々と便宜を図って頂いて、ありがとうございました」

璃々子は初老の医師に向かい、深々と頭を下げた。医師は浅黒い顔に皺を寄せて、優しく微笑んだ。

「大丈夫ですよ。もし記事になるようなら、連絡下さい」

医師と別れ、病院の正面玄関を出る。植え込みの陰に、あの襟なしの縦縞のシャツが見えた。ヒョロリとした背の高い男性。彼の名は島野仁。かつては某私立大学の民俗学の講師をしていた。今は訳あって、大学には行っていない。璃々子の学生時代の先輩である。よっぽどヒマなのか、璃々子の取材に興味を示し「協力してやる」と勝手についてくる。

「どうだった。取材の方は」

「ええ、なんとか、本人に会うことができましたけど」

「それは貴重な体験だ。それで、コタール症候群については、何か分かったのか」

「ええ。まあ、それなりには……」

そう言うと、璃々子は病院を背にして歩き出した。もうすっかり、陽は傾いている。先輩も璃々子の後についてきて言う。

「どうした？　浮かない顔して。君にしては珍しく、少しはまともな記事が書けそうじゃないか」

先輩はいつも一言多い。璃々子は先輩の言葉を無視して、港湾道路に面した病院の前の歩道を歩き出した。

実際にコタール症候群で苦しんでいる患者に会うと、複雑な気持ちになった。特に、病室にいた奥さんの様子を目の当たりにすると、取材がうまくいったと、手放しでは喜べない。

コタール症候群とは、フランスの精神科医ジュール・コタールという人物が、一八八〇年に発見した奇病である。この病気は、自分はもう既に死んでいて、この世のものではないと信じ込むという、うつ病の一種である。

璃々子は歩きながら、先輩に医師から聞いた話をした。

「コタール症候群の症状は、自分は完全に死んでいると思い込んでしまい、臭覚や皮膚感覚など、身体中の色々な感覚が失われてしまうんだそうです。症状が悪化すると、自分の身体からは臓器や血液、神経などは全てなくなっている、もしくはそれらは腐敗して朽ち果てているると、信じて疑わなくなるんだとか。挙げ句の果てには、現実の生活と乖離《かいり》して、本当に死んでしまうんだそうです。実際に、この病気を患った女性患者の一人は、自分は死んでいるから食べる必要はないと、最後は餓死したという記録もあります」

珍しく先輩は、静かに璃々子の話に耳を傾けている。歩きながら、先輩の横顔をちらっと見る。璃々子が話し終えても、険しい顔をして何か考え込んでいた。しばらくすると、ぼそっと呟くように言う。

「それで、どんな人物だった？　君が会ったコタール症候群の患者は」

「乾航平というIT会社の経営者です。かつてはヒルズ族の一人として、時代の寵児ともてはやされたこともあったそうです。ですが、ここ数年は経営が芳しくなく、多額の負債を抱えていました。そして半年前、お台場の海に身を投げ、自殺を図ったんです。偶然その場にいた人に救出され、なんとか一命を取り留めたのですが……自分が助かったということを頑なに認めようとはせず、コタール症候群と診断されました」

車道では、行き交う車が轟音を上げて走っている。夕方近く、交通量が多くなってきていた。

「治療の方は、どうなんだ」

「医師の話によると、当初は自分が生きているという事実を受け入れず、治療は難航したそうです。今残っている莫大な負債と、家族を不幸にしたという現実から逃避したかったのでしょう。でもここ最近は、回復の兆候が現れ始めたそうです。医師や家族の懸命の努力が実を結んだということなのでしょう」

「そうか、それはよかった」

「コタール症候群は進行すると、深刻な妄想や慢性のうつに陥り、取り返しのつかないことになると言います。でも、決して治らないという訳ではないらしく、抗うつ剤や精神安定剤などの薬物投与を使い、根気よく治療を続ければ治癒する可能性はあるんだとか。私が取材した医師は、一種の逆療法とも言える方法を試したと話していました。彼を車に乗せて、思い出の場所をたどったそうです。かつて奥さんと暮らした家とか、子供が生まれた病院とか、家族で遊んだ公園とか……彼の人生において、強い記憶が残っている場所を訪ねたんです。死に瀕した人物が、今際《いまわ》の際《きわ》に見る走馬灯のような幻覚みたいに……。そういった場所を巡ることによって、コタール症候群を克服できないか、実験したそうです」

「なるほど、臨死体験を実現したということだな。死の淵を実際に経験させ、そこから復活することの意義を実感する。家族との記憶を思い出させることで、心の琴線を揺さぶり、再び生きていくことの重要性を認識させた……。という訳か」

「そういうことです。治療は一定の効果があったということです」

璃々子はふと足を止めた。振り返り、背後にある病院の建物を眺める。

病棟のガラス窓には、夕陽が反射していた。

「早く立ち直ってくれるといいんですが。あの奥さんのためにも」

先輩も、璃々子の背後で立ち止まった。何やら考えている。

「コタール症候群か……。自分が死亡していると思い込む病。臨死体験。走馬灯。死の淵の幻覚……」

「先輩」

「なんだ」

「今、何を考えていました」

「いや、別に」

「もしかして……思い出したとか」

「何のことだ」

「研究のこと」

「研究……」

呟くように言うと、先輩は璃々子から視線を逸らした。

「……やめてくれないか。その話は」

「すみません」

璃々子を一瞥することなく、先輩は歩き出した。


ドアが開いた。

「ただいま」と言う元気な声とともに、ランドセルを背負った少年が入ってくる。

「パパ、今日ね、学校で先生に褒められたんだよ。国語の時間にね……」

蒼太が、楽しそうに話している。

航平は思った。

ここはどこだろうか。どこか知らない場所。白い部屋。そこに蒼太がいる。妻の希恵も。

自分はまだ、臨死体験の幻覚の中にいるのだろう。今際の際に妻と子に会いたいと願った。もし神がいるとしたら、幻覚という形でその願いを叶えてくれたに違いない。

まだ死出の旅の途中である。これから、自分はどうなるのか？　ここからどこへ行くのだろう。

パパ、パパ……。

蒼太は懸命に呼んでいる。しかし、言葉を返すことはできない。なぜなら、自分は死んでいるからだ。

パパ、パパ、答えてよ……。

やつれきった妻の顔。その目には、うっすらと涙がにじんでいる。申し訳ない。死への誘惑に負けた自分が腑甲斐ない。もう取り返しはつかない……。

でも、本当にそうだろうか。

もしかしたら……この光景は、現実である可能性があるだろうか。航平の脳裏に、ふとそんな憶測がよぎった。

パパ、パパ……返事してよ。パパ。

愛する妻と息子がいる風景――

いや違う。現実であるはずはない。自分は死んだんだ。お台場の海に、身を投げた。私の肉体は、暗く冷たい海底で朽ち果てたのだ。

その時だった。

「パパ、パパ、パパ」

蒼太が胸に飛び込んできた。泣きじゃくっている。その時、航平ははっとした。感じる。我が子の温もり。確実に自分の肌に、伝わってくる。

もしかしたら……。

ゆっくりと、泣き続けている息子の背中に腕を回した。確かに感じる。蒼太の体温。懐かしい我が子の匂い。感じる。感じ取ることができる。これは……。

航平の口が、静かに動いた。

「これは、これは、現実なのか」

「あなた？」

希恵は、憔悴しきった顔を向けた。

「本当に、ここにいるのか。蒼太」

「……いるわ。もちろん、いるわ」

「希恵……。僕は」

航平は、なんとか言葉を振り絞る。

「僕は、生きている……のか」

その言葉を聞くと、希恵が目を見張った。両目に溢れんばかりの涙を浮かべると、妻は大きく頷いた。

「……そうなのか」

希恵の目から、涙がこぼれ落ちる。

「……生きてるわ。もちろんよ。あなたは生きてるわ」

航平の目からも、涙が溢れ出した。航平は思わず、希恵を抱き寄せた。彼女の体温も身体に伝わってくる。

泣きながら、妻が言う。

「……私たちはずっと一緒よ。家族なんだから」

家族の温もりと匂い。もう決して、取り戻せないと思っていた。しかし今、それを感じている。

もしかしたらこれもまだ、臨死体験による幻覚なのだろうか。

まあ、そんなことはどうでもいい。航平の願いは叶ったのだ。最愛の妻と我が子に出会えたのだから……。

そう思い航平は、二人を抱きしめた両手に力を込めた。


二週間後——。

清々しいほどの快晴だった。

航平は、希恵の運転する車の助手席にいた。その後、治療は良好に進み、退院が許可されたからだ。車は、妻が実家から持って来た国産の乗用車だ。蒼太は後部座席にいる。お気に入りの船のおもちゃで遊んでいる。

航平は、コタール症候群を克服した。

今となっては、不思議でならない。なぜ、自分は死後の世界にいると、頑なに思い込んでいたのだろうか。

自分が弱かったのが、大きな原因だったと思う。死こそが最良の手段と、全てから逃げてしまった。だが今は違う。

もちろん、未だ莫大な借金は残っている。しかし、何とかやり直せるのではないかと思えるようになった。自分には、守らなければならない妻がいる。そして、幼い息子がいる。死に物狂いで生きて行こう。そうすれば、道は開けるはずだ。

家族三人を乗せた車は、カーブにさしかかった。海沿いの道が見えてきた。ガードレールの向こう側には、希望に満ちた紺碧の大海原が広がっている。

航平は、運転している希恵に語りかけた。

「つらい思いをさせたな……。僕が悪かった。これからは大変かもしれないが、家族三人頑張って行こう」

希恵は、小さく微笑んだ。

「そうね……」

彼女は少し言い淀むと、表情を曇らせた。

「でも」

「どうした」

「……私、もう無理かも」

「え」

希恵はハンドルを握ったまま、じっと正面を見据えた。彼女の両目に決意がこもる。車はカーブを曲がろうとはせず、ガードレールに向かって行く。航平は思わず叫んだ。

「希恵、どうしたんだ。何をする……」

アクセルを踏み込む希恵。青い海が間近に迫ってくる。

「これが私にとって、一番幸せな……」

ハンドルを握りしめたまま、希恵は声を震わせている。

「……ずっと一緒よ。私たち家族なんだから」

「やめろっ」

その瞬間、ガードレールに激突した。

航平は悲鳴を上げる。

車はガードレールを越えて、空中に投げ出された。

浮遊する視界。空と海の景色がぐらりと動く。やがて激しい水音とともに、車は海面にぶつかった。衝撃とともに、車内に大量の海水が入り込んでくる。途端に車内は海水で満たされた。

口や鼻から、ごぼごぼと大量の液体が侵入してくる。呼吸ができない。塩辛い水だ。気管支や肺にも入ってきた。苦しくてもがき続ける。

苦しい。苦しい。苦しい……。

「お客さん。お台場って、なんで台場に〝お〟をつけてお台場って言うのか、知ってますか」

運転手のその言葉に、航平はゆっくりと目を開いた。

いつの間にか微睡んでいた。

航平の乗るタクシーからふと、窓外を見ると、東京湾の灯がにじんで見えた。

江東区の女

江東区

東京湾に面した東京東部の区。昭和二十二年、深川区と城東区が合併し、隅田川の東側に位置することから、『江東区』と名付けられた。

深川や門前仲町などは、江戸情緒溢れる、東京下町の雰囲気を色濃く残している。東京湾に面した臨海エリアは、九〇年代後半から開発が急速に進められ、発展を遂げた。

江戸時代から埋め立てが行われている地域であり、区の面積の三分の二以上は、明治以降に埋め立てられた土地である。

熱い。

燃え尽きてしまいそうだ。彼女の周りを囲む、ぶくぶくと泡を噴いている熱い土。女は暗闇の中で身悶える。ひと思いに、焼き尽くして欲しい。この熱を帯びた、ひどい臭いがする土の中で消滅してしまえば、どんなに楽だろうか……。

しかし、それは叶わぬ望みだ。彼女は自分が成仏できぬことを知っている。決して許す訳にはいかない。自らの不埒な行いが招いたことだとしても。死んでも死にきれない。

湧き上がってくる。泡噴く土のように、女の内側から激しい怨念が、とめどなく膨張している。

光届かぬ地の底で、激しい憎悪に苦悶する女。彼女の耳にかすかに届く、鳥の鳴き声と波の音——

深川

雲一つない。というほどではないが、清々しい青空が広がっている。川からそよいでくる風が冷たく、肌に心地よい。

原田璃々子は橋の中央部分で立ち止まり、川面の景色を眺めた。

ダークグレーのダウンジャケットにジーンズ、肩に黒い大きなトートバッグをかけた璃々子。高めにまとめた長い髪が、早春の風に揺れている。

川幅が優に百メートル以上はある、隅田川下流の風景。さざ波の上をエンジン音とともに、水上バスが遠ざかって行く。その先の上流方向には、高速道路が横断しており、奥にスカイツリーの塔身が見える。

反対の東京湾側の下流方向に視線を動かした。河口はさらに広がっている。佃島の高層マンション群が陽光に照らされ、川面にその影を落としていた。

永代橋《えいたいばし》。中央区と江東区の間を流れる隅田川に架けられた橋である。全長約百八十メートル。青色の塗装にリベットが打たれた、迫力あるがっちりとしたアーチが印象的だ。

「永代橋は、ドイツのライン川に架かっているルーデンドルフ鉄道橋をモデルとし、日本で初めて全長が百メートルを超えた、帝都東京の門と言われた橋である」

背後に立っていた先輩が、唐突に語り始めた。先輩の名前は、島野仁。ヒョロリとした長身の体軀。パリッとした襟なしの縦縞シャツに、プレスの効いたスラックスの出で立ち。欄干の方に歩み寄り、薀蓄を披露し続ける。

「この橋が架けられたのは、江戸時代のことだ。当時、この先の江東区側の佐賀町一帯は、永代島と呼ばれる島だった。その島に架ける橋だから、永代橋と呼ばれるようになったという説がある」

「へえ、島だったということは、ここから先の江東区のエリアは、昔は海だったんですね」

「そういうことだ。江東区の土地のほとんどは、江戸時代以降になって埋め立てられた場所だからね」

「そうなんですか」

「永代橋は、赤穂浪士が討ち入りした後、吉良上野介の首を掲げて渡った橋としても知られている。また江戸中期には、祭りで押し寄せた群衆の重みに耐えられず、千四百人の水死者を出した、史上最悪の落橋事故を起こした。関東大震災の時は、多数の避難民とともに炎上、多くの焼死者や溺死者が出た。現在の橋は、震災復興事業の第一号として、その時架けられたものだ……」

「あの、先輩」

「何だ」

「永代橋についてはもうそのくらいで大丈夫です。今日の目的はここじゃないんで」

「あ、そう」

まだ喋りたそうな先輩を尻目に、璃々子は欄干沿いを江東区側に向かって歩き出した。

永代橋を渡り終え、橋のたもとに着いた。隅田川沿いの堤防に歩を進める。川沿いに並ぶベンチでは、スポーツ新聞を読んでいる中年男や、居眠りしているサラリーマンの姿などが見えた。璃々子はスマホの地図サイトで、場所を確認する。

「この堤防の裏側ですよ、永代公園」

堤防沿いに続いている、コンクリートの隔壁の裏側に回る。隔壁のすぐ裏は、細長い公園になっていた。隅田川の堤防と、住宅街の路地の間にある児童公園。その中に、璃々子は足を踏み入れた。公園内は木々が鬱蒼と生い茂り、決して明るい雰囲気ではない。まだ昼前だからなのか、散歩している老人を見かけるだけで、通行人の姿もあまりなかった。

しばらく進むと、ブランコや滑り台、砂場など遊具のあるエリアにさしかかった。璃々子は立ち止まると、トートバッグから一枚の写真を取り出した。

若い母親と幼い五、六歳の女児が写った写真――。その背後には、公園の遊具が写り込んでいる。璃々子は写真をかざして、目の前の公園の風景と見比べる。

「う～ん……なんか、ちょっと違うような」

「ちょっとというか、全然違うだろ」

背後から、写真を覗き込んだ先輩が、突っ込みを入れた。

「というか、無理だと思うけど。何の手掛かりもなく、この写真が撮られた場所を探すなんて」

「いや、探さなくちゃいけないんです。彼女のためにも。この心霊写真がどこで撮られたのか」

璃々子が持っている写真。

満面の笑みを浮かべている娘を抱いた母親。三十代半ば頃、髪を短く切りそろえた、整った顔立ちの女性である。彼女の肩の向こう側には……。うっすらとした、小さな影。髪の長い女性のように見える。首から下はなく、宙に浮いているような……。

女の生首――

彼女は、憂いを帯びた眼で母親を凝視していた。


前日のことである。

あと一時間ほどで、日が暮れようとしていた頃、璃々子は都営地下鉄大江戸線の門前仲町《もんぜんなかちょう》駅の改札を出た。地上に上り、人混みで賑わう永代通りを歩く。深川という東京下町の一帯である。ファストフードのチェーン店や、漬物店や甘味処など、昔ながらの商店が混在している街並みの中を進んで行く。永代橋も、ここから歩いて十分ほどの場所だ。

しばらく歩くと、一軒の古い喫茶店に入った。昭和の純喫茶という趣の店だ。内装や調度品が、レトロな意匠で統一されている。夕方ということもあって、店内は割と混み合っていた。待ち合わせの相手は、まだ来ていないようだ。約束した時間まで、まだ二十分ほどある。窓際の席は全部埋まっていたが、カウンター脇の二人掛けの席は空いていた。

席について、ブレンドコーヒーを注文する。しばらくすると、制服姿の女子高生が璃々子に声をかけてきた。

「あの……原田さんですか。原田璃々子さん？」

髪を二つに結んだ、純朴そうな女子高生だった。璃々子は立ち上がり、笑顔で出迎えた。

「原田です。初めまして。あなたが」

「……はい。メールを出した者です。益子《ましこ》由菜《ゆな》と言います。初めまして」

そう言うと彼女は、深々と頭を下げた。こういった取材を受けるのは初めてなのか、いささか緊張しているようだ。化粧気はほとんどない、真面目な雰囲気の女子高生である。くりくりとした瞳が可愛らしい。

「どうぞ、座って下さい。何飲みますか」

璃々子は、優しく彼女を促した。

「はい。ありがとうございます」

ハキハキした声で、璃々子の対面に座った。ウエイトレスを呼んで、彼女の飲み物を注文する。由菜はオレンジジュースを頼み、少し雑談する。

「それでは、話を聞かせてもらえますか」

「分かりました」

由菜の表情がわずかに曇る。彼女は視線を落とすと、静かに話し始めた。

璃々子が企画を売り込んでいる雑誌社の編集部に、不気味なメールが投稿されたのは一ヶ月ほど前だった。

『私たち家族は呪われています。この写真を鑑定して下さい』

メールに添付された一枚の写真。公園らしき場所で笑う母と娘。その背後に潜む不気味な影。女の生首……。

「これ、記事になるかな」

編集部で写真を見せられた時、身体中が総毛立った。璃々子は人一倍霊感が強い。かなりヤバイ。この写真は本物だ。記事になるかどうかはさておき、放っておく訳にはいかない。すぐに返信メールを送った。そして、送信者の益子由菜と落ち合うことになったのだ。

由菜は都内の公立高校に通う高校一年生。彼女の家はこの近くにあり、深川でクリーニング店を営んでいるという。

「古いアルバムを整理していたら、この写真があったんです」

そう言うと由菜は、鞄から無地の茶封筒を取り出した。中に入っていた写真を、璃々子に差し出す。メールで送られてきたものの現物である。璃々子は手に取って眺めた。思わず生唾を飲み込んだ。やはり、パソコンで見たものとは雰囲気が違う。尋常ならざる気配が漂っている。

「この写真は、いつ頃撮られたものですか」

神妙な面持ちで、由菜が答える。

「さあ、多分私が五、六歳ぐらいの時だと思うんですけど」

「ここに写っている女の子は、あなた？」

「そうです。一緒に写っているのは母です」

「撮影した場所は？　この写真、どこで撮ったか分かる？」

「それが、覚えてないんです。幼い頃のことなんで。母にも聞いてみたんですけど、分からないって。母は心霊写真とか、そういった話があまり好きじゃないので」

由菜の話によると、写真自体はデジタルカメラで撮られたもので、オリジナルのデータは残っていないという。

「そうか……撮影した人は？　この写真を撮った人なら、覚えているかも」

「撮影したのは父です。でも父は、私が小学生になった時に亡くなりました」

　そう言うと由菜は、少し目を伏せた。

「そうか。ごめんなさい」

「いえ、いいんです……。メールにも書いたんですけど、私の家族、呪われているんです」

「呪われているって、どういうこと」

「私の家族、みんな変な死に方しているんです。祖母は、私が生まれる前、浴室で首を吊って自殺したらしいんです。そのあとすぐに、祖父も自分で手首を切って、命を落としたと言います。父も、電車の線路に飛び込んで……」

　そう言うと由菜は、一旦言葉を止めた。ストローに口をつけ、ジュースを含む。しばらく彼女の様子を窺い、璃々子が声をかけた。

「由菜さん、兄弟はいるの」

「いいえ。いません」

「じゃあ、ご家族は」

「今は母と二人暮らしです。父が亡くなってからは、母が一人でクリーニング店を切り盛りしています。ずっと働き詰めで……。祖父が生きていた頃は、料亭を何軒も経営していて、うちの家は裕福だったと聞きます。でも祖父が死んだ後は、経営が苦しくなり……。父は養子だったんですが、料理店から鞍替えして、クリーニングのチェーン店をやろうとして借金を重ねた挙げ句、失敗して……。父の死後、母は一人で借金を返しながら、私を育ててくれて……だから、怖いんです。私の家は、呪われているんじゃないかって」

テーブルの上の忌まわしい写真に目をやり、由菜は言葉を続けた。

「この写真……後ろに写っている女。母をじっと見ているような気がするんです。母にもしものことがあったらと思うと、恐ろしくて、不安で」

由菜の目に、涙がにじんでくる。彼女の感情が伝染し、思わず璃々子の涙腺も緩んだ。

「だから気になって、雑誌に投稿したんです。この写真、持ってても大丈夫なんでしょうか」

「そうね……この写真の女の影。その正体が分かればいいんだけど。何か、手掛かりはないかしら。どこで撮影されたものなのか。例えば、家族で旅行に行った時に撮った写真とか」

「父も母も休みなく働いていたので、旅行に行った記憶は、ほとんどありません。多分、家の近くの公園だと思うんですけど」

「近くというと、深川あたりの公園かな」

「そうですね……。はっきりとは分かりません。ごめんなさい。家族で遠出したことは、あまりなかったと思うので……。せいぜい江東区か、その周辺のどこかの公園じゃないでしょうか」

「やっぱり、この公園じゃないみたいですね」

　由菜から預かった写真を掲げ、目の前の砂場や遊具のある広場と見比べる。

「遊具の感じも違うし、空の見え方も違います。この写真は、空が広く写っていますけど、この永代公園はずっと、木々や建物に遮られ、あまり空は広くありませんね」

　そう言うと璃々子は、バッグに写真を手早くしまい、歩き出した。

　堤防とは反対側の出口から、公園を出る。古い工場や住居が建ち並ぶ一帯を進んで行く。運河が縦横に流れており、趣のある海苔工場や屋形船の乗り場が見えた。眼前には、古き良き東京の風情が広がっている。

「だから、そうやって闇雲に歩き回っても、見つからないと思うが。ネットで調べるとか、色々方法はあるだろ」

「ネットで見ても、よく分からなかったんで。江東区の公園は全部で三百ほどです。しらみつぶしに探せば、いずれ見つかると思いますが」

「江東区で撮られたかどうかも分からないんだろう。それに、公園じゃないかもしれない」

　璃々子は答えず、そのまま歩き続けた。先輩が後ろから、ゴチャゴチャと言ってくる。

「とにかく、そんな心霊写真なんかデタラメに決まっている。光の加減による錯覚か、投稿した女子高生のイタズラに違いない。そんな写真、パソコンで簡単に捏造できるからな」

「由菜さんは、そんなことするような人間じゃありません。私は彼女を信じています。何とか、この写真の公園を探したいんです」

「確かにそうだな。女子高生のやらせを真に受けて、記事にした方が君にとっても得だからな」

「そんなんじゃありません」

別にどうしても記事にしたい訳ではなかった。由菜さんの訴えに、絆《ほだ》されたからだ。何か彼女の力になれればと思った。それに……。もしかしたら、璃々子の探し続けているものが、この江東区のどこかで見つかるかもしれない。そんな期待もあった。彼女が直面している、ある恐ろしい事態……。璃々子はその原因を突き止め、解決に導くため、この東京二十三区を巡っているのだ。

小さな橋をいくつか渡って行くと、川沿いの開けた場所にさしかかった。視界のずっと先まで、整地された公園が広がっている。越中島公園である。隅田川の支川になる豊洲運河沿いに造成された、堤防沿いの公園だ。隅田川の支川と言っても川幅は広く、対岸まで優に百メートル以上はある。公園に整地された堤防には、緑とベンチが並び、人々が憩いの一時を過ごしている。

「もしかしたら、ここじゃないでしょうか。さっきの永代公園と違って、空が開けています。由菜さんの家からも、歩いて来られますし」

「だが、肝心の遊具の類が見当たらないようだが」

「どこかにあるはずです」

そう言うと、璃々子は歩き出した。しかし結局、この越中島公園の中で、由菜の写真が撮影された場所を見つけ出すことはできなかった。公園の中に、子供が夏場に遊ぶ、じゃぶじゃぶ池はあったのだが、ブランコや滑り台などのいわゆる遊具の類はなかったのだ。

越中島公園を出て、由菜さんの自宅のクリーニング店がある深川に向かう。途中、いくつか児童公園に立ち寄ったが、写真が撮影されたと思しき場所はなかなか見当たらない。

深川に到着する。門前仲町の駅前、永代通り沿いの商店街を歩く。足繁く行き交う人々。自転車の配達人や、台車を転がすランニング姿の若者。街並みは独特の活気に溢れている。

駅を越えてしばらく歩くと、大勢の参拝客で賑わっている参道の入り口にさしかかった。江戸相撲発祥の地として知られる富岡八幡宮や、深川不動尊に続いている参道である。

「なぜ、この一帯を深川と言うか、知っているか」

唐突に、後ろを歩いていた先輩が口を開いた。

「いえ、知りませんけど」

璃々子がそう言うと、先輩は水を得た魚のように語り出した。

「深川という地名の由来は、徳川家康が江戸に入国してからのことだ。さっきも言ったように、当時このあたりは永代島という島だった。島といっても、川が運んできた堆積土が形成した海辺の干潟で、とても人が住めるような場所ではない。その土地を埋め立て、開拓したのが深川八郎右衛門という人物だった。慶長元年、家康が巡視に訪れた際のことだ。『ここは何という名前の土地か』と、八郎右衛門に聞いた。彼はこう答えた。『ここはまだ、埋め立てたばかりで名前はありません』。すると家康は、『しからば汝が名字を以《もっ》て村名となし、起立せよ』と命じ、八郎右衛門の名字をとって、深川という地名が生まれた」

先輩の薀蓄は止まらない。彼の言葉をありがたく拝聴しながら、歩き続けた。参道には茶店や屋台、老舗のうなぎ屋などが並び、江戸の風情が残されている。

「それから百年ほどの間、深川に来るためには、〝渡し〟という船に乗るしかなかった。富岡八幡宮が創祀され、元禄の頃に永代橋ができると、深川には大勢の人が訪れるようになった。橋一つで隔てられた島という場所柄もあって、お上の目も気にせず、武士も町人も自由気まま、本土では味わえない遊蕩の気分に浸ることができた。独特の風土と人情が相まって、深川情緒という言葉も生まれた。いわゆる江戸っ子の気風《きっぷ》は、この深川で形成されたと言っても過言ではない」

「なるほど。深川にある独特の雰囲気は、もともと島だったからなんですね」

先輩の蘊蓄に耳を傾けながら、深川の参道を進んで行く。しばらく歩くと、深川不動尊までやってきた。本殿に入り参拝をすませ、左手にある深川公園に向かった。町中の公園にしては、かなり広い敷地がある。先輩の話によると、もともとこの場所は永代寺という寺院だったという。門前仲町という名称も、永代寺の門前町であったことを意味するらしい。

公園に入ると、何人かの主婦が、子供を遊ばせている。ブランコや滑り台といった遊具はあるが、ここもやはり、由菜の写真が撮影された場所とは違っている。

深川公園を出て住宅街の中を歩いた。十分ほど進むと、小さなクリーニング店が見えてきた。二階建ての住宅の一階部分が店舗になっている、年季の入った店構えだ。入り口のサッシの上に掲げられた紺色のシート看板。店名と電話番号が記された文字が色あせている。

由菜の自宅である。店内を覗き込むと、ガラス戸の向こうに、アイロンプレス機を前に熱心に作業している、一人の中年女性がちらりと見えた。白いタオルを頭に巻いた、エプロン姿の女性。写真に写っていた女性だ。由菜の母親である。直接話を聞いてみようかとも考えたが、思いとどまった。

璃々子は声をかけず、クリーニング店を後にする。由菜は、写真を雑誌に投稿したことを、母には内緒にしていると言っていた。見ず知らずの人間が、自分の古い写真を持って現れたら、母親も驚くだろう。

その日は夕暮れまで、深川周辺の公園を隈なく歩き回った。だが、写真が撮影された場所が特定されることはなかった。

亀戸

翌朝、璃々子と先輩は亀戸駅《かめいど》にいた。亀戸は江東区の北部に位置する街である。駅の西側はすぐに墨田区であり、東側を流れる旧中川を越えると、江戸川区になる。亀戸駅は、JR総武線と東武鉄道が乗り入れ、駅周辺は繁華街が広がり、大きく発展している。

亀戸駅の改札を出て、駅の周辺を少し歩く。パチンコに消費者金融の看板、ホルモン屋にキャバクラや風俗店がひしめき合っている。道行く人も、人生に疲れたみたいな中年以上の男性が多い。駅前のカメリアプラザという区の施設の前には、亀戸名物の羽の生えた亀の銅像がある。「カメリアプラザ」「亀の銅像」と亀尽くしなのは、やはり亀戸という地名にあやかっているらしい。

駅の南側に出る。明治通りと京葉道路の交差点で立ち止まった。通勤ラッシュを過ぎた時間だが、多くの通行人が歩いている。後ろから先輩が声をかけてきた。

「亀戸は江東区内では、最も歴史がある古い町だ。江東区のほとんどの土地は、縄文時代以前は海の中にあったと言われている。その後、河川が押し流す土砂によって、陸地が広がっていった。江戸に幕府が置かれる遥か以前、このあたりは、砂浜や入り江が入り組んだ地域だった。亀戸の地名の由来は、亀の形に似た島で『亀島』と言われたという説がある。後に島の周辺に土砂が堆積して、周りの島々と陸続きになった。亀島は亀村に変わり、近くに井戸があったので、『亀井戸』と呼ばれるようになった」

先輩の話を聞きながら、交差点を渡る。

「それで今度は一体、どこへ行くつもりだ。由菜さんの自宅がある深川からここは、随分離れているように思うが」

ここから深川までは五キロぐらいある。今日は、亀戸から江東区を南下しながら、写真の公園を探すことにした。

京葉道路から、南へ延びている遊歩道の道を進んだ。大島《おおじま》緑道公園という、都電の線路跡を公園化した遊歩道である。しばらく歩き続けるが、特に遊具があるような場所は見当たらない。首都高速七号線の高架道路の下を過ぎる。ここから先は、大島という町名に変わる。そのまま緑道を歩き続ける。

「もっと効率的なやり方はないのか。付き合わされる、こっちの身にもなってみろ」

後ろから先輩が、ぶつぶつ言ってきた。

「だから、いつも言っているように、無理してご足労頂かなくても結構ですから」

「でも、僕がいないと困るだろ」

「いえ、別に」

「大丈夫なのか？　僕がいなくても」

「全然、大丈夫です」

「本当か」

「本当です。だって先輩は……」

璃々子は立ち止まると、先輩をじっと見た。

「何だ」

「……ただ喋りたいだけですよね。こうやってずっと、ついてくるの」

先輩が口を閉ざした。図星である。先輩は本当のことを言われると、黙り込んでしまう。

再び、璃々子は歩き出した。

遊歩道を二十分ほど進むと、明治通りにぶつかった。遊歩道を出て、明治通りを南下する。しばらく歩くと橋が見えてきた。欄干の前で立ち止まり、橋の下を流れる川を眺めた。さほど、川幅は広くない川である。蛇行することなく、一直線に流れている。

「小名木川だ。徳川家康の命によって開削された運河である」

久しぶりに先輩が口を開いた。やっぱり黙っていられなかったようである。

先輩によると小名木川は、徳川家康が、江戸に塩などの物資を運び入れるために掘らせた運河だという。江戸時代は、水上交通が流通の要であり、東京の至る場所に運河が張り巡らされているのは、その名残らしい。

「江東区や墨田区などの東京下町と言えば、関東大震災と東京大空襲で、多くの犠牲者が出た場所だ。関東大震災では、墨田区本所の空き地に集まった避難民の家財道具に引火し火災旋風が起こり、およそ四万八千人が灼熱地獄の中で命を奪われた。その際、この小名木川には、畳を敷き詰めたようにびっしりと、焼死体が浮いていたという。小名木川だけじゃない。江東区のほとんどの河川は、無数の遺体で溢れかえっていたんだ。その後の東京大空襲では、震災の死者の二倍を遥かに超える死亡者が出た。その時も同じように、江東区の川は、空襲の犠牲となった死体で埋め尽くされている」

璃々子は灰色の運河を眺めた。ポンポンとエンジン音を立てて、遠くに屋形船が走っている。何の変哲もない、東京下町の風景である。しかしそう遠くない過去、この川は地獄だった。無念のまま命を落とした、夥しい数の無惨な死体で川面は埋め尽くされていたのだ。しかも二度にわたって……。

由菜の写真を初めて見た時から、感じていた。写真に写り込んだ、恐ろしい異形の存在。その正体は、歴史の奥に封じ込められた負の存在……。そんな気がしてならなかった。

小名木川を越えて、そのまま明治通りを南下し続ける。途中、公園に立ち寄りながら彷徨い続けるが、由菜の写真の場所を見つけ出すことはできない。一時間ほど歩き続け、地下鉄東西線の駅がある東陽町までやって来た。

東陽町は、ちょうど江東区の真ん中に位置している。江東区役所も東陽町にあり、江東区の中心地とも言える町だ。駅周辺は開けていて、庶民的なスーパーや古い商店が建ち並び、東京下町の雰囲気がある。由菜のクリーニング店がある深川は、ここから西へ二キロほど先に位置している。

「さっきも言ったように、江東区の土地は、河川の土砂が堆積して広がっていった。明治の初め頃の地図を見ると、陸地はこの東陽町のあたりまでで、ここから先は海だったようだ」

璃々子の前を歩いていた先輩が、また話し始めた。

「明治時代？　そんな昔という訳ではないですね」

「そうだ。ここから南側の江東区の陸地は全部、明治以降に人間の手によって埋め立てられた土地なんだ」

「ここから南って、かなりの範囲ですね」

「ああ、江東区の三分の二以上の土地は、明治時代以降に造成された。もっとも土地の埋め立ては、江戸時代から行われている。深川や永代島の周辺も、その頃に埋め立てられたものだ。江東区の土地のほとんどは、江戸時代から近代、そして現代……そう、今この瞬間も埋め立ては続き、広がり続けている」

突然、先輩が立ち止まった。璃々子の方に振り返り言う。

「一体なぜ、江東区の土地が拡大していくのか、その理由は分かるか」

「それは……人口増加とか色々あって、土地の面積を増やして、住居を増やしたりとか」

「もちろん、そうだ。だがそれだけではない。江東区一帯には、土地を拡大し続けなければならない、拠《よ》んどころない理由があった」

「拠んどころない理由？」

「知らないのか」

呆れたような眼差しを璃々子に向けると、先輩は黙り込んでしまった。思わず璃々子は返事する。

「分かりません」

彼女の答えを聞くと、先輩は無言のまま歩き出した。何か怒っているようにも見える。

〝江東区の土地が拡大し続ける理由〟。それが何なのか？　その時、璃々子には本当に分からなかった。

その後、東陽町にある公園を隈なくあたるが、めぼしい成果を得ることはできない。ここから西へ行くと深川になるが、深川あたりの公園は昨日探したので、そのまま南下し続けることにした。

明治通りを、東京湾に向かって歩き続ける。大型トラックが轟音を上げて走っている。片側三車線の幅広い直線道路。周囲には運河が縦横に張り巡らされ、橋が多く高低差が激しい。しばらく進むと、新砂という地名の場所にさしかかった。道路の両側には、大きな工場や物流センターが建ち並んでいる。先輩は、さっきからずっと黙ったままだ。前を歩く先輩に、恐る恐る璃々子が声をかけた。

「あの……このあたりも、埋め立てられた場所ということですよね」

「そうだ」

振り返りもせず、ぶっきらぼうに先輩が答えた。

璃々子は先輩の背中に向かって、先ほどの質問を切り出した。

「すいません。さっき先輩が言っていた、江東区の土地が拡大し続ける理由。教えてもらえませんか」

先輩が立ち止まった。じろっと璃々子に乾いた目を向ける。再び歩き出すと、話し始めた。

「江戸の町が発展するにつれて、人口が急激に増加した。そして、ある大きな問題が発生し、江戸の庶民は悩まされることになる」

「土地が足りなくなった……ということですよね。だから埋め立てて……」

「土地不足だけが、埋め立ての理由ではない。人口が増えると、都市には様々な問題が発生する。その中で最も深刻な問題がある。何だと思う」

「深刻な問題ですか」

「分からないのか」

「はい」

先輩は深くため息をついた。そして言う。

「ごみの処理だ」

「ごみ？」

「江戸の初め頃、庶民はごみを近くの空き地や堀や川などに捨てていた。当時は空き地も多く、ごみを捨てる場所が至るところにあった。堀や川もごみを捨てるには最適の場所だった。

水の流れが、ごみをどこかに運び去ってくれるからだ。しかし、人口が増加するにつれて、ごみはどんどん増えていった。空き地はごみの山となり、川のごみは船の通行の邪魔になる。江戸に幕府が開かれてから五十年後、幕府は川筋にごみを捨てることを禁じ、ごみは船に積んで海に出て、永代島の周囲に捨てるように命じた。だが、海までごみを捨てに行くのは、なかなか厄介なことだった。そこで家々が共同して、芥取《あくたとり》請負人という専門の業者に委託するようになった。ごみ収集の始まりである。永代島周辺の隅田川河口部の海域には、江戸中のごみが投棄された。ごみは増え続け、海中に堆積して新しい陸地となった」

「ごみによって生まれた、陸地ですか」

「そうだ。ごみと言っても、今の感覚とは少し違う。当時のごみは、紙や土、瓦など土砂に近いものだった。海に捨てると、自然と陸地を形成したんだろう。こうして、江戸市中のごみ問題は解決し、土地の面積も増えた。幕府にとっては一石二鳥の名案だった。以降、海にごみの投棄場所を定め、計画的に陸地を作っていこうということになった。その始まりが、深川を含む永代島の一帯なんだ。だが、江戸の人口増加に伴い、ごみの量も増えていった。永代島周辺は埋め尽くされ、ごみ投棄によってできた陸地は、どんどん広がって行った。今日歩いてきた、小名木川から南の土地は全部、江戸時代に埋め立てられた場所だ」

「江東区の一帯はほとんどが、そうやってできた土地だったんですね」

「そうだ。明治以降もごみ投棄による埋め立ては続いた。さっき歩いてきた東陽町や木場は、明治時代に埋め立てられた土地だ。この先の豊洲や有明は大正から昭和にかけて……。江東区の土地は、どんどんと広がり続けている」

江東区の土地が拡大し続ける理由。それは江戸の時代から、私たちが排出し続けたごみだった。東京に暮らしていながら、その事実を知らなかった。璃々子は、そんな自分を恥じた。

先輩の話に耳を傾けながら、明治通りを南下し続ける。工場街をしばらく歩き、新砂二丁目の信号を越えると、運河に架かる大きな橋にさしかかった。砂町運河という広い運河である。運河の西側には、高層のタワーマンションが建ち並んでいるエリアが見える。豊洲という人気の新興住宅地だ。これほどの広大な土地が、増殖し続けているのだ。それも、人間の生活の中で生み出された、ごみの廃棄が大きく関係している。そのことを思うと、複雑な心境になった。

橋を渡ると、周囲の景色は一変する。今まで工場や倉庫が並んでいた道路の両側には、緑溢れる公園がずっと先まで、延々と続いている。

「高度経済成長期。東京の人口は爆発的に増加した。それに比例して、東京の人間が吐き出すごみの量も著しく増大する。そして当時、東京二十三区中のごみのほとんどは、僕らが今歩いている、江東区のこの場所に集められ投棄されたんだ」

先輩は立ち止まり、周囲を眺めながら言う。

「この一帯は十四号埋立地という。別名〝夢の島〟……」

夢の島

ヘッドライトに照らされた暗い道路。

ハンドルを握る手の震えが止まらない。

洲崎《すさき》の別宅を出たのが、三十分ほど前の午前一時過ぎ。史郎《しろう》が運転するブルーバードUは、深夜の明治通りをひた走っていた。

史郎は、強ばった顔でハンドルを握りしめている。彼は思った。このまま真っ直ぐ南に向かって走って行けば、目的地までたどり着くはずだ。助手席の伸子《のぶこ》は、さっきから黙ったままである。無理もない。動揺しているのだろう。気を落ち着かせるために、声をかけてみた。

「……大丈夫か」

「ええ……」

「花苗《かなえ》は、ちゃんと眠っているかな」

花苗とは、今年の夏に生まれた、史郎と仲子の子供のことだ。

「妙さんは赤ちゃんを扱うのがうまいから、大丈夫だと思うけど」

か細い声で仲子は答えた。妙とは、近所に住む世話焼きの主婦である。花苗が生まれた時から、色々と面倒を見てくれている。

幸運なことに、走行する車はほとんどなかった。中東の戦争により、昨年から日本への石油供給量が激減し、ガソリンが値上げされた。省エネで交通量は減り、ネオンの灯りも消えた。

史郎はこの前、三十になったばかりだ。でも服装のせいか、実際の歳より上に見られることが多い。今日も、地味なベージュのシャツに黒ズボンという、いつものスタイルだ。

ちらりと助手席の方に目をやる。仲子は、家着に薄手のカーディガンを一枚羽織っただけである。うつむいたまま、両手を固く握りしめていた。顔を見たいと思ったが、落ちた束ね髪に遮られ、白い首筋しか見えない。

「こんなことがあったからって訳じゃないけど、年が明けたら、きちんとしたいと思っている」

仲子からの返事はない。さらに史郎は言葉を続けた。

「嘘じゃない。来年には籍を入れよう。もう僕らには……」

「やめて」

仲子が、言葉を遮る。仕方なく、史郎は口を閉ざした。振り絞るような声で、仲子が言う。

「今は、そんなこと言うの、やめて」

車内には、再び静寂が訪れていた。聞こえているのは、ブルーバードのエンジン音だけだ。

史郎の言葉は嘘ではなかった。自分は心から、仲子と花苗を愛している。年が明けたら、仲子を正式な妻として家に入れて、親子三人で暮らしたい。そのために、仕方なかったのだ。だから。

あと一ヶ月ほどで今年……昭和四十九年も終わる。そしたら、仲子と結婚しよう。心の中で強い決意を固めていると、いつの間にか、ハンドルを握る手の震えは止まっていた。


二十分ほどで、史郎の運転するブルーバードは目的地にたどり着いた。真っ直ぐ一直線に延びた、アスファルトで舗装された道。地図によると、この先は海で行き止まりだ。路肩に車を停め、目を凝らして周囲を見渡す。大丈夫だ。人の気配はない。ヘッドライトを消すと、一気に周囲は暗くなった。見えるのは、遠くにポツンと見える外灯の明かりだけだ。用意していた懐中電灯を取り出して、車のドアを開けた。

外に出た途端、思わず鼻と口を押さえた。臭気を帯びた風が、鼻孔に飛び込んでくる。鼻を押さえたまま、車の後部に向かう。かすかに波の音がする。海岸近くにいることは分かっているが、あたりは暗く海は見えない。助手席のドアが開き、伸子も車から降りてきた。臭いに耐えられず、口元をハンカチで押さえている。

懐中電灯を地面に置いて、トランクを開けた。トランクいっぱいに押し込まれた荷物に手をかける。麻紐で固く縛られた、ブルーシートに包まれた荷物。とても一人では降ろせそうにない。伸子にも手伝うように言う。彼女は荷物から顔を背け、なるべく見ないようにしている。

なんとか二人がかりで荷物を降ろした。一旦荷物を道路に置いて、運転席に戻る。エンジンの鍵穴に差さっていた、ワニ革のキーケースが付いたキーを外した。車を施錠する。車のキーをポケットに入れて、地面の懐中電灯を拾い小脇に抱えた。伸子を促して、再びブルーシートの荷物を二人で持ち上げた。

荷物を抱えたまま、道路沿いの土地に入って行った。中に侵入するのは手こずるかと思っていたが、意外と簡単だった。風よけのフェンスがあるだけで、その隙間から誰でも入れるようになっていた。二人で重い荷物を抱えて、暗がりの中を進んで行く。

しばらく歩くと、次第に目が慣れてきた。視線の先に広がる、月明かりに照らされた、荒涼とした風景。たくさんの小高い丘が幾重にも折り重なっている。これらは全部ごみの山である。話には聞いていたが、これほどの膨大な量のごみを見たのは初めてだ。圧巻ですらある。

ごみ山を上って行く。ぬるりとした生ごみに、何度か足をとられそうになる。中に進むにつれ、さらに臭気はひどくなり、周囲の気温も上昇してきた。重い荷物を運ぶ疲労も手伝い、額から汗が溢れ出してくる。伸子もつらそうだが、懸命にブルーシートを運んでいる。一刻も早く、自分が置かれた現実から逃れたいという一心なのだろう。その思いは史郎も同様であった。

「ちょっと休むか」

苦しそうな伸子に、史郎が声をかけた。無言で立ち止まると、彼女は腕を下ろして荷物の片方をごみの上に置いた。腰をかがめて、はあはあと肩で息をしている。史郎は懐中電灯を尻ポケットにしまうと、麻シャツの袖をまくり額の汗を拭った。

少し経ってから、また荷物を持って歩き始めた。視線の先には延々と、砂漠のようなごみの山が続いている。ごみの種類は様々だ。壊れたテレビや冷蔵庫などの残骸、腐った古タイヤに、ぼろぼろのプラスチック容器の山。古新聞や雑誌に野菜や残飯などの生ごみ。ドクロのような便器の群れ。バラバラになった数体のマネキン。無数の蛆が湧いた野犬の死骸にも遭遇した。それにしても暑い。真冬だというのに、なぜこんなに暑いのか。そう言えば、歩いている途中で何箇所か、ごみが燃えている場所があった。遠くで、炎を噴き上げている箇所も見かけた。ごみから発生したガスが引火して、燃えているのだろう。だからこんなにも暑いんだ。

覚束ない足取りで、伸子と荷物を運び続ける。車を降りてから、どれくらい歩いたのだろう。荷物の捨て場所は、どのあたりがいいのか。皆目見当がつかない。道路にあまり近い場所だと不安である。なるべく人目につかない場所に捨てたいのだが、これ以上進むと帰り道が分からなくなる可能性もある。それに、そろそろ臭気に耐えられなくなってきた。両手は荷物を持っているため、鼻と口を遮ることもできない。マスクをしてくればよかった。空気の温度も高くなり、頭も朦朧としてきた。このままでは、何か変な病気になってしまいそうだ。

突然、伸子が立ち止まり口元を押さえた。荷物の端がどさっと彼女の足元に落ちる。顔を背け、伸子が吐いている。史郎も足を止めて、ブルーシートを置いた。

「大丈夫か」

伸子は返事をせず、嘔吐を繰り返していた。もう限界かもしれない。

「よし、じゃあここでいい」

そう言うと史郎は、足元のブルーシートに包まれた荷物の方にかがみ込んだ。月明かりに照らされたごみ山の風景。視線の先は、谷の斜面のような急な下り坂になっている。

両腕に力を込めて荷物を押した。なかなか動かない。さらに力を加える。ずるずると少し動いた。もっと道路から遠ざけたい。荷物の前にかがみ込んで、満身の力を込めた。すると荷物は動いて、谷の斜面を転がり始めた。

史郎は立ち上がり荷物を見た。転がり落ちた荷物は、斜面の中腹にあった壊れた冷蔵庫に遮られ、そこで止まった。もっと谷底の方に落ちて欲しかったが仕方ない。そのまま、立ち去ろうと思ったが、ふと足を止めた。よく見ると、転がった弾みでシートがめくれ上がっている。史郎は慌てて、谷の斜面を駆け下りた。足元が覚束ない。何とか荷物の手前まで下りていったが、寸前で派手に転んでしまった。立ち上がり、荷物の方に向かう。

シートから、中味が飛び出していた。派手な赤い柄のブラウスを着た女性である。両腕をだらりと伸ばして、身を乗り出すようにごみの上に倒れていた。女性にしては大柄で、海豹《あざらし》のように肥えている。掌《て》には毒々しい色のマニキュアと結婚指輪が光っていた。史郎はめくれ上がったシートをつかんで、必死に女性の姿を隠し始めた。女性はピクリとも動かない。乱れた黒髪が頬にべったりと張りつき、紫色に膨れあがった顔からは、生気が失われていた。

女性の身体をシートで包み、再び紐で結び直す。一通り作業を終えると、史郎は手の甲で額の汗を拭った。斜面を駆け上がる。途中、ハエの大群が顔に群がってきた。慌てて両腕で追い払いながら、何とか伸子のいる場所まで戻って来る。彼女はハンカチを口元にあてがい、うなだれていた。もう嘔吐は治まったようだ。史郎もポケットからハンカチを取り出し、口元を押さえた。

「行こう」

そう言って伸子を促すと、二人はその場所を後にした。

史郎が正妻の志津子を殺害したのは、ほんの弾みからだった。

今日の夕方過ぎのことだ。突然志津子が、伸子と暮らす家に乗り込んで来た。

志津子は気性の激しい性格だった。気に入らないことがあると、すぐに手を上げた。彼女から暴力を受けたという料亭の従業員は片手では足りず、史郎も幾度となく頰を張られたことがある。見合い結婚だった。その時は、大柄だが顔の造作の派手な、美人の部類に入る女だと思った。婚約した頃は、慎ましい性格だったが、妻の座につくと、すぐにその本性を現した。

もっとも、その男勝りの性格は、料亭の女将《おかみ》としては、大いに役立っていたことは否めない。数年前に史郎の父が亡くなり、店の経営状態は芳しくなかったのだが、志津子が女将になり、店を切り盛りするようになると、客足は戻り繁盛するようになったのだ。だから史郎は妻に頭が上がらず、尻に敷かれていた。

仲子は料亭の仲居だった。ほっそりとした奥ゆかしい性格の女性で、妻とは何もかも正反対である。そんな女性に史郎は惹かれ、やがて関係を持つようになった。志津子の目を盗んで逢い引きを重ね、やがて仲子は妊娠する。今年の夏、花苗が生まれたことを機に、史郎は家を出て仲子と暮らし始めた。

妻とは別れるつもりだった。このまま、彼女と夫婦であり続けることは限界だった。志津子とは離婚して、仲子と愛娘の三人で暮らしたい。そのためには、料亭を手渡してもいいとさえ、思っていた。

だから今日、仲子と暮らす家に志津子が現れた時も、毅然とした態度を取ることにした。志津子は、原色の赤い柄のブラウスに厚化粧、宝飾品に身を固め、玄関に立っていた。しばらく見ないうちに、さらに肥えている。

「何しに来た」

平静を装って、史郎は言った。心の底では志津子が恐ろしかった。彼女の性格はよく知っている。逆上したら見境がなくなることも。だが仲子がいる手前、無様なところは見せられなかった。ここではっきりしておかないと、永遠に志津子からは逃れられない。

「伸子と結婚することにした。だから、離婚して欲しい。もちろん、それ相応のことは考えている。慰謝料でも何でも払うつもりだ。何だったら、店だってくれてやってもいい。だから別れてくれ。金輪際、ここには来ないでくれ」

威勢よく啖呵を切った。一か八かの賭けだった。妻に息巻いたのは、おそらく結婚して初めてだ。史郎の言葉を聞くと、彼女の大きな顔は紅潮し、さらに膨れあがった。思わず身構えたが、志津子の怒りは想像以上だった。

「何ふざけたこと言ってんだよ」

そう言うや否や、志津子は大きな掌を振り上げて、夫の頬を力一杯張った。鈍い音が家中に響く。史郎は上がり框《がまち》に倒れ込んだ。制止しようとする伸子を振り払い、志津子はブーツを履いたまま、史郎の鳩尾《みぞおち》を踏みつけた。激しい痛みに史郎はもんどり打った。呼吸が止まったようになり、起き上がることができない。

「子供がいるんだろ。子供はどこだよ」

伸子を蹴飛ばして、志津子は家の中を探し始めた。そう広くない家である。奥の四畳半で眠っている花苗の姿をすぐに見つけた。小さな掛け布団を剝ぎ取り、赤ん坊をひょいと抱き上げる。花苗は火がついたかのように泣き出した。志津子の野太い右腕は、小さな赤ん坊の首にかけられた。赤ん坊の首を絞める手に、力を込める。

「やめて」

慌てて伸子は、志津子に取りすがった。必死になって止めようとしたが、志津子は力を緩めようとはしない。今まで聞いたことのない声で、伸子が叫んだ。

「やめてって、言ってるでしょ」

志津子の腕に、伸子が思い切り噛みついた。

「痛いっ」

力が緩んだ。その隙に伸子は花苗を奪い取る。志津子の二の腕から、血が流れ出ていた。右腕を庇いながら、志津子は伸子を睨みつける。

「いい度胸してるじゃない。人の旦那たぶらかして。子供まで作って。……まあ、いいわ。あんたから殺すから」

その途端、志津子の両手は、伸子の首をつかんだ。白くか細い首を絞め上げる。花苗を抱きしめたまま、伸子の口から嗚咽の声が漏れ始めた。愛人の息の根を止めるべく、志津子は両腕に力を込める。その狂気の表情。伸子が崩れ落ちようとした……その時。

志津子の首に、電気コードが巻かれた。史郎は彼女の背後に立って、力一杯電気コードを絞める。伸子の首から志津子の手が離れた。決して手を緩めず、祈るように妻の首を絞める史郎。猛獣のような呻き声とともに、どんどん紫色に膨れあがっていく志津子の顔。カッと大きく目を見開き、血走った目を向けてくるが、史郎はなるべく見ないようにした。しばらく絞め続けると、志津子の口から、泡まみれの涎《よだれ》がこぼれ落ちてきた。涎まみれになる志津子の赤い模様のブラウス。やがて嗚咽は止まり、彼女の瞳から意思が失われた。海豹のような体軀が、史郎の方へと倒れかかってくる。思わず、志津子の身体を受け止めた。鼻孔を襲う、下品な化粧の香り。その時史郎は思った。こうして妻を抱きしめたのは、いつ以来だろう。

動かない志津子の身体を前に、史郎は途方に暮れた。伸子は警察に通報するべきだと主張する。志津子の方が先に襲ってきたのだ。正当防衛が認められるはずなのだと。でも、本当にそうだろうか。正当防衛とはならず、もし殺人罪で実刑を食らったら……。そう思うと、一抹の不安がよぎる。絶対に刑務所には行きたくない。こんな女のせいで、人生を棒に振りたくない。

その時である。ふと夢の島のことが脳裏をよぎったのは。あそこに遺体を捨てれば、絶対に見つからないという噂を聞いたことがある。毎日とんでもない量の東京中のごみが集まってくる場所だ。夜中に捨てれば、遺体は新しいごみの中に埋まって、分からなくなるらしい。実際に、殺人事件の犯人が、夢の島に遺体を捨てたと自供したが、どこを探しても見つからなかったこともあったという。

夢の島に、志津子の遺体を捨てることにした。幸い、ここからさほど遠くない。車で行けば三十分もかからずに着く。だが、こんなにぶくぶくと太った女を運ぶのは、一人ではとても無理だ。いやがる伸子を説得して、夜が更けるのを待った。乳飲み子だけを残して、出て行く訳にはいかないので、適当な理由をつけて、近所に暮らす世話焼きの主婦に預けることにした。

深夜になるのを見計らって、志津子の身体をシートに包んだ。荷物を紐で頑丈に縛り、二人がかりで何とかブルーバードのトランクに乗せた。そして、夢の島へとやって来たのだ。

むせ返るような臭気の中、伸子に手を差し伸べた。彼女の顔面は蒼白で、今にも倒れそうだ。臭い上にとにかく暑い。

史郎は額の汗を拭いながら、この先の道路に停めたブルーバードへと向かっていた。荷物は持っていないので、来た時よりも身軽だ。それでも、勾配が激しいごみ山の上を歩くのは容易ではない。足場は悪く、ぬるりとしたごみに足をとられ、何度か転びそうになる。

伸子の腕を握りしめ、史郎は足を速めた。一刻も早く、ここから抜け出したかった。この夢の島から抜け出せば、自分たちの犯罪は明らかになることはないのだ。だが一抹の不安が脳裏をよぎる。ここに捨てた遺体は、発見されることはないというが、本当にそうなのだろうか……。

いや大丈夫だ。この砂漠のように広いごみの中から、見つかることなどありえない。朝になるとまた、東京中から集められた膨大な量のごみが、この夢の島に投棄される。妻の身体はその中に沈むのだ。大丈夫だ。絶対に見つかるはずはない。絶対に。

一心不乱に、ごみ山の上を駆ける史郎と伸子。ブルーバードが停車してある道路までは、あとわずかだった。

夢の島公園

時計を見ると、正午を回っていた。亀戸駅を出てもう三時間以上も歩いている。

真っ直ぐに延びた道路の両側には、緑豊かな公園が続いていた。通行する人の姿はほとんど見当たらず、路肩には路上駐車のコンテナ車やトラックがずらっと並んでいる。昨日と同じ、清々しい春の青空。太陽がまぶしい。

「夢の島……ここはかつて、東京湾十四号埋立地と呼ばれる人工の島だった。高度経済成長は物質的な豊かさをもたらした反面、大量生産、大量消費による『使い捨て』『消費は美徳』の社会意識を助長させた。その結果ごみの量が急増、昭和三十五年からの十年間で、東京都内のごみは倍増したという。それに対応するために東京都は、この地をごみ処分場と定めた」

人気の少ない歩道を進みながら、先輩の話は続いている。車道では、タクシーや観光バスが頻繁に行き交っている。この先には、ＪＲ京葉線と地下鉄有楽町線が交わる新木場駅がある。

「夢の島における、ごみの埋め立てによる土地の造成は、昭和三十二年に始まった。この夢の島には、当時二十三区で発生したごみの七割が運び込まれていたんだ。その量は一日六千三百トン。ごみ処分場の広さは三十五万平方メール、東京ドーム七個分以上の広さがあった」

歩道をしばらく進むと、公園の入り口にさしかかった。公園の看板には、『夢の島公園』と記されている。

「だが広大な面積を誇るこの夢の島も、十年で飽和状態となり、昭和四十二年に埋め立ては終了する。その後土地が整備され、大量の樹木を植樹し、このように公園として生まれ変わった」

璃々子の眼前には、広大な公園が広がっていた。敷地の中は緑に溢れ、鬱蒼と生い茂った森も見えた。ごみ処分場だった場所。かつてこの土地が、大量のごみで溢れていたとは、俄《にわか》には想像しがたい。この夢の島公園のどこかに、由菜の写真が撮影された場所があるかもしれない。公園が開園したのは昭和五十三年である。写真が撮られたのは、由菜が五、六歳の頃だったというから、今から十年ほど前、平成十七年前後のことだ。可能性はある。それに、あの写真に写っている青く広い空が、この広大な夢の島公園の空と似ているような気もした。

公園の中に足を踏み入れる。ユーカリなどの熱帯植物が植えられた狭い通路を進んで行く。正午を過ぎたばかりだというのに、通行人はほとんど見かけない。しばらく進むと道は開け、コンクリート敷きの幅広い道路に出た。道路を中心に、陸上競技場や体育館、ドーム状の温室がある熱帯植物館が並んでいる。緑に囲まれた開放的な空間である。だがここでも、人の姿はあまりなかった。遠くに、ジャージを着た数人の若者の姿が小さく見える程度だ。

しばらく、公園の中心の道路を進んで行く。ごみ処分場だった雰囲気は、微塵も感じられない。ただ、植物も多く綺麗に整地されているのだが、どこか人工的な感じは否めない。

「ごみを東京湾に捨てるようになってから、江東区は絶えず、ごみ問題に悩まされてきた」

夢の島公園のだだっ広い道を歩きながら、先輩は言う。

「この夢の島がごみ処分場だった頃、東京中から集められたごみは、分別されることも、焼却されることもなく廃棄されていた。周辺地域では、腐敗したごみの悪臭が漂い、生ごみから生じたメタンガスの発火による火災が起こっていたというんだ。一日五千台ものごみ収集車の往来による交通渋滞や事故、住宅地でのごみ汁の飛散など、江東区民はごみ公害によって、多大な被害を受けてきた。昭和四十年には、ハエが夢の島で大量発生し、深刻な事態となった。そのハエは通常の殺虫剤では駆除できない新種のハエだったという」

「新種のハエ？」

「そうだ。ごみ処分場の中で世代交代を繰り返し、殺虫剤に免疫を持つハエが生まれたんだ。ハエの大群は島を飛び出して、住宅街にまで飛来した。付近の小学校が学級閉鎖するなど、住民生活は混乱を来したというんだ。政府は新しい殺虫剤を散布したり、広大なごみ山を焼き払うなどして、ハエ問題に対処した」

「なるほど、知りませんでした。今はのどかな公園ですけど……。でも先輩、一つ疑問なんですが、どうして『夢の島』と名付けられたんでしょうか。ごみを捨てるための島だったのに」

「もともとこの地は、ごみの投棄場所として埋め立てられた場所ではなかった。昭和十四年、まだ羽田空港ができる前、この場所は飛行場が建設される予定の土地だったんだ。だが太平洋戦争のため工事は中断された。戦後は海水浴場になり、ヤシの木が植えられ、『東京のハワイ』としてリゾート地になる予定だった。夢の島という名前は、その時つけられたんだ。だがしばらくして海水浴場は閉鎖され、東京都のごみ処分場になった」

「夢の島がごみの投棄場になったとは、皮肉ですね」

「そうだ。以降、〝夢の島〟はごみ処分場の代名詞となった」

しばらく公園の中を歩く。園内の敷地は広く、全部回るには時間がかかりそうだ。植物館や陸上競技場などの施設のほかに、海側にはマリーナ、第五福竜丸の展示館もあった。第五福竜丸とは、昭和二十九年にアメリカの核実験で放射能を浴びた漁船である。廃船となった後、反核のシンボルとして、この夢の島公園に展示されることになったという。ごみの廃棄場に死の灰を浴びた船。この公園には、人類の負の歴史が、集められている。

「東京都はごみ処分場だった広大な敷地を、都民の憩いの場として活用しようとこの夢の島公園を建設した。だが残念ながら、都会のオアシスとは言い難い状況だ」

「どういうことですか」

閑散とした公園を歩きながら、先輩が言う。

「周りを見てみろ。日中でも、ほとんど人はいない。これだけ広い場所で人気が少ないと、必然的に治安も悪くなる。数年前までこの夢の島公園は、同性愛者が出会いを求めて集まる、いわゆる〝ハッテン場〟として有名だった。『ホモ狩り』と称して、同性愛者が襲われたり、金品が強奪されるという事件も頻発した。平成十二年には、少年たちが同性愛者を撲殺するという殺人事件も起こっている。まあ、その事件以来、同性愛者の姿はめっきり減ったと言うが」

確かに、あたりに人の姿はない。こんな場所で襲われたら、すぐに助けは来ないだろう。そう思うと、ちょっと背筋が寒くなる。

公園の中に入り、一時間ほどが経った。もう二時を回ろうとしている。公園の敷地は広く、色々な施設があるのだが、遊具のあるエリアは一向に見当たらない。

「やっぱり、違うんでしょうか」

そう言うと璃々子は、芝生の前のベンチに座り込んだ。朝からずっと歩き続けている。足が張り、痛くなってきた。

「由菜さんの写真が撮影された公園は、どこにあるんですかね。これだけ探して見つからないとなると」

先輩は、さっきから黙ったままだ。ベンチの傍らに佇んだまま何か考えている。

「やっぱり難しいのかな。もう、あきらめるしかないのかもしれませんね」

璃々子が、小さくため息をつく。

「珍しいな。君が弱音を吐くなんて」

そう言うと先輩は、切れ長の目を璃々子に向けた。

「あきらめるのは、まだ早いんじゃないのか。このあたりにある公園は、ここだけじゃないぞ」

「え」

先輩はおもむろに歩き始めた。璃々子も立ち上がり、後を追う。

「この夢の島がごみ処分場だった当時は、今のように陸地と道路でつながってはいなかった。だから夢の島へのごみの運搬は、船舶で行われていたんだ。常時二十隻のごみを満杯に積んだ運搬船が、本土と夢の島を往き来していた。運搬の際、船からこぼれ落ちたごみや吐瀉物などにより、海水の色は黄褐色に変わり、周囲には耐えがたい悪臭が漂っていたという。よって昭和四十二年に、夢の島処分場のごみ埋め立てが終了すると、新しい埋立地には橋が架けられ、陸からごみを輸送することとなった」

「新しい埋立地ですか」

「そうだ。東京都は、夢の島の後の処分場を、この先にある第十五号埋立地に決定した。別名、『新夢の島』。もしくは『夢の島』と呼ばれていた。本来の夢の島とは、この第十四号埋立地のことを指すのだが、『夢の島』はごみ処分場の代名詞となっていたからね。今まで、夢の島に運ばれていた東京のごみは、新たにそこに廃棄されることになった」

「第十五号埋立地。新夢の島」

「行ってみるか」

「はい」

第十五号埋立地

熱い。

燃え尽きてしまいそうだ。

暗闇の中で、彼女は身悶える。熱さから逃れようとするが、手足が動かない。身体が、紐か何かで縛られている。力を入れてもがいても、固く結ばれた拘束から逃れることはできない。息も苦しくなってきた。熱い、熱い、熱い。早くここから逃げ出したい。両腕に全身の力を込めた。痛い。かまわず身体を揺さぶった。紐が皮膚に食い込んでくる。痛い。痛い。だが、そんなことを言っている場合ではない。二度、三度。何度か力一杯もがいた。しばらく続けていくと、何とか腕が動くようになった。拘束が緩み始める。さらに身体を必死で動かすと、やっと左腕だけは抜くことができた。手探りで、身体を覆っているブルーシートの隙間を探し、腕を外に突き出す。顔の部分を覆っていたシートを剝ぎ取った。

　同時に、耐えがたい異臭が襲いかかってくる。顔をしかめながら、視界の先に目を凝らした。周囲は闇に包まれており、ぼんやりとしてよく見えない。かすかに波の音と、鳥のさえずりが聞こえる。海の近くのようだ。しばらくすると、徐々に目が慣れてきた。暗闇の中で、何箇所か青白い光が見える。何かが燃えているようだ。この場所がどこなのか、見当もつかない。夢の中にいるのだろうか。それとも、ここは地獄なのか……。

　いや自分は死んでいない。確かに、夫に殺されかけたことは覚えている。電気コードのようなもので首を絞められて、意識が飛んだ。……だがさっき、もの凄い衝撃を受けて、気がついた。慌てて夫がやって来て、私を再びシートにくるみ紐で縛ったが、死んだふりをしていた。生きていることを知られたら、本当に息の根を止められると思ったからだ。呼吸も必死で止めていた。あの男はいつも詰めが甘い。だから、あんな小娘にたぶらかされる。

　その時、視線の先で何かが動いた。黒色の地面が、ざわざわと動き出している。志津子は身構える。黒色の塊の中に、いくつもの小さな光が見えた。鈍く光っている無数の光の点。それぞれが意志を持って、こっちに狙いを定めている。鼠の目。無数の黒い鼠が、志津子を見ている。鼠の群れが、ざざざと一斉に動いた。食われる。反射的に右腕に絡まっていた麻紐を外す。黒い大群は、どんどん迫ってくる。早く逃げなければ。シートから飛び出すが、身体に巻きついた紐がなかなか外れない。足元に、大勢の鼠が群がってきた。必死に紐を解き、シートの外へ飛び出た。まとわりついてくる無数の鼠を蹴散らす。何匹かは、身体の方に這い上がってきた。鼠は大嫌いなのだ。慌てて鼠を払い落とした。落ちた何匹かの鼠を、踏みつぶした。

暗闇に、志津子の甲高い声が響き渡る。彼女は、気が狂ったかのように、鼠を踏み続けていた。鼠の血にまみれる、志津子のブーツ。よく見ると、鼠の体毛は焼け焦げていた。他の鼠も同じである。なぜか身体中の体毛は全部焼け落ち、黒色の肌が剝き出しだった。

志津子に恐れをなしたのか、鼠の群れは一斉に逃げていった。あたりには、静けさが戻って来る。その場に立ちすくみ、志津子はあたりを見渡した。どこかの野原にいるのかと思っていたが、違っていた。周囲は一面ごみの山である。さっきの鼠の大群は、ごみをあさっていたのだ。

怒りが込み上げてくる。許せない。自分はこんな場所に捨てられた。まるで廃棄物のように、ごみための中に投げ捨てられた。

絶対に許す訳にいかない。あの女……。復讐してやる。私から夫を奪い、鼠みたいに子供まで産みやがった。私が産めなかった、あの人の子供を。

身体中を支配する怨讐の念が、最高潮に達した。あの女をぶっ殺してやる。そう思い、走り出そうとした。だが、ごみの上に落ちていたあるものが目に入り、ふと足を止める……。

思わず彼女の顔から、笑みがこぼれ落ちた。きっと、あの二人はここに戻ってくる。絶対に。そう思った瞬間、志津子は足元でのたうちまわっていた鼠を、力一杯踏みしめた。

若洲

夢の島公園を出て、さらに明治通りを南へと下る。首都高速の高架道路を過ぎると、新木場駅が見えてきた。大きなバスロータリーと近代的な駅ビル。ＪＲ線と地下鉄が乗り入れているターミナル駅だけあって、大勢の通行人が行き交っている。夢の島公園には、ほとんど人の姿はなく閑散としていた。ちょっとほっとする。歩きながら、璃々子は先輩に声をかけた。

「あの先輩、一つ聞いていいですか」

「何だ」

「さっき、どうしてあんなこと言ったんですか。あきらめるのは、まだ早いって。先輩には全く以て似つかわしくない、前向きな言葉でしたよね」

「別に前向きとか後ろ向きとか、そういうことじゃない。君に任せていると、いつまで経っても見つからないと思ったからだ。付き合わされているこっちの身にもなってみろ」

璃々子は小さく、微笑んだ。

「ありがとうございます。勇気づけてくれて」

「だから、そういうわけじゃない」

新木場駅を過ぎて、さらに湾岸方向へと進んで行く。駅を越えると、周囲は一気に閑散としてきた。マンションやビルは少なくなり、道路の両側には倉庫やヘリポート、雑草の生えた空き地などが見える。車道には乗用車の姿はほとんどなく、コンテナ車やトレーラーなどの大型車輛がほとんどである。

道路を歩き続けていると、先輩が口を開いた。

「江東区は、歴史的にごみ問題に悩まされており、その改善を強く東京都に訴えてきた。東京都はこれを受けて、各区にそれぞれ清掃工場を建設することを約束する。昭和四十二年、夢の島の埋め立てが終了し、東京都から第十五号埋立地を、新たなごみ処分場にしたいと要請があった時も、江東区は他区の清掃工場の整備を急ぐことを条件に、了承したという経緯がある。だが他区の清掃工場の建設は一向に進まず、二十三区のごみは江東区の第十五号埋立地に投棄され続けた。ごみ問題は改善するどころか、悪化の一途をたどっていたんだ。そこで江東区は、この状況を打開するためには、実力行使に踏み切るしかないと考えた」

「実力行使ですか？」

「ああ。他区のごみ運搬車が処分場に入って来られないように、道路を封鎖したんだ。いわゆる、『東京ごみ戦争』だ」

「東京ごみ戦争」

「当時杉並区では、地元住民の強硬な反対運動により、清掃工場建設の目処が立っていなかった。江東区は、『東京都の約束不履行と、杉並区の地域エゴは断じて許さない』として、杉並区からのごみ搬入を実力で阻止することを決定した。昭和四十八年五月二十二日、江東区の職員は、この先にある第十五号埋立地前の道路で、杉並区の清掃車が処分場に入るのを拒否し、ごみの搬入を拒んだ。その行為は次の日も続き、杉並区のごみは行き場を失ってしまったんだ」

「江東区と杉並区が対立したんですか」

「そうだ。東京都は事態を深刻に受け止め対策を急いだ。実力行使が始まってから二日後の五月二十四日、当時の東京都知事、美濃部亮吉が現場を訪れた。『自区内処理の原則を実現させるため、何としても杉並清掃工場は建設していくので、実力行使を中止してほしい』と懇願し、建設の目処を九月までにはつけると約束した。江東区は、杉並清掃工場の問題が一歩進んだと判断して、三日間の実力行使を中止した」

「そんなことがあったんですね。知りませんでした。江東区と杉並区が、ごみ問題でもめていたなんて。結局、杉並区の清掃工場はどうなったんですか」

「住民の反対もあって時間はかかったが、ごみ戦争から九年後の昭和五十七年に、杉並清掃工場は竣工している」

新木場駅から三十分ほど歩き続けた。大きな運河に架けられた橋を渡ると、広々とした交差点にやって来た。ここから先は、中央分離帯にも緑が植えられ、道路は綺麗に整備されている。

「この道路をしばらく歩くと、海に突き当たる。ここから海までの一帯が、東京ごみ戦争の舞台となった第十五号埋立地だ。現在は若洲という地名になっている」

「新夢の島ですね」

「そうだ」

そう言うと先輩は、横断歩道を渡って行った。璃々子も後を追おうとする。だがその瞬間、彼女は思わず、息を呑んだ。全身の感覚が震えたからだ。尋常ではない気配を感じる。この先には何かある。璃々子は注意深く横断歩道を進んで行った。

「昭和四十年、夢の島の後継として、この第十五号埋立地が東京都のごみ処分場となった。総面積は六十四万平方メートルと、夢の島のおよそ二倍もある。でも十年足らずで、この第十五号埋立地もごみでいっぱいになり、昭和四十九年に埋め立ては終了している。現在東京二十三区のごみは分別され、各区の清掃工場で処分されているが、一部の不燃ごみや粗大ごみは、海の向こう側にある中央防波堤の最終処分場に運び込まれている」

交差点を渡ると、すぐ左側に車も通ることのできる大きな門が見えた。門の奥には、アスファルトで舗装された道がずっと続いている。門柱の看板には、『若洲海浜公園』と記されている。思わず、璃々子は公園の門に駆け寄った。

「公園がありますね」

「ああ、公園と書いてあるが、この門の先はゴルフ場だ。昭和四十九年に埋め立てが終了した後、第十五号埋立地は空き地のまま何年も放置された状態だったが、平成二年に、その土地の大部分はゴルフ場として整地された。この門の先の東側一帯には、ゴルフコースしかない」

確かに、門の奥はクラブハウスのような建物と駐車場しか見えない。門から離れ、再び先輩は道路を歩き出した。

陽が傾いてきた。時刻は午後三時をまわっている。第十五号埋立地の道路を進んで行く。このあたりは、かつてごみ処分場だった。この広大なエリアが、人間の手によって作られたことに驚嘆する。

この一帯に入ってから、璃々子が感じていた異変は、どんどん強くなっていた。身体中にまとわりつくような、ざわざわとした気配……。ぬるっとした生暖かい風が、皮膚を撫でるような感覚である。先に進んで行くにつれ、その感覚は高まってくる。

「君の好きそうな話をしてやろうか。これはあくまで噂なのだが、第十五号地がごみ処分場だった頃、この場所には多くの遺体が遺棄されたというんだ。周囲が海に囲まれていた夢の島と違い、この処分場には、容易に車で来ることができたからね。この道路も昼間は清掃車で渋滞していたが、夜は人っ子一人いなかった。広大なごみの山の中に遺体を隠せば、発見されることはまずない。それに毎日、膨大な量のごみが運び込まれ、積み上げられる。遺体はごみの中に埋もれ、腐乱してもごみの臭いに紛れ、気付かれることもない。この地下には、高度成長期後期に排出された東京のごみと、数多くの遺体が埋まっているということだ」

先輩の話を聞いて、璃々子は身震いした。全身にまとわりついている、この不穏な気配は、そのことと関係しているのだろうか。さらに先輩は言葉を続ける。

「ちなみに昭和六十三年、足立区で起こったある有名な事件で、遺体が遺棄された現場もこの第十五号埋立地だった」

「ある有名な事件」

「女子高生コンクリート詰め事件だ。窃盗などの容疑で逮捕された少年が、殺害した女子高生をドラム缶に詰めて、この第十五号埋立地に捨てたと供述したんだ。当時はもうごみの埋め立ては終わっており、ここは空き地だった。だからドラム缶は見つかったのだが、ごみの埋立地のままだったら、遺体は発見されなかったかもしれない」

青い空の下。海鳥が群れを成して飛んで行った。湾岸近くの開放的な道路。空は広く、光と緑に溢れた場所である。だがここにも、知られざる負の歴史が隠されていた。

しばらく進むと、道路が上下に分岐している箇所が見えてきた。上の道路は、平成二十四年に開通した東京ゲートブリッジにつながっている。東京ゲートブリッジは『恐竜橋』との異名を持つ巨大な橋で、ここから海を越えて、東京湾にある中央防波堤埋立地を経由し、大田区までつながっている。

先輩は、東京ゲートブリッジの真下を通る側道に歩を進めた。この先は海になっていて、行き止まりのはずだ。一歩前に出る度に、どんどん不穏な気配が高まってくる。身体中の皮膚を撫でるような感覚も、さらに強くなってきた。

しばらく歩くと、道路を挟んでゴルフ場の反対側の歩道にバス停が見えた。そのすぐ前が公園の入り口になっている。思わず璃々子は横断歩道を渡り、入り口の方へと駆け寄った。

大規模な公園が視界に入ってくる。ゴルフ場の反対側は、公園として整備されていたのだ。公園の入り口にたどり着いた。案内板を見ると、キャンプ場や海釣り施設、そして児童遊園もある。公園の敷地の中に足を踏み入れた。それと同時に、璃々子が感じていた不穏な空気も、徐々に強くなっていった。

夢の島と同じだった。公園の敷地はだだっ広く、樹木が生い茂り、緑に溢れていた。平日の夕方近くだからだろうか。数百台は止められそうな駐車場に、四、五台しか止まっていない。人気があまりないところと、緑に溢れているのにどこか人工的な雰囲気も、夢の島公園によく似ていた。

閑散とした駐車場の中を進んで行くと、奥に巨大な風車のある広場が見えた。一面、芝生が敷かれ、小高い丘になっている。丘の上に、児童遊具もある。

思わず璃々子は足を速めた。広場に近づくにつれ、呼吸が荒くなってくる。あのまとわりつくようないやな感覚も、さらに大きくなってきた。それでも構わず走った。

広場にたどり着く。遊具の前に立ち、璃々子は息を呑んだ。

同じ空だ。由菜の写真に写っていた空。写真を取り出すまでもなかった。遊具の形状も全く同じである。間違いなかった。

ついに来た。

第十五号埋立地──。かつて、ごみ処分場だった場所に作られた公園。そこが、由菜が幼い頃に写真を撮影した場所だった。

新夢の島

ごみの山をかき分けて、処分場前の道路まで戻ってきた。

髪の毛や衣服に、ひどい臭いがこびりついている。伸子は、ずっと口にハンカチを当てている。まだ苦しそうだ。処分場の中を走っている途中、彼女は嘔吐を繰り返していた。史郎も何度か戻しそうになったが、何とか堪えた。そんなことをしている時間はない。一刻も早くこの場所を立ち去らなければならなかった。

覚束ない足取りの伸子を支えながら、路肩に停車しているブルーバードまで走る。車はもう目の前だ。駆け寄りながら、ズボンの右ポケットに手を突っ込み車のキーを出そうとする。だが思わず、その場で立ち止まった。

「あれ」

ポケットをまさぐり始めた。別のポケットにも手を入れて、慌てている。

「どうしたの」

ハンカチを押さえたまま、伸子が聞いた。ポケットをまさぐりながら、史郎が返事する。

「ないんだ」

「え。ないって」

「車のキーが」

ワニ革のキーケースがついた車のキー。車をここに停めた時、ズボンの右ポケットに入れたはずだった。だが、どんなにまさぐっても、その手触りは感じられない。別のポケットも探してみた。尻ポケットに入れた懐中電灯はあったが、左のポケットにもシャツの胸ポケットにも、どこにもなかった。

「もしかしたら、落としたのかもしれない」

「落としたって、埋立地の中に」

「ああ……」

「そんな」

史郎は呆然とする。妻の遺体を運ぶ時、ポケットから落ちたのだ。慌てていたから、気がつかなかったのだろう。最悪の事態である。一体どうすればいいのか。車をここに放置して、逃げるしかないのだろうか。でも万が一、妻の遺体が発見された時のことを考えると、車をここに置き去りにするのは、かなりまずい。

反射的に、史郎の足が動き出す。

「どこに行くの」

「キーを探してくる。伸子はここで待ってなさい」

そう言うと史郎は、再びごみ処分場に向かって行った。


再び、あの暗闇の荒野に身を投じた。

むせ返るような臭気と熱気に耐えながら、ごみための中を進んで行く。絶対に探し出さなければならない。見つけ出さないと、自分たちは破滅するような気がした。しかし、一体どこにキーを落としたのだろうか……。

心当たりがない訳ではない。あの谷の斜面だ。志津子の遺体に駆け寄った時、史郎は一度派手に転んでいる。その時、ポケットからこぼれ落ちたに違いない。転んだあたりに、キーが落ちている可能性は高い。あの場所に戻って探せば、キーは見つかるはずだ。

だが果たして、遺体を遺棄した場所にたどり着くことができるだろうか。あたり一面、ごみだらけの荒野である。記憶を手掛かりに進んで行く。幸い、いくつか目印はあった。ドクロのような便器に、バラバラのマネキン。腐乱した野犬の死骸……。止めどなく噴き出てくる汗を拭いながら、妻の遺体を捨てた場所を目指して歩き続ける。志津子の死骸など、二度と見たくないと思っていたが仕方ない。

十分ほど、起伏のあるごみ山を歩き続けると、急な下り坂にさしかかった。視界の先には、大きな窪地が広がっている。見覚えのある場所だ。遺体を捨てた谷の斜面である。もっと遠くだったような気もするが、間違いない。月明かりの下、斜面の途中にブルーシートの塊がぼんやりと見える。尻ポケットから懐中電灯を取り出した。足元を照らしながら、ごみの斜面を下って行く。

ブルーシートの近くまで来た。中には妻の遺体が入っている。あまり見ないようにする。懐中電灯を地面に向けた。車のキーが落ちていないか、目を皿のようにして探す。古新聞や雑誌、タイヤにポリ容器、壊れた電化製品に、数匹の鼠の死骸——。ごみとごみの隙間にも、キーが落ちていないか注意深く見るが、それらしきものは見つからない。この無数のごみの中から、小さなキーを見つけ出すのは至難の業だと思った。しかし、探し出すしかない。

額の汗を拭いながら、キーを探す。だが一向に見当たらなかった。気持ちはどんどん焦ってくる。命を絶ったにもかかわらず、自分は今も尚、志津子に追いつめられている。やはり妻の呪縛からは逃れられないのだろうか。

いやそんなことはない。志津子は死んだんだ。自分を苦しめていた妻は、無惨な遺体となった。これからは、伸子と幼い娘との、平穏な暮らしが待っているのだ。志津子の遺体は、この広大なごみための荒野で消えてなくなるだろう。日夜運び込まれる膨大なごみに埋もれ、害虫や微生物の餌となり、腐り果てて風化するのだ。そのために、わざわざこの夢の島まで、ぶくぶく太った妻の遺体を運んできたのだ。

もう少し探して見つからなければ、伸子のところに戻ろう。車を置き去りにして逃げよう。それで大丈夫だ。きっとうまくいく。そう思い、懐中電灯を数歩先に向ける。視線の先に、青い塊が照らし出された。さっきから、なるべく視界に入らないようにしていたブルーシートである。それを見た途端、史郎は硬直する。おかしい。紐が解けている。遠くから見た時は、ぼんやりしてよく見えなかった。思わずシートの方に駆け寄る。固く縛り直したはずの麻紐は解けており、シートの中味は空っぽだった。

一体どういうことだ。呆然として、立ち上がろうとした瞬間、頭部に衝撃が走った。脳内に電流が迸る。視界が真っ暗になった。衝撃は一度だけではなかった。二度、三度……。少し遅れて、激しい痛みが襲ってくる。頭部から流れてくる生暖かい液体。史郎はその場に崩れ落ちた。

胃の中が空っぽになったみたいだ。ようやく吐き気は治まってくれた。つわりの時よりも吐いたかもしれない。伸子はそう思った。

吐き気が治まると、途端に寒気が襲ってきた。車の脇にしゃがみ込んで、肩をすくめる。ごみ処分場の中はあれほど暑かったのに、道路に出ると海風が肌を刺した。カーディガン一枚では耐えられず、両腕で身体をさする。我が子を抱きしめた時の体温が、愛おしく思えた。花苗に会いたい。娘のことを思うと、涙が込み上げてくる。

史郎はまだ帰ってこない。きっと車のキーは見つからないだろう。あんなに広い場所の中から小さなキーを探し出すのは無理だと思う。あきらめた方がいい。もう逃げおおすことはできない。警察に行って、洗いざらい話すべきなのだ。もうそうするしかない。これは天罰なのだ。世の理《ことわり》に反して、妻がいる男性の子を産んでしまった自分に対する……。こんなことになるとは思っていなかった。でも、心のどこかで、この幸せな生活が長く続くはずはない、そんな予感もあった。

人一人を殺めたのだ。自首するしかない。死体を遺棄したので、正当防衛は認められないかもしれない。史郎は逮捕され、自分も共犯の罪に問われるだろう。だが仕方ない。それが人としての筋なのだと思う。心残りは花苗のことだ。叶うことなら、警察に行く前に一目娘の顔を見て、力一杯抱きしめたいと思った。

　伸子はよろよろと立ち上がった。史郎を説得してここを出よう。また、あの臭いと熱気の中に入るのは気が引けたが、仕方ない。ハンカチを口に当てて、伸子は歩き出した。

　処分場の中の熱気は相変わらずだった。臭気には慣れたのか、もう吐き気はしない。もし吐いたとしても、胃の中には何も残っていないが……。

　史郎の姿を探して、ごみの荒野を進む。彼はどこまで行ったのだろうか。きっと遺体を捨てた場所なのだろう。薄暗い月明かりの下、あの谷の斜面を目指した。視界には一面、ごみためが広がっている。記憶をたどりながら、歩いて行った。一人で歩くのは心細かったが、史郎を連れ戻さなければならない。ハンカチを口に当てたまま、処分場の中を進んで行く。

　しばらく歩くと、丘のような高台が見えてきた。見覚えのある場所だった。思わず伸子は、歩を速める。ごみをかき分け丘を上って行くと、あの谷が見えた。丘の上から谷の斜面を見下ろす。遺体を捨てた場所に間違いなかった。月の光を頼りに、目を凝らして史郎の姿を探す。しかし、彼の姿はどこにも見当たらない。一体、史郎はどこに行ったのだろうか。あたりを見渡した。しかし周囲には伸子以外、誰もいないようだ。動くものは、風に吹かれて舞う塵紙《ちりがみ》と、漆黒の空に浮かぶ灰色の雲ぐらいである。

その時だった。背後から声がした。

「伸子」

史郎の声だ。反射的に振り返った。暗がりの中、遠くの方から、ごみを踏みしめて歩いてくる彼の姿が見える。思わず駆け寄ろうとした。だがすんでのところで足を止める。どこか変だ……。服の色が赤く見える。ベージュのシャツを着ていたはずである。史郎はゆっくりと、こっちに近づいてくる。よく目を凝らして見ると、徐々にその異様な姿が見えてきた。史郎の顔は、鮮血にまみれていた。頭部から、だらだらと赤い液体が流れ落ちている。シャツが赤いのも、血に染まっていたからだ。

呆然とした表情のまま、史郎が立ち止まる。一体彼に何があったのだろうか。伸子が声をかけようとしたその時、がさっと何かを踏みしめる物音がした。それと同時に、史郎の背後の暗闇が動く。後ろに誰かいる。ゆっくりと闇の中から、その人物が姿を現した。伸子は我が目を疑った。

だらしなく、ぶくぶくと太った体軀の女。乱れた黒髪は肌にべっとりと張りつき、その隙間から見える、血走った眼がこっちを睨みつけていた。

間違いない。志津子である。殺したはずの史郎の妻。一瞬、地獄の底から甦ったのかと思った。だが、どうやら違うようだ。手には工事用のスコップを持っている。柄や先の金属部分は、べっとりと血にまみれていた。志津子の顔にも、点々と血が飛び散っている。ブラウスも血と泥で汚れ、本来の模様が分からなくなっていた。あのスコップで史郎を殴ったのだろう。幽霊ならば、スコップで人を殴ることはできない。

史郎はまるで、囚われた罪人のように立ちすくんでいた。生ける屍のように、虚ろな目を伸子に向けている。志津子は両手に持ったスコップを、足元のごみの中に突き立てると、伸子に告げた。

「残念でした。幽霊じゃないから」

そう言うと志津子は、これ見よがしに右手を掲げた。彼女の手には、あのワニ革の車のキーケースがぶらぶらと揺れていた。伸子を見据えたまま、志津子の顔が笑顔で歪む。その奇怪な迫力に押され、伸子は一歩後ずさりする。

「だからいつも私は言ってんだよ。この人は詰めが甘いって。本当に殺したければ、ちゃんと止めを刺しておかないとねえ」

車のキーを史郎に渡すと、志津子は血がこびりついたスコップをごみの中から引き抜いた。おぞましい笑みを浮かべながら、ゆっくりと伸子の方に近寄ってくる。

「あの人は、私をここに捨てて、鼠の餌にしようとした。許さないと思ったよ。でも、生憎私はあの人に惚れてるんで……。こう見えてもね。だから、許してあげることにした」

史郎は固まったかのように、身動き一つしない。仲子から一切視線を逸らすことなく、志津子は言う。

「でもね、お前だけは絶対に許さないから」

志津子の眼差しに殺気が宿る。スコップを振り上げると、この世のものとは思えない奇声を上げた。逃げ出そうとする仲子。足を取られ、ごみの中に倒れ込んだ。仲子の頭上めがけて、振り下ろされるスコップ。衝撃とともに頭部に激痛が走る。志津子は再び、空高くスコップを掲げた。

「人の亭主を寝取った挙げ句……」

振り下ろされるスコップ。一瞬視界が白くなり、頭上から生暖かいものが流れてくる。

「ぼこぼこぼこぼこ、鼠みたいに」

力一杯志津子は、仲子の頭上にスコップを叩きつけた。電流のような激痛が、脳内に走る。

「子供なんか、産みやがって」

仲子を殴り続ける志津子。意識が遠くなってきた。思わず、史郎が声を上げる。

「もう、やめてくれ。志津子、お願いだから」

よろよろとした足取りで、志津子の背後に近寄る史郎。彼女の行動を制そうとする。だが、

「うるさいよ」

そう言うと志津子は間髪を容れず、史郎の頭をスコップで殴りかかった。鈍い音がして、史郎の顔が苦痛で歪む。両手で頭を抱え込みながら、その場に伏せた。

「分かったよ。あんたも殺してやるよ」

「やめろ。殺さないで。殺さないで」

命乞いを繰り返す史郎を、志津子は容赦なくスコップで殴り続けた。止めなければ。仲子はそう思い、志津子に飛びかかろうとする。でも、足が動かなかった。足だけではない。腕も頭も、身体が言うことをきかない。朦朧とした意識の中で、仲子はただ二人の様子を見ているしかなかった。

「お願いだ……。許してくれ。殺さないで、頼む……」

突然、志津子の手が止まった。はあはあという大きな吐息とともに揺れる、汗ばんだ女の大きな背中。足元で、史郎は頭を抱え呻いている。しばらくすると、志津子が振り返った。こっちに近寄ってくる。倒れている仲子の前で立ち止まると、スコップを掲げた。また殴られる。そう思ったが、スコップで頭や腹、腕のあたりを何度か小突いてきた。

「あんた……死にたくなければ、この女に止めを刺しな」

史郎はごみの上に伏せたまま、返事しない。

「息を吹き返すとまずいだろ。私みたいに」

その言葉を聞いて、伸子の背筋は冷たくなった。死にたくなかった。もう花苗に会えなくなる。絶対に、死にたくない。

「私ら夫婦のためだよ。最初からこの女はいなかった。そう思えば、なんてことないさ。この夢の島に捨てれば、死体が発見されることはない。そうだろ」

その言葉を聞いて、史郎の呻き声が止まった。よろよろと身体を起き上がらせる。

「この女さえ消えれば、やり直せるんだ。赤ん坊も殺さないよ。引き取ってやってもいい。だからさ」

志津子はスコップを史郎の前に放り投げた。

「この女の首をはねるんだ。さ、早く」

殺されたくない。伸子の全身が総毛立った。スコップを前に躊躇している史郎に、志津子が大声を上げた。

「何をしてるんだ。この女が息を吹き返して、警察に駆け込まれたら、私たちは終わりだよ」

史郎が動き出した。まるで、傀儡師《くぐつし》に操られた人形のようだ。ゆっくり立ち上がると、スコップを手に取った。こっちに向かってくる。伸子は逃げようとしたが、相変わらず手足は反応しない。自分は生きている。その意思を示そうとしたが、唇も思うように動かない。史郎は伸子の目の前で立ち止まると、スコップの先端を伸子の喉元に突きつけた。

こんなことになるとは、思っていなかった。まさか志津子が生きていたなんて。史郎は殺されたくない一心で、彼女の傀儡《かいらい》と化している。絶対に死にたくない。

スコップを突き立てたまま、史郎が躊躇っている。背後から、志津子が叫んだ。

「何をしているんだ。早くやっちまいな」

スコップの金属部分に足をかけた。仲子は死を覚悟する。

「うわあああああああ」

史郎は絶叫を上げた。それと同時に、スコップを放り投げる。間髪を容れず、志津子が叫んだ。

「何やってるんだ。この馬鹿が」

吐き捨てるようにそう言うと、史郎が投げたスコップを拾った。

「じゃあ、私がやるよ。見てな」

志津子がやって来て、仲子の頭上に立つ。スコップの刃先を、仲子の白い喉元に宛《あて》がった。

死にたくない。仲子は心の中でそう叫んだ。このまま花苗に会えないまま、死ぬ訳にいかない。あの子にもしものことがあると考えたら、気が気でならない。一目だけでも会いたい。愛おしい我が子。濁り一つない円らな瞳。柔らかな栗毛。最後に抱きしめたかった。愛おしい娘の香りと温もりを感じたい……。

常軌を逸した志津子の顔。スコップの金属部分に、彼女のブーツの足がかかった。絶対に許さない。この女……。怒りと憎しみが、伸子の全身にみなぎる。最期の力を振り絞って、憤怒のこもった目で彼女を見据えた。

伸子の視線を受け、志津子は一瞬たじろいだ。だがすぐに気を取り直すと、スコップにかけた足に満身の力を込める。伸子の喉元に食い込むスコップ。鮮血が溢れ出す。再び志津子はスコップを力任せに蹴った。三度、四度、五度……。蹴る度に、スコップの刃先は伸子の首筋に深く刺さっていく。一心不乱に、その行為を繰り返す志津子。ごみ山の荒野に鮮血が迸った。

そして何度目か、志津子が力を込めてスコップを蹴ったその時、伸子の白い首が外れ、漆黒の闇に跳ね上がった。

熱い。

燃え尽きてしまいそうだ。

ぶくぶくと泡を噴いている臭い土の中で、伸子は苦悶する。あれからどれぐらいの時間が経ったのだろうか。彼女には分からない。日々、運び込まれる大量の廃棄物や汚物によって、自分の身体は深い地中へと沈んでいった。肉体と分離された頭部は、害虫や微生物の餌となり、もう既に分解されてしまった。でも自分自身は消滅することなく、ごみ処分場の地中に存在している。

熱い。伸子は臭い土の深い奥底で身悶える。ひと思いに、焼き尽くして欲しい。ひどい臭いがする腐った土の中で、このまま消滅してしまえば、どんなに楽だろうか……。

しかし、それは叶わぬ望みだ。自分が成仏できぬことを知っている。決して許す訳にはいかない。自らの不埒な行いが招いたことだとしても。死んでも死にきれない。湧き上がってくる。泡噴く臭い土のように、彼女の内側から激しい憎悪が……。とめどなく膨張している。

あの女に対する怨念。そして、幼き娘への思慕。

光届かぬ地の底で、激しい憎悪に苦悶する伸子。彼女の耳にかすかに届く、鳥の鳴き声と波の音——

若洲公園

都営バスは、終点の新木場駅前に到着した。

降車して、ロータリーで乗り換えバスの停留所を探す。新木場駅前のロータリーは広く、停留所がどこにあるのか、すぐには分からなかった。停留所の案内板があったので、由菜は立ち止まった。

「あ、お母さん。あった、あった。若洲行きのバス。あっちのバス停だよ」

由菜は、後ろにいる母に声をかけた。今日はクリーニング店の定休日である。天気もいいので、サンドイッチでも作って、外でゆっくり食べようと母を連れ出した。

十分ほど待つと、若洲行きのバスが到着する。二人は、バスに乗り込んだ。新木場までは混んでいて座れなかったが、若洲方面行きのバスの車内は割と空いている。後部の二人掛けの座席に母と腰掛けた。手製のサンドイッチが入ったバスケットは膝の上に置く。バスが発車すると、由菜は母に話しかけた。

「こうしてお母さんとバスに乗るの、受験の時以来だね」

「そうだね。あんまり旅行とか行っていないものね」

「お母さん、忙しいから。たまにはいいじゃん」

由菜の言葉を聞いて、母は嬉しそうに微笑んだ。

バスは新木場を出て、湾岸に続く広い道路を走行する。窓の外では、トラックや港湾のトレーラーなどの大型車輌が頻繁に行き交っている、周囲にはマンションなどの住宅はほとんどなく、工場や倉庫が建ち並んでいた。江東区に住んでいる由菜も、あまり来たことがない場所だ。

しばらく走ると、バスは若洲という場所にさしかかった。道路の両側には、延々と緑地が続いている。東側はゴルフ場になっていて、西側が公園のエリアらしい。この一帯はかつてごみ処分場だったという。由菜が生まれる大分前のことだ。バスの車内アナウンスが、もうすぐ「若洲キャンプ場前」に到着することを告げた。

バスを降りるとすぐ、停留所の前が公園の入り口になっていた。入り口の看板には、『江東区立若洲公園』と記されている。由菜と母は、公園の敷地に入って行く。

昭和四十年代から五十年代にかけて、ごみ処分場だった場所である。しばらく空き地だったが、十年前の平成十八年に公園として整地された。由菜が六歳の時だ。敷地の中にはキャンプ場やサイクリングコース、海側には海釣り施設もあるらしい。公園の駐車場には、釣り竿を持った男性やカップルの姿が見える。

駐車場の向こう側に、大きな風車のある芝生の広場はあった。小高い丘になっていて、一面に芝生が植えられている。多目的広場と呼ばれるエリアだ。璃々子によると、遊具がある場所は、あの芝生の広場にあるらしい。

駐車場を通り抜けて、多目的広場に到着した。一面の芝生の広場に、春の息吹が満ち溢れている。

あの写真の公園だ。間違いない。由菜は思わず、芝生の上を駆け上がった。写真を撮ったと思しき場所に立って、遊具の方を見る。同じ空だ。十年前、まだ父が生きていた頃。家族と写真を撮った公園……。なぜか涙が込み上げてきた。後ろから歩いてきた母が、由菜に声をかける。

「そうか。ここはあの写真の場所だったんだね。前にあなたが見つけたあの写真の……」

泣いていることを悟られないよう、由菜は涙をすすり上げた。

「思い出した。お母さん」

「うん……そうか。ここで撮ったんだ……」

母が遠い目をして、広場を見渡した。

「お父さんと車で来たね。この公園ができた時。懐かしいねえ」

芝生の上では、駆け回っている幼い子供や、遊具で子供を遊ばせている家族の姿があった。

母は目を細めて、楽しそうな家族連れの姿を眺めている。

「お母さん、お腹空いた。由菜の作ったサンドイッチ食べよう」

「うん」

由菜が頷き、遊具の先にあるベンチに向かおうとした。その時である。

〈花苗……〉

どこからか声が聞こえた。か細い女性の声だ。思わず由菜は立ち止まった。

「どうした」

「今、お母さんの名前を呼ぶ声が聞こえた」

「え？」

「花苗って」

「また変なこと言って。空耳でしょ。さあ早く、サンドイッチ食べよう」

そう言って小さく微笑むと、母はベンチに向かって歩き出した。


スクランブル交差点の信号が、青に変わる。

一斉に人混みが動き出す。少し遅れて、璃々子も交差点の横断歩道に足を踏み出した。陽は陰りかけている。雑誌社の打ち合わせの帰り道。もうすぐ四月だというのに、吹く風は冷たい。

「それで、結局どうなった。あの写真」

後ろから先輩が声をかけてきた。歩き続けたまま、璃々子は答える。

「江東区の心霊写真ですか。あの記事書くの、やめました」

「どうして。折角撮影した場所まで特定できたのに」

「あの写真、記事にして世に出すことが、あまりよくないことのような気がしたので……。あの公園には、私では対処できないくらいの負の残留思念が蔓延していたんです。だから、そっとしておいた方が」

先輩は大きくため息をついた。

「だから言ってるだろう。呪いや祟りなんかこの世に存在しないって。そんな理由で記事を中止するなんて。一体、僕は何のために君に協力して、江東区の公園を歩き回ったんだ」

「でも由菜さんから感謝のメールが届きましたよ。お母さんとあの公園に行ったんですって。それ以来、異変は起こらなくなったって。写真に写っていた、生首の女の霊は成仏したのかもしれませんね……。だから、あの公園を探し出した意味はあったんです」

交差点を渡り終え、雑踏の中、駅に向かって歩き続けた。先輩はまだ、後ろからぶつぶつ言ってくる。

「最初から異変なんかなかったんだ。幽霊やお化けの類は全て、人間の心が生み出したものなんだ。人はいずれ死ぬ。決してそれに抗うことはできない。だから信じるのだ。いや、信じたいんだ。肉体は滅びても、死後の世界は存在すると」

「先輩には見えないだけです。霊は実在するんです。この東京の街にも、目に見えない無数の存在が漂っています。東京が大都市として成長し続けた陰には、彼らがいるんです。その存在は、東京の負の歴史とともに封印されている……」

「馬鹿馬鹿しい。でもまあ、いいだろう。ろくでもないオカルト記事に協力するよりは、ましだったかもな。それで見つかったのか。江東区で……。君が探していたものは」

「え」

璃々子ははっとして、思わずその場で立ち止まってしまった。

「君は取材にかこつけて、この東京二十三区で何かを探しているんだろう」

先輩は知らないはずだった。彼女がこの東京を巡っている本当の理由を……。璃々子と先輩の身に降りかかっている、ある問題を解決するため、探し求めているものについて……。

彼女は再び歩き出す。動揺を悟られぬよう、後ろを振り向かずに言う。

「いいえ。見つかりませんでしたよ。残念でしたけど」

「そうか」

「あの、先輩。一ついいですか」

「何だ」

「あの……もしかしたら、なんですけど」

「だから、何だ」

「本当は、先輩は全部思い出しているんじゃないでしょうか」

思いきって聞いてみた。

「あの日のことも……全部」

歩きながら彼女は、さらに質問を続ける。

「もし記憶が戻っていたら、教えて欲しいんです。先輩の研究のこと。封印された記録。そして……事件のこと。あの日、一体何が起こったのか」

そこまで言うと、璃々子は言葉を止めた。先輩の答えを待つ。彼女の胸はざわめいていた。今まで、口にできなかったことを、はっきりと聞いてしまったからだ。彼からの答えは、なかなか返って来ない。

思わず足を止めた。振り返って背後を見る。さっきまで後ろを歩いていたはずの先輩は、いつの間にかいなくなっていた。

璃々子の目に映るのは、渋滞している道路と、夕陽に照らされた都会の雑踏だけだった。

品川区の女

品川区

東京南部に位置し、古くから交通交易の要所として栄えた。

東京湾に面した臨海部と、山の手に連なる台地からなり、日本の考古学発祥の地である大森貝塚など、歴史に名を残す史跡が数多く存在している。江戸時代は東海道の宿として賑わい、明治以降は京浜工業地帯発祥の地として発展した。

現在も臨海部や工場跡地などの再開発が進み、交通や産業の拠点として重要な役割を担っている。

南大井

また、あの視線を感じた。

木内修平《きうちしゅうへい》巡査は、勤務日誌を書く手を止めた。さりげなく、後ろを覗き見る。背後のデスクには交番長の緒方《おがた》がいる。四十代の警部補で、浅黒くガタイが大きい、叩き上げの警官を絵に描いたような人物だ。緒方はうちわ片手に、引き継ぎの書類を、熱心にチェックしている。どうやら、視線の主は緒方ではないようだ。

再び作業に戻る。込み上げてくる欠伸《あくび》をかみ殺した。壁に掛けられた時計を見ると、朝の八時を回ろうとしていた。もうかれこれ二十四時間近く勤務している。

交番に配属された警察官は原則として、当番、非番、日勤、休日の四日を繰り返して勤務する。当番は、朝八時半から翌朝八時半までの丸一日の勤務で、間に八時間程度休憩をはさむことになっている。非番は、朝まで働いた後なので勤務はない。翌日は日勤と言って、朝八時半から夕方ぐらいまでとなり、その次が休日となる。このサイクルを繰り返して、三つの班が交代して勤務する。ちなみに交番とは、警察官が「交代」で「番」をするから、交番と言うらしい。以前は、交番は俗称で派出所と呼ばれていたが、平成六年の警察法改正により交番が正式名称となった。

だから、実質的に丸一日働く当番の日が、一番つらい。八時間程度の休憩とあるが、八時間も休めたためしなどない。この交番では、木内が一番後輩なので、先輩からも色々と雑用を押しつけられるからだ。調書などの書類の整理はもちろん、食事の買い出しにコーヒーを淹《い》れたり掃除をしたり、この前は、巡回用の資料の訂正シールを貼る作業を、延々とさせられた。

去年の暮れ、警察学校を卒業した木内は、警視庁大井警察署の地域課に配属。品川区の南端にあるこの交番の勤務を命ぜられた。交番は、国道十五号第一京浜沿いにあり、工場やマンションなどの住宅が建ち並んでいる一帯にある。交通量が激しく、事故が多発するエリアだ。

交番勤務を始めて半年が経った。今のところ、大きな事件現場に出動する機会はやってこない。地域の子供や老人と触れ合ったりすることは、きらいではないが、早く手柄をあげて、大事件の捜査に加わりたいと思っている。木内は学生時代、空手の大会で優勝を争ったこともあり、武道には多少の自信がある。一度は捜査課に配属されて、刑事として事件捜査に携わることが、今の目標なのだ。

再びデスクに向かい、勤務日誌に取りかかる。しかし、気になるのはさっきの視線である。あの視線の主は、一体誰だったのだろうか。ふと正面にある、開いたままのガラス戸に目をやる。

交番の入り口は、常に開けておくように心がけられていた。地域の住民に安心感を与えるためだ。緊急事態が起こっても、誰でもすぐに駆け込んで来ることができる。だがそのため冬場は寒く、夏場は蒸し風呂のように暑い。もうすぐ七月だ。本格的な夏が来ると思うと、気が重くなる。

砂埃をあげて、運送トラックが走り去って行った。開いたままの入り口からは、頻繁に車が走行している第一京浜と、通勤のサラリーマンが行き交う歩道が見える。視線の正体を探して、外の景色に目を凝らす。交番の前を、足早に通り過ぎて行く大勢の通行人たち。特に不審な人物は見当たらない。

やっぱり気のせいだろうか。しかし今日だけではなかった。この奇妙な感覚はずっと前から続いている。絶対に誰かが自分を見ている。そう思い、木内は横断歩道の先や歩道橋の上、さらには路上パーキングの車にも目をやった。

しかし、どこにもあの女性の姿はなかった。

彼女を初めて見たのは、三ヶ月ほど前のことだ。

管轄内の住宅街を自転車でパトロール中、ある一軒のコーポの前を通りかかった築年数が経った、アパートと言った方が相応《ふさわ》しいような建物である。その前の電柱の脇に、彼女は佇んでいた。どちらかというと地味な服を着た、目立たない感じの女性である。普通なら見過ごしてしまうのだろうが、妙に気になった。好みのタイプとかそういうわけではない。それとは逆で、できればあまり近寄りたくない感じだった。

電柱の陰に、じっと立ち尽くしていた。コーポの二階のベランダを注視したまま、微動だにしない。自転車を止めて声をかけようかとも思ったが、職質（職務質問）する理由もなかったので通り過ぎた。

それからしばらくして、また彼女の姿を見かけた。巡回中のことだ。今度は第一京浜沿いに建つ、十階建てのマンションの前である。エントランスの前の歩道の脇に立ち尽くし、屋上を見上げている。彼女の口は、わずかに動いている。何か、ぶつぶつと独り言を呟いているようだ。自転車に乗ったまま、一旦彼女の前を通り過ぎた。警官が目の前を横切っても動かず、彼女の視線は屋上に向けられたままだ。少し走ったところで、気になって自転車を止めた。振り返ると、今度はアスファルトの地面をじっと見ていた。屋上の真下に位置する場所だ。

その時である。だらりと垂れた長い髪が動いた。彼女が視線をこっちに向けてきた。大きく見開かれた目は血走り、青ざめた唇はわずかに震えている。木内は思わず、息を呑んだ。

「どうした」

先を進んでいた、宇佐見巡査長が声をかけてきた。宇佐見巡査長は、三十代前半で木内と同じ班の警察官だ。

「いえ、大丈夫です。何でもありません」

踵を返して、自転車のペダルに足をかけた。去り際にもう一度後ろを見たが、やはり彼女は動かず、石像のように立ったままである。

交番に戻り、昼食をとることになった。スーパーで買ってきた二人分の弁当を電子レンジで温めていると、宇佐見が笑みを浮かべながら話しかけてきた。

「さっきの巡回、俺とでよかったな。緒方さんだったら、絶対に殺されてるぞ」

「何がです」

「勤務中に、ぼーっと女に見とれてただろ」

宇佐見は後輩をからかうのが、三度の飯よりも好物である。彼の言うことは、いつも冗談とも本気ともつかず、うまく返すことができない。

「違いますよ。そんなんじゃないです」

「まあ、木内は若くてイケメンだから、それなりには、女にモテそうだな……。ああいう感じがタイプか。暗い感じの娘」

「ちょっと、声が大きいですよ。緒方さんに聞こえますから」

緒方は奥の休憩室で仮眠を取っている。声を潜めて、木内は弁明する。

「だから、そんなんじゃありませんって。この前も見たんです。彼女が、さっきみたいにじーっと立っているところを。だから、ちょっと気になって」

「俺はさっき駅前で、お前に道を尋ねてきたミニスカートの女の子の方が好みだけどな。ほら、あのショートカットの、胸が大きいな。女子大生かな。それともＯＬか」

レンジのタイマー音がして、宇佐見の言葉を遮った。温まった二人分の弁当を取り出す。

宇佐見は自分が買った分を受け取ると、テーブルに座り、弁当をかっ込み始めた。しばらく無言のまま食べていると、おもむろに口を開いた。

「そう言えば、さっきの女が立っていたマンション。何かあったな」

「え、何があったんです」

「お前がここに来るずっと前だ。二年くらい前かな。確かあの建物で死亡事故があった」

「死亡事故？　殺人事件ですか」

「まさか。自殺だよ。老人が屋上から飛び降りた」

その日の夜、警視庁のデータベースにアクセスして、死亡事故について調べてみた。確かに二年前の冬、あのマンションの屋上から身を投げて、六十七歳の男性が死亡している。飛び降りたのは白昼の十四時過ぎで、数人の通行人が目撃していた。自宅から遺書も見つかり、病気を苦にした自殺であることも判明している。宇佐見が言うように、事件性はないようだ。

さらに調べてみると、最初に彼女を目撃したあのコーポでも、一年ほど前に死亡事故があったことが分かった。死亡したのはコーポに住む三十代の男性である。彼女が注視していた二階の部屋は、男性の遺体が発見された場所だった。遺体は死後数日経過しており、死因は心筋梗塞で外傷はなかった。こちらも、事件性はなく、病死として処理されている。

この事実は一体、何を意味しているのだろうか。あの女性を見かけた場所は二箇所とも、死亡事故が起こった場所である。これは全くの偶然なのか。だが、彼女の眼差しは尋常ではなかった。あの女は、何をしていたんだろうか。一体、彼女の目的は何なんだ。

そして、その頃からなのである。木内が奇妙な視線を感じるようになったのは。遠くから、誰かに見られているような感覚――。交番で実務にあたっている時も、パトロール中も立番《たちばん》の時も、自分に向けられた何者かの視線を感じるようになった。

視線の主は誰なのか？　周囲を見渡してみるが、その正体はつかめない。気のせいかもしれないと思うのだが、やっぱり見られているような気がしてならない。

それに、あの女——。死亡事故が起こった場所に出没する黒髪の女性。目撃したのは二回だけなのだが、彼女が奇妙な視線と関係しているような気がしてならない。もしかしたら、自分を見ているのは彼女なのではないか？　あの時、こちらに向けられた、血走った目が脳裏に焼きついて離れない。だから視線を感じると、どこかにあの女がいるのではないか？　そう思ってしまうのだ。

勤務日誌を書き終えて、一旦交番を出る。ミニパトに乗り込んで、ガソリンスタンドへと向かった。ガソリン満タンの状態で、ミニパトを次の班に渡さなければならない。交代前の警察車輛の給油も、木内の仕事の一つだった。

第一京浜に出て、川崎方面にミニパトをしばらく走らせた。片側三車線の広い国道である。上りも下りも、速度を上げた多くの車が行き交っていた。

木内は長野県出身である。東京に来て、この品川区の交番に配属されて、最初は色々と戸惑った。品川区は不思議な町だ。日本の大動脈といえるＪＲ東海道本線や第一京浜が通り、天王洲や大崎などのビジネス街も発展している。その反面、東海道の品川宿をはじめ、史跡や文化財も多い。言うなれば、現代と過去が混沌と共存している町である。

一番不思議だったのは、ＪＲ品川駅がある場所は、品川区ではないということだ。品川駅があるのは、港区である。これは明治の初め頃、東京に鉄道が敷かれることになった時に、品川一帯は東海道の宿場町、品川宿として発展していたことが原因なのだという。明治政府は用地買収の手間がかかると判断し、品川宿を避けて駅を作ったのだ。実際品川ではなかったが、駅名は『品川駅』とした方が、通りがよかったのだろう。京浜急行の北品川駅は、品川駅より南に位置しているのに、『北品川』という駅名である。それも、品川駅が品川にはないことが要因なのだ。

ちなみに目黒駅も目黒区にはない。目黒駅がある場所は、品川区上大崎である。こちらは鉄道が敷かれる際、目黒区一帯が目黒村という農村地帯だったことが理由らしい。鉄道が通ると農作物が育たないからと、目黒村の村民たちが反対運動を起こし、鉄道を通さなかったのだ。だから今でも、目黒区にはＪＲの駅はない。

第一京浜をしばらく走ると、高速の出入り口と分岐している首都高速の巨大な高架道路が見えてきた。鈴ヶ森の交差点にさしかかると、信号が赤になった。ブレーキを踏んで、ミニパトを停車させる。ふと道路の脇に視線を送ると、あの場所が目に入ってきた。

国道脇の一画に、多くの石碑や墓石が建ち並んでいる空間があった。石碑は大きさも形も色も、バラバラである。激しく車が行き交う道路に囲まれた、小公園ほどの広さの三角地帯に、まるで時代に取り残されたかのようにその場所は存在していた。

鈴ヶ森刑場遺跡である。

江戸時代に処刑場があった場所だ。ここで、磔《はりつけ》や火あぶりなど、数多くの罪人の処刑が行われていたというのだ。現在は東京都の文化財として指定を受け、史跡として保存されている。

この鈴ヶ森一帯は、品川宿の南の外れにあり、東海道の江戸の入り口とも言える場所だった。鈴ヶ森刑場跡も、東海道の旧道に面している。どうして、大勢の人が行き交う街道沿いに処刑場が作られたのだろうか。

夜間のパトロールの時など、この場所を通りかかると、さすがに気味が悪い。そういったことは信じる方ではないが、この場所で大勢の人間が命を落としたかと思うと、できればあまり近寄りたくはない。第一京浜の拡張工事の時も、土の中から人骨や髑髏《しゃれこうべ》が、続々と出てきたらしい。現在もこのあたりの地中には、罪人の骨が埋没していると噂されている。

これは酒席で先輩の警察官から聞いた話だが、五十年以上前、鈴ヶ森刑場跡がある三角地帯の突端のあたりに、交番があった。場所柄、配属をいやがる警察官も多く、幽霊を見たと当番を拒否する者もいて、交代が相次いだという。中には夜勤の時に、入り口から音もなく幽霊が入ってきたと言って、ノイローゼになって警察官の職を辞す人間もいた。さらにこの鈴ヶ森のあたりは事故が多発する地域で、交番に車が突っ込む事故もあり、結局移転したということだ。

信号が青に変わった。木内はアクセルを踏んで、ミニパトを発進させる。その時、ふとまたあの視線を感じた。ハンドルを握ったまま、鈴ヶ森刑場跡の方にちらっと目をやった。あの女がそこにいるのかもしれない。そう思ったからだ。しかし彼女の姿は、刑場跡のどこにもなかった。

大森貝塚

《警視庁より関係各員。品川区南大井五丁目××○○宅において、火災発生の模様。関係各員は直ちに現場に急行されたし》
深夜一時。無線機から指令が鳴り響いた。南大井五丁目と言えば、この交番の管区内だ。休憩室で休んでいた緒方と宇佐見も飛び起きてきた。緒方の指示で、宇佐見と木内が現場に急行することになった。
助手席の宇佐見が車内のスイッチを押す。赤灯とサイレンが鳴り響いた。木内はパトカーのハンドルを握りしめ、緊張していた。

ここ最近、何度か一一〇番通報があって、木内は出動している。人がはねられたとか、暴漢が人を襲っているとか。意気込んで現場に急行するのだが、事故も事件も起こっておらず通報者もいない。イタズラだったのだ。ここ三ヶ月ほどで七、八回は、木内はイタズラ一一〇番の通報で現場に出動した。データによると、一年間の一一〇番通報の総数百七十五万件のうち、三十万件はイタズラだという。警察官だったら、そのような通報にもある程度の覚悟は必要だとは思うが、それにしても多すぎる。

現場に到着する。大通りから一本入った、住宅街の路地の一画。火は木造の一軒家から噴き上げている。既に数台の消防車が来ていて、消火に当たっていた。現場は、舞い上がる火の粉と煙に騒然としており、住民や野次馬が大勢集まっていた。木内ら警察官の主な仕事は、現場の保存と立ち入りの規制である。駆けつけた警察官とともに規制線を張り、関係者以外の立ち入りを禁じ、周囲に不審な人物はいないか監視する。

自分の家に火が燃え移るかもしれないと、近隣の住民たちは騒然としていた。規制線の前に立つ木内に、「突っ立ってないで何とかしろ」と激しくつめ寄ってくる者もいる。何とか住民をなだめようとしていた、その時である――

またあの視線を感じた。誰かが自分をじっと見ている。思わず周囲を見渡した。燃えさかる炎と消防車の赤ランプに照らされた、大勢の野次馬の顔、顔、顔。その中に、あの女がいるかもしれない。野次馬たちの顔をじっと注視した。主婦やＯＬなど、若い女性は何人かいた。しかし、あの黒髪の女性の姿は見つからない。

「木内」

思わず我に返った。宇佐見が駆け足でやって来た。

「ここはもういい。もうすぐ救急車が現場に到着するから、お前は大通りに出て、交通整理に回れ」

「はい。分かりました」

木内はすぐに駆け出した。大通りに向かいながらも、野次馬の方に視線を向ける。電柱の後ろや物陰にも誰か潜んでいないか注意深く見た。だが、あの女を見つけることはできなかった。

三十分ほどで火は消し止められた。近隣の住宅の延焼は何とか防ぐことができたが、出火があった木造家屋は全焼に近い状態だった。出火元の住民夫婦と幼い子供二人は消防隊によって無事救出された。だが同居していた八十三歳の夫の母親は逃げ遅れ、遺体となって見つかっている。出火の原因は今のところ分かっていない。明日から消防と警察が共同で、火災の原因について調査するという。

当番が明けて、警察の寮に戻ってきたのは正午過ぎだった。当番は八時半で交代となるのだが、それで勤務が終わりというわけではない。署に戻り、次の班にバイクやミニパト、交番の鍵などを渡す。その日扱った事案を、それぞれ専門の課に引き継ぐため、書類の作成や整理をしなければならない。今日は昨夜の火災の件で、時間がかかってしまった。その後、ロッカーで制服を脱いで、やっと勤務が終了する。

ベッドに潜り込み、毛布を頭から被った。しかし目がさえて、なかなか眠れなかった。三十時間以上も勤務した後なのに、一向に眠気が訪れてこない。昨夜、初めて現場らしい現場を体験したからなのだろうか？　それにあの女。気になって仕方ない。

一時間ほどベッドの中で目を閉じていたが、眠れなかった。あきらめてベッドから起き上がる。寝巻き代わりのスウェットを脱いで私服に着替えると、寮の部屋を飛び出した。

結局、昨夜の火災現場に来てしまった。周囲は規制線が張られたままで、数人の警察官や消防隊員が出入りしている。出火元の家は、ブルーシートに覆われていた。シートの隙間から見える、木材の焼け焦げた跡が生々しい。

昨日ほどではないが、野次馬も多くいた。通行人や主婦たちが、火事があった家を遠巻きに見ている。木内もその中に交じって、火災現場を眺めた。

出火の原因は、一体何だったのだろうか？　もし放火の可能性があるとしたら、一体犯人は誰なのか？　それに昨夜、ここで感じた視線……。自分をじっと見つめる、誰かの目。もしかしたら、昨日の火災とあの奇妙な視線とは、何か関係しているのだろうか。

でも火災があったこの家と、自分との間には特に大きなつながりはない。地域住民と交番勤務の巡査という関係以上の接点はないはずだ。個人的な関係も、思い当たる節はなかった。

奇妙な視線と、この火災を結びつけるのは強引すぎるのかもしれない。やはり思い過ごしなのだろう。そう考えると、一気に身体中の力が抜けた。部屋に帰って眠ろう。交番長の緒方の言葉を思い出した。非番の日にきちんと睡眠をとることも、警察官にとって大事な責務である。踵を返して数歩歩いた。だが木内は思わず足を止めた。

火災現場の家から少し離れた場所に、緑地になっているスペースがあった。公園というほどの広さはないが、樹木が植えられベンチが数個並んでいる。そこに彼女がいたのだ。緑地の木陰に立ち尽くす女性。見間違いかもしれないと思い、目を凝らしてよく見たが、間違いなくあの女である。長い黒髪。地味な服。木の幹に隠れて、火災があった家をじっと見つめている。

思わず木内も、傍にあった自動販売機の陰に隠れた。彼女の様子を観察する。身動き一つせず、ブルーシートに覆われた建物を、凝視している。やはり彼女は、昨夜の火災と何か関係しているのか？

十五分後、突然女が動き出した。緑地のスペースから、足早に立ち去って行く。不意を衝かれた。思わず後を追う。

住宅街の中の道を、女は進んで行った。尾行がばれぬよう、一定の距離を保って、木内もついてゆく。彼女はどこへ向かっているのだろうか。午後の住宅街の道。人の通行はあまりない。停車している宅配便のトラックに身を隠しながら、彼女の背中を追った。もちろん、尾行するなんて初めてだ。正式な捜査ではないが、気分が高まってくる。

女は右左折を繰り返し、大きな通りに出た。長い上り坂の道だ。道の正面には、ＪＲ東海道本線の高架線路が横切っている。女は坂を上り続けた。線路下のガードをくぐり、さらに進んで行く。線路を過ぎると〝大井〟と町名が変わり、木内の勤務する交番の管轄外のエリアとなる。

長い坂を上ると、信号のある交差点が見えてきた。池上通りとの交差点だ。池上通りとは、東品川から大田区の池上まで続いている都道である。女は交差点を左に曲がると、池上通りを南の方角に向かって歩き出した。

しばらく女は、池上通りをまっすぐ進んで行った。このまま行くと、大田区との区境にさしかかる。大田区に入り、五分ほど歩くとＪＲ大森駅だ。大森駅から電車に乗るのだろうか。

そう思っていると、突然彼女は足を止めた。ちょうど大田区との区境の手前あたりである。女は意外なところに入って行った。

そこは公園だった。入り口の看板には、『品川区立大森貝塚遺跡庭園』と記されている。公園として整地されているが、ここは実際、明治時代に貝塚が発見された場所なのだ。縄文土器が発見され、歴史の教科書にも出てくるあの大森貝塚である。貝塚というのは古代のごみ捨て場で、貝以外にも動物の骨や土器など、貴重な遺物が発見されている。品川区で最も有名な史跡と言っても過言ではない。一体なぜ、彼女はこの公園に入って行ったのだろうか。

入り口の前で一旦立ち止まる。公園の門壁は、縄文土器風の意匠を凝らした造りである。このまますぐ入ると、尾行に気づかれるかもしれない。一呼吸置いて、公園の中に入ることにした。

五分が経過する。様子を窺いながら木内は動き出した。この地域は、自分の管轄ではなかったので、公園内に足を踏み入れるのは初めてだった。公園の中は意外と広々としている。散歩している通行人を装って、緑に囲まれた小径《こみち》を進んで行く。園内は貝塚や縄文土器風のイメージで統一されていて、トイレまで縄文の紋様が描かれている。しばらく歩くと、赤茶けた土壁の回廊に囲まれた広場に着いた。ここが公園の中心なのだろう。園内の看板に記された説明書きによると、広場を取り囲む土の壁は、古代の地層を模したものらしい。広場の片隅には、この大森貝塚を発見した、アメリカ人生物学者のエドワード・モース博士の銅像が設置されている。

彼女がどこにいるのか、周囲を見渡す。ベンチがある一画では、ベビーカー片手に、子連れの主婦が集まり話し込んでいた。女の姿は見当たらない。回廊に囲まれた広場の方にも、大森貝塚について詳しく書かれた案内板の方にも、どこにも彼女の姿はなかった。木内は自分の失態を悟る。入り口で時間を置くべきではなかった。彼女を見失ってしまっては、元も子もない。慌てて公園の裏側の方へと駆け出した。

公園の裏手は、高台になっていて、鬱蒼とした木々に囲まれていた。表側は、さながら貝塚のテーマパークのようだったが、裏側には自然が残され、貝塚があったという雰囲気が感じられる。公園の裏手は東海道の線路に面しており、木々の先にある丘の上から、電車が行き交う風景が望めた。明治十年、アメリカから来日したばかりのモース博士が、東海道本線の列車に乗り車窓の景色を眺めている時、偶然この貝塚を発見したという。

しばらく裏山を探し続けるが、人の気配はほとんどなかった。ベンチで油を売っているサラリーマンが、一人いるだけだ。彼女の姿は見当たらない。もしかしたら、彼女は公園を通過して、別の出入り口から出た可能性もある。木内は焦った。あの女の謎を突きとめる千載一遇のチャンスを、自分はみすみす逃してしまったのかもしれない。だがすぐに、その考えは杞憂であったことを悟る。

裏山の片隅で、座り込んで何かをじっと見ている女性がいた。彼女である。思わず、ほっと胸を撫で下ろした。木の陰に隠れて、女の様子を窺う。彼女がいる場所は、実際に貝塚の地層断面を見ることができる一画である。貝塚の穴の前に座り、土の中を眺めている。背を向けていて、表情はよく分からないが、相変わらず、ぼそぼそと何か言っているようだ。誰かと会話しているようにも見える。周りには誰もいないのに。

声をかけるならば、今が絶好の機会である。もちろん、今は勤務中ではないので、職質をすることはできない。だから一般人のふりをして、話しかけるしかない。会話の中から、彼女の素性を探り出せばいい。一体なぜ、死亡事故があった現場や、火災現場に出没するのか。その手掛かりだけでも何か得ることができたら。そして、奇妙な視線のことも……。

木内の足は、彼女に向かってゆっくりと動き出した。

土を踏みしめながら、近寄っていく。彼女の背中が間近に迫ってくる。すぐ後ろで立ち止まると、一旦呼吸を整えた。そして、意を決して声をかける。

「あの……お好きなんですか。遺跡とか」

彼女は木内の言葉に反応を示さなかった。その視線は、貝や土器の破片などが露出している、貝塚の断層に固定されたままだった。仕方なく、もう一度声をかけようとした時、彼女の口が動いた。

「ナンパですか」

「いや、そういうわけじゃ」

木内は返事に戸惑った。ナンパ目的ではないことは事実だった。しかし、本当のことを言うわけにはいかない。適当な言葉で、誤魔化すことにした。

「僕も、遺跡に興味があるんで」

彼女の顔がゆっくりと動いて、木内の方に向いた。初めて女の顔を間近で見た。年齢は二十代後半といったところか？　腰まで伸びた漆黒の髪に、どことなく陰鬱な眼差し。見ようによっては美人の部類に入るかもしれないが、この距離で見るとより一層、近寄りがたいオーラを醸し出している。こっちを見据えたまま、彼女の口が開いた。

「では、ご存じですか。なぜこの遺跡は、大森貝塚と言うんでしょう」

「それは昔、ここに貝塚があったからですよね。明治の初め頃に……」

「そういうことじゃなくて。ここは品川区の大井です。それなのに、この遺跡は大森貝塚とあります。大森とは、大田区の地名ですよね。ここは大森ではない。ではどうして、この遺跡は大森貝塚と言うのでしょうか」

木内は言葉につまった。確かにそうだ。ここは品川区大井なのに、なぜ大森貝塚なのだろうか。考えたこともなかった。この公園も『品川区立大森貝塚遺跡庭園』とあるが、よく考えると矛盾している。大森は品川区ではなく、大田区の地名である。それに、この場所は大森ではない。

　彼女はゆっくり立ち上がると、まるで尋問するような口調で言った。

「ご存じないんですか」

　どうにか誤魔化そうとしたが、うまく言葉が出てこない。とりあえずここのところは、素直に謝ることにした。

「はい……。すみません」

　木内は頭を下げた。彼女は小さくため息をつくと、視線を外して南の方角を見た。長い黒髪が揺れる。

「大森貝塚は、二つあるのは知っていますか」

「二つ、ですか」

「この先を南に三百メートルほど行ったあたり、ビルと線路の間の一画に、『大森貝墟《おおもりかいきょ》』と記された石碑があります。そこは大田区で、現在は山王という地名なんですが、モースが貝塚を発見した当時は大森村という地名でした」

「では、そこが本当の大森貝塚なんですか」

「話を最後まで聞いて下さい」

「すみません」

「一体なぜ、大森貝塚は二つあるのか。それは大正の終わり、モースが亡くなったことに端を発しているんだそうです。日本の考古学の礎を築いたモースの偉業を称えようと、記念碑を建てることになったんですが、ある問題がありました。大森貝塚の正確な場所が、分からなくなっていたんです。その時は発見から五十年近く経っており、このあたりは大きく様変わりしていました。そこで発掘に携わった研究者たちが、当時の記憶を頼りに、大森貝塚の正確な場所を捜索。可能性のある場所が二箇所出てきたんです。結局、どっちが本当の大森貝塚であるか分かりませんでした。そして、この二つの場所に大森貝塚の記念碑が建てられることになったんです」

「発掘当時の記録には、住所とか残っていなかったんでしょうか」

「ええ。モースの論文には、貝塚の発掘場所は詳しく記されてなかったらしいんです。それに、彼が日本に来た理由は、腕足類《わんそくるい》と呼ばれる二枚貝によく似た生物の研究で、考古学調査ではなかった。大森貝塚の発見はあくまでも偶然だったそうです」

「なるほど」

「品川区と大田区、一体どっちの大森貝塚が本物であるか、戦後も議論は紛糾しました。品川区は、報告書に記された発掘風景の地形などから、こちらが『大森貝塚』であることを主張。大田区も、発掘に従事した研究者の証言や、大森が大田区の地名であることから『本家』であると、決して譲らなかったんです。しかし昭和の終わり頃、その論争に終止符が打たれました。大田区の大森貝塚付近で、ビル建設のための発掘調査がされたのですが、土器や貝殻など、貝塚があったことを示す痕跡は一切出てこなかったそうです。一方品川区のこの大森貝塚からは、遺跡庭園として整備される際、大規模な発掘調査が行われ、縄文土器や骨に貝殻など、多数の遺物が出土しました。さらにはモースが地主に補償金を支払った、発掘当時の文書も見つかり、そこに記されていたのが、この品川区大井の地番だった。以上の事実から、品川区のこの一帯が、本物の『大森貝塚』であると証明されたという訳なんです」

一気に話し終えた彼女の知識に、舌を巻いた。どうして彼女は、こんなにも大森貝塚について、詳しいのだろうか。

「もしかしたら、大森貝塚のことを調べていらっしゃるんですか」

「そういうわけじゃないですけど。あなたも遺跡に興味があるって言いましたよね。ご存じなかったんですか」

「ええ、まあ……興味はあるんですけど、あなたほどでは」

遺跡に興味があるなどと言ってしまい、後悔する。

「ではこれは知っていますか。発見当時、大森貝塚からは、貝殻や土器の他に、人骨が見つかっています。これらの人骨は、猪や鹿の骨と一緒に発見され、獣類の骨と同じように細かく割れていたそうです。さらに人骨には、ひっかき傷や切り込んだ傷が見つかりました。これらの事実は、一体何を意味しているのか、分かりますか」

「人骨ですか？　いえ、分かりませんけど」

「明治十二年、大森貝塚の遺跡が発見されてから二年後、モースが発表した研究書には、大森貝塚には食人風習の痕跡があったと記されています」

「食人風習？」

「人が人を食べていたということです」

「人が人を……ですか」

「ええ。モースは、人骨が獣類の骨と一緒に発見されていることから、それが葬られたのではなく、捨て去られたものではないかと考えました。さらに、獣類の骨と同じように割れていたのは、そこから髄液を取ったり、煮たりする時に土器に入るサイズにするためだったのではないかと推測したんです。人骨には、無数のひっかき傷や切り込んだ痕があり、特に筋肉付近にそれが顕著だったそうです。これは、骨から肉を土器で削ぎ落としていた証拠であると考えました。これらの痕跡が他国の食人風習があった遺跡の出土品と酷似していることから、古代の貝塚では人食が行われていたと、モースは主張したんです」

「日本にそんな風習があったなんて、ちょっと信じられませんね」

「モースの研究は、当時の日本人に衝撃を与えました。もちろん、反発する研究者もいて、モース自身も日本の文献に、食人についての記述が一切ないことに首を傾《かし》げていたようです。さらに、縄文期の貝塚文化を形成していた民族は、今の日本人の直接の祖先ではないのではないかという『日本人の起源』に関する議論にまで発展したということです。現在の研究では、モースの研究だけでは食人があったという証拠としては乏しく、そういった風習はなかったということが定説になっているようですが」

彼女は大森貝塚の食人について語り続けた。一体、この女は何者なのか。思わず木内の口から言葉が出た。

「凄い知識ですね。驚きました。一つお伺いしたいのですが、あなたはここで何をしているんですか。古代の人食い人種とか、そういったことを調べているんでしょうか」

質問を聞くと、彼女は貝塚の剝き出しの地層に視線を落とした。じっと地層を見ている。聞き方が悪かったのか、再び黙り込んでしまった。だが、しばらくすると女の口が小さく動いた。

「その質問には、答えなければならないのでしょうか」

「あ、すみません……あまりにも、色々とお詳しいので」

「では、あなたの質問に答える前に、私も一つ聞いていいですか」

「はい。何でしょうか」

彼女は顔を上げると、木内に視線を向けた。

「どうしてあなたは、私をつけて来るんですか。さっきから、ずっと」

木内は絶句した。尾行はばれていたのだ。感づかれていないと思ったが、甘かった。もう誤魔化せそうにないと思った。

木内は正直に打ち明けることにした。自分は警察官であること。火災現場から尾行してきたこと……。木内の告白を聞くと、彼女は静かに呟いた。

「そう……。あなたは刑事さんだったんですか」

「いえ、刑事ではありません。交番勤務の巡査です。教えて下さい。あなたは何が目的で、あの火災現場にいたんですか。あの場所で、何をしていたんです」

「私は、何か疑われているんでしょうか」

「いえ、私は地域課の巡査ですので、これは正式な捜査でも尋問でもありません。それに今は非番中なんで、職務質問でもない。あくまでも、個人的に知りたいだけなんです。あなたは何が目的で、あの火災現場にいたんですか」

　彼女は黙したまま、質問に答えようとはしなかった。木内は正直に打ち明けた。パトロール中に何度か見かけたこと。その場所は、全て死亡事故があったという事実。だが、彼女の唇は動く気配はなかった。

「あなたはじっと、事故があった現場を見ていた。僕はずっと、それが気になって仕方なかったんです。あなたの目的は、何なんですか。あなたは一体誰なんですか」

　彼女は質問に答えようとはせず、ずっと黙り込んだままである。ふと視線を、丘の先にある景色に向けた。

　陽が陰ってきていた。フェンスの向こうでは東海道本線の列車が行き交っている。ここに貝塚があったということは、縄文時代はこの高台から先は、全部海だったということか。電車が走る風景に、縄文時代の大海原を重ね合わせてみる。今までそんな感覚で、景色を眺めたことはなかった。そのようなことを考えていると、彼女の口が開いた。

「あなたは、警察官なんですよね」

「はい」

「では、この話は知っていますか。この大森貝塚が見つかったことによって、現代の警察における犯罪捜査の方法が、飛躍的に進歩を遂げたことを」

「犯罪捜査の方法ですか」

また彼女が問いかけてきた。こうして質問を重ねることによって、煙に巻こうとしているのかもしれない。でもその問題の答えには、ちょっと興味があった。大森貝塚と犯罪捜査の関係。警察官である木内にとって関係のある事柄ではあるが、皆目見当がつかない。木内が真剣に考えていると、答える間もなく、彼女が正解を告げた。

「答えは指紋です。世界中の警察が、指紋捜査を取り入れることになったきっかけは、この大森貝塚の発見と関係があるんだそうです」

「どういうことですか」

「モースが大森貝塚を発見した明治の初め頃、彼の研究に反感を持つ人物がいました。キリスト教を布教する目的で日本を訪れていた、イギリス人宣教師のヘンリー・フォールズという人物です。モースはダーウィンの進化論の支持者であり、それは神が人類を創造したと唱えるキリスト教徒にとって、受け入れがたい思想でした。フォールズは、モースの大森貝塚の研究書を手に入れて、その中から進化論を否定する証拠を見つけ出そうとしたんです」

「進化論が、どうして指紋捜査とつながるんです」

「フォールズはモースの研究書に記されていた、縄文土器にあった指紋で飾った粘土帯に注目しました。人間が猿から進化したというのであれば、現代の人間は縄文時代から相当の進化を遂げているはずである。土器に残された指紋と、現代人の指紋を比べることによって、進化論を崩せるかもしれない。そう考え、大森貝塚から出土した土器に残された指紋の研究を始めたということなんです。結果、進化論は崩せなかったんですが、人は指ごとに指紋が異なり、終生不変であるという特徴を発見しました。フォールズは、指紋は個人識別において最も有効な方法であると、イギリスの科学誌『ネイチャー』に論文を発表。ここから、指紋捜査は世界中の警察に広まっていったんです」

一気に語り終えると、その女は口を閉ざした。彼女の博識に圧倒され、言葉が出なかった。この女は一体何者なのか、心底知りたくなった。

「勉強になりました。警察官でありながら、この大森貝塚に、そういった由縁があったことを知らなかったことが恥ずかしい。ありがとうございました。本当に考古学がお好きなんですね」

「別に、好きで調べている訳じゃないんで。少し前までは、さほど詳しくありませんでしたから」

「では、今度は僕の質問に答えてもらえませんか。さっき僕があなたに聞いたことです。あなたは一体なぜ、火災現場や死亡事故があった現場に……」

その時だった。夕暮れの長閑《のどか》な公園を切り裂くような、甲高い叫び声が響き渡った。一瞬、彼女と目を見合わせる。女性の悲鳴のようだ。間髪を容れず、再び悲鳴が届く。女性の声は、裏山の奥の草むらから聞こえてきた。慌てて、声の方へと駆け出した。

木々の間を縫って、必死に走った。尋常ではない叫び声だった。一体何があったのだろうか。もし女性が誰かに襲われているのならば、一刻も早く救出しなければならない。

裏山の草むらにたどり着いた。周囲に人の姿はなかった。悲鳴の行方を求めて、草むらの中を探す。しかし、怪しげな人物の姿はおろか、叫び声の主も見当たらなかった。公園の表側に回る。土壁の回廊の広場やベンチがあるエリアも隈なく探した。さっきの主婦たちはもう帰っており、夕暮れの公園に人の気配はほとんどなかった。一体あの悲鳴は何だったのか？　決して幻聴などではなかった。狐につままれた思いで、女と話していた貝塚の一画に戻った。

そこには誰もいなかった。黒髪の女の姿も、忽然と消え失せていた。

鈴ヶ森刑場

トラックが轟音とともに、目の前を通り過ぎた。

速度を上げた車が、何台も行き交う第一京浜。中には交番の前に立っている木内の姿を見て、スピードを落とす車もあるが、ほとんどはお構いなしに、制限速度を無視して飛ばしている。曇天の空を見上げる。相変わらず暑かったが、今日は日差しが強くないだけまだいい。午前十一時、朝のラッシュが終わり、通行人の数はまばらである。

正直、立番は苦手だ。交番の中でのデスクワークよりはいいが、パトロールや巡回連絡など、外を出回った方が性に合っている。警視庁の交番勤務は原則として、『立番』がルールとして定められている。東京以外の警察では、そうではないようだ。確かに他府県に行くと、立番どころか交番に警察官が不在ということも、あまり珍しくない。もともと交番の『番』とは、立番のことを意味しているらしい。交番の原点は立番だということだ。だから東京都の交番では警察官が立ち、地理案内や犯罪の予防のために警戒にあたっている。世界に誇る大都市としての威厳なのだろう。だが、緊張感を持って長時間立ち続けるのは、かなりの忍耐力が強いられる。木内は新米なので、このように立番を命じられる頻度は高い。

目の前の通行人に目をやる。ほとんどは警察官の存在など意識せず、通り過ぎて行く。丁寧に頭を下げる老人もいれば、何かやましいことがあるのか、足早に走り出す者もいる。ここ最近は、目の前を行き交う通行人を、注意深く見るようになった。もしかしたら、この中にあの黒髪の女がいるかもしれない。そう思ってしまうからだ。

大森貝塚で彼女と会ってから、十日ほど経っていた。直接話すことはできたのだが、名前や連絡先を聞き出す前に、逃げられてしまった。あの女は一体誰なのか。目的は何なのか。肝心のことは全く分かっていない。それにしても、彼女の知識には舌を巻いた。考古学とか、そういった分野の研究者なのだろうか。だったらどうして、火災現場や死亡事故があった場所に現れるのだろうか。大森貝塚でも、取り憑かれたように、古代の人食いの話をしていた。ちょっと普通ではなかった。

それに、あの奇妙な視線もまだ続いている。誰かに見られている感覚——。視線の正体は一体誰なのか。視線と黒髪の女の間には、どんな関係があるのだろうか。大森貝塚で自分が警察官であることを明かした時、彼女は気になる言葉を言った。

——あなたは刑事さんだったんですか——

もし視線の主が彼女であれば、木内が交番勤務の巡査であることを知っているはずだ。だが彼女は、警察官と聞いて「刑事さん」と言った。やはり彼女は、奇妙な視線とは関係ないのだろうか。だが、そうとも言いきれない。自分が視線の主と悟られぬよう、とぼけている可能性もある。

油蟬《あぶらぜみ》が一斉に鳴き出した。直射日光が、顔に照りつけてくる。雲の切れ間から陽が差してきていた。暑い。額ににじんでいた汗をハンカチで拭う。やはり、気のせいなのだろうか。奇妙な視線は、ただの思い過ごしで、彼女が事故現場にいたのは偶然だったのではないか。

いずれにしても真相が知りたい。もう一度彼女に会って、話ができるといいのだが……。

それからも、平々凡々とした交番勤務の日々は続いた。

飲食店でのトラブルの処理や迷子探し、外国人観光客の道案内に遺失物の処理。あの火災事故の出火原因もまだ、特定されていないそうだ。イタズラの一一〇番通報もまた何度かあった。もやもやとしたままの勤務が続いていた、そんな時だった。ありふれた日常を一変する事件が起こったのは。

蒸し暑い夜だった。午後十一時過ぎ、品川区の路上で、車に乗っていた男女が暴漢に刺されたという一一〇番通報が入った。通報者は被害者の女性。現場は、首都高速一号線脇の道路。鈴ヶ森刑場跡にほど近い場所だ。

緒方から、現場に同行するように指示された。緊張が走る。刃物を持った暴漢を相手にすることになるかもしれない。防刃《ぼうじん》ベストを手早く着用する。防刃ベストとは、刃物を通さないように特殊な加工が施された、青いチョッキのような防具である。パトカーで行くと、現場までは何度か迂回しなければならなかったので、自転車で駆けつけることになった。

五分ほどで現場に着いた。首都高の高架下にある、片側一車線の道路である。外灯が少なく、周囲は薄暗い。人通りも全くなかった。まだ他の警察車輛は到着していない。歩道の側には、ホームレスの段ボールハウスがちらほら見える。この地域は路上生活者が多いエリアである。大井競馬場が近く、ホームレスが集まりやすいのだ。いくら撤去しても、夏場にはこうして戻って来る。

道路沿いに路上駐車していた車の中から、通報にあった該当車輛を発見した。国産車のセダンで、運転席のドアは開かれたままである。緒方が、車の手前で自転車を止めた。懐中電灯を手に、セダンの方へ向かって行く。木内も自転車を降りて、緒方の後を追った。

湿気を帯びた生暖かい風が吹いている。木内は懐中電灯を向けて、車の周辺を慎重に見渡した。どこかに暴漢が潜んでいるかもしれないからだ。あたりには張りつめた空気が漂っている。

緒方の大きな背中が、ゆっくりとセダンに接近して行った。木内は後方につき、緒方の進行方向に懐中電灯を向ける。助手席側のアスファルトの地面には、広範囲にわたって、点々と血痕が飛び散っていた。緒方は慎重に運転席に向かって行く。開け放たれたドアから、木内は車内を照らす。渇いた喉に唾を流し込んだ。

懐中電灯で照らされた車内。血腥《ちなまぐさ》い臭いが充満している。運転席には、ハンドルを抱え込むように男が俯《うつぶ》していた。グレーのポロシャツと紺のスラックスは、どす黒い血にまみれている。三十代くらいの痩身の男性である。

助手席の方に懐中電灯を向けた。シートには、生白い腕を垂らし、全身が血にまみれた女性の姿があった。髪を短く切りそろえた若い娘。藤色のブラウスは肩から切り裂かれ、短めのスカートから伸びた生足にまで、鮮血が滴り落ちていた。手にはスマートフォンを握りしめている。

早速、緒方が無線で本部に連絡を取り始めた。木内は注意深く、セダンの周囲を見渡す。どこかに逃げ去ったのか、犯人の姿は周辺には見当たらない。運転席側から助手席の方に回り込んだ。アスファルトの地面には、広範囲にわたって血痕が付着している。木内はその場にしゃがみ込んだ。地面の血痕に懐中電灯を向ける。犯人につながる痕跡は残されていないか、目を皿のようにして見た。車体越しに、無線を終えた緒方が叫ぶ。

「気をつけろ。犯人がどこかにいるかもしれん」

「分かりました」

地面を凝視したまま、緒方に返事した。

その時である。木内は硬直する。突然気配を感じたのだ。奇妙な視線。誰かに見られているようなあの感覚――。視線の主を探そうとして、思わず立ち上がった。

それと同時に、何者かが木内の身体に飛びかかってくる。右腰の銃に手をやろうとしたが、既に遅かった。身体を羽交い締めにされ、腕をつかまれた。素肌に張りついた、ぬるっとした感覚。二つの柔らかい弾力が、背中に押しつけられる。

「助けて、お願い、殺される、助けて」

助手席にいた女性だった。車から飛び出して来たのだ。全身血まみれの状態で、木内に抱きついて泣き叫んでいる。

「もう大丈夫ですよ。安心して下さい」

怯えきった顔で木内を見る彼女。安堵の表情が浮かび上がる。木内は血にまみれた彼女の両肩を抱いて、質問を投げかけた。

「あなたを刺したのは女性ですか。それとも男性ですか」

彼女は質問には答えず、目を閉じると、木内の腕の中で崩れ落ちた。

意識を失った女性を抱きかかえたまま、木内はあたりを見渡した。薄暗い夜の道路。周囲には緒方以外誰もいない。あの黒髪の女の姿も……。

そしてあの奇妙な視線の感覚も、いつの間にか途絶えていた。

その後、すぐに救急車が到着した。幸い二人は何とか命を取り留め、通報者の女性と運転席にいた男性は病院に搬送された。凶器の刃物は現場から見つかっていない。犯人は凶器を持ったまま逃走している可能性が高く、現場周辺には緊急配備が敷かれた。

翌朝、被害者の女性の意識は回復したが、男性は意識不明の重体である。女性は品川区にあるIT関連の会社に勤務している藤川奈緒《なお》という二十二歳のOL。出血は多かったが、命に別状はなかった。運転席にいた佐々木圭史《けいし》は、三十四歳の男性で、藤川の職場の上司だった。

藤川奈緒の証言によると、彼女は三ヶ月ほど前に、職場に程近い現場付近のマンションに引っ越してきた。その日は残業で遅くなり、上司である佐々木に車で送ってもらう途中だったという。

現場の道路を走行している時、佐々木が運転する車の前に人が飛び出して来た。慌てて急ブレーキを踏んで、大事には至らなかったのだが、男は怪我をしたと言いがかりをつけてきたのだ。飛び出して来たのはホームレスのような身なりの男。佐々木が話し合おうと車を路肩に停め、運転席のドアを開けた。その途端、男はナイフを取り出し、佐々木の喉元や胸などに何度も突き刺した。

助手席にいた奈緒は、慌てて車を飛び出した。すぐに追いつかれ、男はナイフで切りつけてくる。必死に抵抗すると、男は彼女が身につけていたハンドバッグを奪い逃走。奈緒は瀕死の状態で佐々木の車に戻り、車内にあったセカンドバッグから携帯電話を取り出し、警察に通報した。救助を待っているうちに意識を失ったという。

警察は、藤川奈緒の証言をもとに現場付近を徹底的に捜索。事件現場近くにあったホームレスの段ボールハウスから、奈緒のハンドバッグと大量の血痕が付着した刃渡り十八センチの登山用のナイフを発見。その段ボールハウスで寝泊まりしていた六十四歳の徳山欣二というホームレスの男の身柄を勾留した。徳山は容疑を否認したが、過去に窃盗や傷害など犯罪歴があり、数日前に留置場から出たばかりの札付きの前科者だった。警察は徳山を傷害事件の被疑者として逮捕し、付近一帯の緊急配備は解除された。

寮を出ると、途端に雨脚が強くなってきた。

コンビニに駆け込み、ビニール傘を買った。天気は良くなかったが、暑いよりはまだいい。コンビニを出て、雨の中、国道沿いの道をしばらく歩き続けた。脇道に入って進んで行くと、あの道路にたどり着いた。

事件から二日が経過していた。一日遅れの非番を利用して、木内は事件があった現場を訪れた。雨の中、速度を増した車が何台か通り過ぎて行く。夜とは違い、日中は意外と交通量が多い。

昨日、木内は非番を返上、現場検証に立ち会っていた。現場検証の時は、道路は封鎖されており、車は入れない状態だった。規制線の向こう側には、報道陣と野次馬が集まり、騒然としていた。

一昨日の夜から、事件は通り魔事件としてセンセーショナルに報じられたが、今日になってあまり報道されなくなった。死亡者が出なかったことと、犯人が検挙されたので、ニュースバリューが下がったのだろう。それでも、ブルーシートで覆われた事件現場の周辺には、数人のカメラマンや記者たちの姿があった。スタッフに傘を持たせ撮影しているテレビ局のカメラマンもいる。

木内は少し離れた場所で立ち止まり、周囲を見渡した。もしかしたら、あの黒髪の女がいるかもしれない。そんな気がしたからだ。この前の火災現場にも、彼女は現れた。今回の通り魔事件と関係しているのかどうかは分からないが、また彼女が現れる可能性はある。そう思って、事件現場にやって来た。

昨日とは違い、野次馬や通行人の姿はほとんどなかった。傘を差したサラリーマンや、散歩中の老人がちらほら見えるだけだ。テレビクルーは撮影を終え、機材を撤収し始めた。

しばらくその場に佇んで、事件現場を眺めていた。数台の車が、水しぶきを上げてブルーシートの脇を通り過ぎて行く。結局、彼女の姿はどこにも見当たらなかった。事件現場を離れ、少し歩くことにした。一向に雨はやみそうにはない。傘を差したまま、道路を歩いて行った。

住宅街の中を歩いて行くと、一方通行の道にさしかかった。東海道の旧道である。今は車一台が通れるほどの、舗装された普通の道路だが、江戸時代はこの道が街道だった。現在の道幅も当時とほぼ同じぐらいだという。雨の中、旧東海道を進んで行く。

この前の火災といい、木内が勤務する交番の管轄内で大きな事件が連続して発生している。わずか十日ほどで、新聞に載るような事件が二つも発生することなど、まずないらしい。交番勤務の長い宇佐見巡査長が、そう言って驚嘆していた。木内は常々、大事件の捜査に携わりたいと思っていた。偶然、二つの大きな事件の現場に急行できて、本望ではあったのだが、どうも釈然としない。

火災事故の原因は未だ調査中である。放火の可能性もあるということで、真っ先に通り魔事件の被疑者である徳山が疑われたが、徳山にはアリバイがあった。火災事故当日、彼は別件で逮捕されていて、留置場にいたのだ。よって、火災事故と通り魔事件は、全く別の事件として捜査されることになった。でも木内には、どうしてもそう思えなかった。二つの事件は、関連しているような気がしてならない。

共通点がないわけではなかった。火災事故と通り魔事件、二つの出来事をつなぐのは「奇妙な視線」である。

木内は火災現場でも、通り魔事件の現場でも、誰かから見られているような視線を感じている。もちろん、視線などという主観的なものは、刑事事件の証拠にはならないことは分かっている。でも、その視線の正体を突き止めることができれば、真相にたどり着けるかもしれない。そう思った。

いつの間にか雨脚は弱まっていた。もうほとんど降っていないようだ。立ち止まりビニール傘を畳む。ふと前を見ると、視線の先には巨大な首都高速の分岐がそびえていた。その手前に古ぼけた石碑が並び立つ一画がある。

鈴ヶ森刑場跡の近くまで歩いてきた。旧東海道と、第一京浜が交差する三角地帯にある、江戸時代の処刑場跡だ。高速道路や近代的なマンションに囲まれた一帯に、時代に取り残されたかのように保存されている。自然と足が刑場の方へと向かう。巡回中に通りかかることはあったが、落ち着いてゆっくりと見たことはなかった。

雨上がりの鈴ヶ森刑場跡に足を踏み入れた。異様な雰囲気が漂っている。玉垣に囲まれた敷地の中は、小公園ほどの広さで、限られた空間に所狭しと、石碑や史跡が並べられていた。中でも一際目立つのが、三メートルもある供養塔である。御影石《みかげいし》の表面に刻まれた、〝南無妙法蓮華経〟の文字。供養塔の向こう側には京浜急行の高架線路が見え、列車が通り過ぎて行くのが不思議な光景だ。

史跡の中を進むと、さらに異様な場所を見つけた。刑場跡の片隅にある、地面に埋め込まれた、古ぼけた四角い石の台座。中心に真四角の穴が開いている。後ろにあった看板の説明書きには、台座は『磔台《はりつけだい》』の跡であると記されていた。真四角の穴は罪人を縛りつけるための、角柱を立てる穴らしい。磔にされた罪人は、台座に立てられた角柱に縛られ、槍で突き殺された。この台座は、当時実際に使われていた〝本物〟だという。

磔台の隣には、『火炙台《ひあぶりだい》』の跡もあった。こちらは円形の台座の中心に、丸い穴が開いている。この穴に鉄柱が立てられ、縛りつけられた罪人たちに火がつけられた。こちらも実際に使われていたものらしい。

鈴ヶ森刑場跡の中を、さらに奥に進んで行く。史跡内の説明書きによると、刑場自体は明治四年に廃止され、隣接していた寺に供養塔などの史跡が集められたという。こちらはその寺の境内の敷地であるらしい。実際の刑場はもっと広い場所だったようだ。

雨はやんだが、空はまだどんよりとした雲に覆われていた。刑場跡は、得も言われぬ雰囲気に包まれている。木内は敷地の奥にある、小さな墓石や石碑が集められた一画に入ろうとした。だが、思わず足を止める。

雨露に濡れた墓石の陰に、人の姿が見えたのだ。女である。ぼんやりと佇む女。一瞬幽霊かと思ったが、そうではなかった。

彼女だった。あの黒髪の女……。人違いかもしれないと思って、近寄ってみた。間違いない。大森貝塚で出会ったあの女である。

じっと目を閉じたまま佇んでいる。彼女の視線の先には、石造りの井戸――井戸に蓋はなかったが、人が落ちないように金網で覆われていた。後ろの石柱には、『首洗の井』と刻まれている。〝首洗〟ということは、さらし首を洗った井戸なのだろうか。黒髪の女は身動き一つしない。まるで何かを念じているかのように、井戸の前にじっと立っている。

しばらくすると、女性はゆっくりと目を開けた。彼女の唇が、わずかに動き始めた。独り言を言っているみたいに、何か呟いている。思いきって、声をかけてみることにした。

「あの」

驚いたように、女は木内の方を見た。彼女の目は真っ赤に充血し、唇は震えている。

「あの、すみません」

再び木内が声を出した。それと同時に彼女が逃げ出した。

「ちょっと待って下さい」

木内も走り出す。刑場跡を出て、女は歩道の方に飛び出して行く。すぐに追いついて、彼女の行く手を遮った。

「すみません。ずっと探していたんです。話を聞かせて下さい」

「私に、何の用ですか」

「一昨日の夜、あなたは何をしていましたか」

「どういうことです」

「この鈴ヶ森刑場跡の近くで、通り魔事件がありました。大きく報道されたのであなたも知っていますよね。僕は通報を受けて、事件現場に駆けつけました。その時感じたんです。奇妙な視線を」

「視線？」

「ええ、誰かにじっと見られているような、不思議な感覚です。十日前の火災事故の現場でも感じました。翌日、あなたの姿を見かけたあの火事があった現場です。率直に言います。視線の主はあなたではないですか。僕はこの町で、あなたの姿を見かけるようになってから、ずっと視線を感じているんです」

「あなたは何を言ってるんですか。失礼します」

そう言うと、彼女はその場から立ち去ろうとした。木内が慌てて、それを制止する。

「ちょっと待って下さい。お願いします。答えて下さい。あなたの姿を見かけてから、この町でおかしな事件ばかり起こっている。正直に言って下さい。あなたは誰なんですか。この町で何をしてるんですか」

女は、木内の方に乾いた視線を向けた。そして、こう言った。

「多分、あなたは何か大きな勘違いをしていると思うんですけど」

「どういうことですか」

「少なくとも私は、あなたなんか全然見ていませんよ。通り魔事件の現場には行ったことはありませんし、火災があった日も、あの場所には行ってません。必要ならアリバイも証明できますけど」

「ではなぜ、火災があった次の日、あの現場にいたんですか。それに今日も、通り魔事件があった現場のすぐそばにいる。あなたの目的は、一体なんなんですか」

彼女は再び考え込んだ。木内は答えを待つ。しばらくすると、黒髪の女が口を開いた。

「東京について調べているんです」

「東京について？　ですか」

「はい」

「どういうことです」

「東京は……呪われているから」

「呪われている？」

「歴史の陰に封印された負の力と、現実の事件が関係している。もしかしたら、あの通り魔事件も。それを調べに来たんです。……別に信じてもらわなくていいですけど」

彼女は挑むようにこっちを見た。別に、ふざけている訳ではないようだ。

「ではあなたは、あの通り魔事件はこの鈴ヶ森刑場跡が関係していると？」

「ええ。さっきのあなたの話を聞いて確信しました」

「一体、どういうことです」

女は無言のまま、刑場跡の方に向かって歩き出した。木内も後を追う。歩きながら、彼女が話し始めた。

「この鈴ヶ森刑場は、江戸に幕府が開かれてから五十年ほど経った頃、江戸の入り口とも言える東海道沿いに作られたそうです。人の往来が多い街道沿いに処刑場を設置した理由は〝見せしめ〟でした。大勢の民衆に〝火あぶり〟や〝さらし首〟を見せることで、幕府の権力を誇示したのでしょう」

刑場跡の敷地に、再び彼女は足を踏み入れる。

「鈴ヶ森刑場では、幕府に反抗した者や民衆の注目を集めた罪人が、刑に処されたと言います。その中には後に歌舞伎にもなった、八百屋お七もいました」

「八百屋お七なら知っています。江戸の町に火をつけて、火刑に処された娘ですね」

「そうです」

女性の後について、雨露に濡れた刑場の中を進んで行く。しばらく歩くと、彼女は『火炙台』の台座の前で立ち止まった。

「これは実際に、お七が火あぶりの刑に処されたという火炙台の礎石《そせき》です。鉄柱に縛りつけられ、生きたまま身体中に火をつけられた彼女の悲鳴は、鈴ヶ森一帯に轟いたそうです。火あぶりはさらし首よりも残酷な、最も重い刑罰でした。数多くの罪人が、この鈴ヶ森刑場で命を落としました。明治になり、鈴ヶ森刑場が閉鎖されるまでの二百二十年間で処刑された罪人の数は、十万人とも二十万人とも言われています。さらに、そのうちの四割はえん罪だったと言われています」

「えん罪ですか」

「はい。幕府の権力を維持するためには、事件という事件は全て解決しなければ示しがつかなかったんでしょう。犯人が見つからなければ、立場の弱い人間を罪人に仕立て上げ、刑に処したんです。この鈴ヶ森一帯には、身に覚えのない罪で命を奪われた、夥しい数の怨霊が満ち溢れています」

「鈴ヶ森刑場のことは分かりました。それで、通り魔事件とこの鈴ヶ森刑場とは、どう関係しているんですか」

「呪いは連鎖するということです。それを証明する事件が、この地で起こっています。大正四年、鈴ヶ森刑場が閉鎖されて半世紀ほどが経った頃、刑場跡にあった鬼子母神堂の裏手に、血みどろの若い女性の遺体が見つかりました。遺体は酸鼻極まる状態で、右目や咽喉部は鋭利な刃物で切り裂かれていました。下半身にも刃物が突き立てられた痕跡があり、陰部は損壊した状態だったそうです」

何の衒《てら》いもなく、彼女は陰惨な言葉を口にした。木内はちょっと顔をしかめた。警察官ながら、そういった話はあまり得意ではない。

「遺体の身元は、鈴ヶ森刑場跡にあった砂風呂旅館の娘で、おはるという二十六歳の女性と判明しました」

「砂風呂旅館？」

「明治以降、鈴ヶ森一帯は料亭が建ち並ぶ歓楽街となりました。砂風呂旅館とは、当時流行した売春宿の一種です。警察は遺体の状況から、殺害の動機を怨恨と考え、おはるの愛人の男を逮捕しました。当初、愛人は頑なに犯行を否認していましたが、取り調べが進むにつれ犯行を認め、痴情のもつれから殺害したことを自供したんです。これで、事件は解決したかと思われたんですが……」

「解決したんじゃないんですか」

「愛人が自供した後、おはるを殺したという人物が、もう一人現れました」

「え？　犯人が二人」

「別の強盗殺人事件の容疑者として逮捕された前科六犯の男が、おはる殺害も自分がやったと供述したんです。男は強盗目的で砂風呂旅館に押し入り、おはるを殺害。痴情のもつれで殺人が起こったように偽装するため、陰部などを刃物で突き刺したと自供し、事態は急転しました」

「一体、どっちが犯人だったんです」

「強盗目的で押し入った男は、おはる殺害の際に使用した刃物を所持していたそうです。そのことから、彼がおはるを殺害した事実が判明したんです。最初に逮捕した愛人を取り調べる際、警察は自白を強要するために、執拗な拷問を加えていたことが分かりました。つまり愛人の方は、えん罪だったんです」

「偽装工作まで施したにもかかわらず、なぜ男は犯行を自供したんでしょうか。黙っていれば、他人に罪を着せられたのに」

「男は強盗殺人を繰り返しており、既に死刑を宣告されていたんです。彼はこう証言しています。鈴ヶ森事件の犯人が逮捕され、いずれ死刑になることを知った。私が黙っていて無実の人間が死刑になっては可哀想だ。数えきれないほどの罪を犯してきたが、良心はあると」

「確かに、恐ろしい因縁ですね。多くの無実の人たちが処刑されたというこの鈴ヶ森刑場の跡で、そんなえん罪事件があったなんて」

彼女は、ゆっくりと周囲を見渡した。鈴ヶ森刑場跡は、どんよりとした雲に覆われている。

「呪いや怨念は途絶えることなく連鎖しています。土地に残された恨み。無念の死。女の執念。今起こっている現実の事件は全て、過去の出来事に由来しているんです。一昨日の通り魔事件も、この鈴ヶ森刑場で起こった数々の因縁が関係していることは、間違いないでしょう……では失礼します」

軽く頭を下げると、彼女は踵を返して歩き出した。肩にかけた黒く大きなトートバッグが揺れる。思わず木内は、去って行く彼女の背中に声をかけた。

「あの……すみません」

彼女は立ち止まり、振り返った。

「まだ、何か？」

「最後にもう一つ教えてもらえますか。……あなたは一体誰なんですか」

「私は、原田璃々子。雑誌のフリーライターをしています」

大井町

翌日は、雲一つない快晴だった。

太陽は容赦なく照りつけ、うだるような暑い日。木内は朝から通常の交番勤務に就いていた。だがその昼過ぎのことだ。宇佐見と巡回から戻ると、違う班の警察官が二人、交番にやって来ていた。交代までまだ時間はある。別班の警察官とやりとりしていた緒方が、木内に声をかけた。

「すぐに署に戻るぞ。早く用意しろ」

「え、もう交代ですか」

「捜査課がもう一度、俺たちに話を聞きたいそうだ。昨日の夜、被害者の意識が戻ったが、話が大分違うらしい」

事件発生から四日後、品川区南大井で発生した通り魔事件は、急展開を迎えた。被害者の会社員、佐々木圭史の意識が回復し、警察の事情聴取に応じたのだが、藤川奈緒の証言と大きく違っていたのだ。

佐々木圭史によると、二人は交際しており、事件当日も奈緒のマンションに泊まる予定だったという。彼女を乗せてマンションに向かう途中、突然奈緒が車を停めるように言い出した。路肩に車を停めると、彼女はバッグからナイフを取り出し、思いつめた表情で「一緒に死のう」とナイフを突きつけてきた。佐々木は、不意を衝かれたため、逃げ出すことができなかった。奈緒は、何度もナイフで佐々木の胸や喉元を刺して逃走。佐々木は意識をなくし、その後は覚えていないというのだ。

警察は、藤川奈緒が入院している病室に赴き、事情聴取を行った。当初、奈緒は犯行を否認していたが、佐々木が意識を回復し証言した旨を伝えると、あきらめて自供した。

三ヶ月ほど前から佐々木との交際を苦にしていた奈緒は、彼との関係を終わらせようとしていた。しかし佐々木は奈緒の申し出を頑として受け入れず、上司の立場を利用して彼女との交際を継続させようとした。思いつめた彼女は、佐々木から解放されるためには殺害するしかないと考え、都内の量販店で登山用のナイフを購入。殺害の機会を窺っていたという。

事件当日、佐々木をナイフで刺して車を飛び出た後、奈緒は何者かに襲われたように偽装することを思いついた。自分の肩をナイフで切りつけ、近くにあったホームレスの段ボールハウスに、凶器のナイフと自分のハンドバッグを投げ込んだ。車に戻ると、運転席のドアを開け放ち、助手席に戻って通り魔に襲われたと通報した。

うまく犯行を誤魔化したつもりだったが、佐々木が生きていたことは想定外だった。滅多刺しにして、息の根を止めたはずだった。まさか佐々木が息を吹き返すとは思っていなかったというのだ。

藤川奈緒は、傷害の容疑で逮捕された。だが、あらかじめナイフを購入していたことなど、犯行に計画性があることから、殺人未遂罪での立件も視野に入れて、捜査が進められるという。

奈緒の自供により、既に逮捕されていたホームレス徳山欣二の無実は明らかとなった。拘束されていた徳山は、すぐに釈放された。こうして、犯人にされかかった男性のえん罪は、無事に晴らされたのだ。

電車の発車音が鳴り響いた。

ドアが閉まり、京浜東北線の銀色の電車が走り去って行く。改札を出ると、出勤のサラリーマンやＯＬで混み合っていた。午前七時前、朝のラッシュにはまだ早いが、大井町駅の改札前には多くの通行人の姿があった。人混みをかき分け、駅ビルの中にあるコーヒーショップに向かう。

大井町駅は、ＪＲ京浜東北線やりんかい線、東急大井町線が乗り入れている接続駅である。駅ビルを中心に、大型スーパーや電気量販店のビルなどが建ち並んでいる。品川区の中でも、最も利用者の多い駅と言ってもいいだろう。

駅ビルの二階にある、コーヒーショップに到着する。昼間は混雑して座れないことがあるが、早朝は割と空いている。カウンターでアイスコーヒーを買い、二人掛けの席を見つけて着席する。

十分ほどすると、肩に大きな黒いトートバッグを抱えて、彼女がやって来た。原田璃々子である。あの黒髪の女だ。今日は長い髪を一本に束ねている。

「すみません。お待たせしました」

「いや、僕も今来たばかりですから。こちらこそすみません。急にお呼び立てして。あ、飲み物買ってきますよ。何がいいですか」

璃々子のコーヒーを買うため、木内はカウンターに向かった。

通り魔事件の真犯人が逮捕されて、最初の休日だった。木内は休みを利用して、璃々子と会うことにした。どうしても彼女に、一言謝りたかったからだ。彼女の連絡先は、鈴ヶ森刑場跡で会った時に聞いていた。朝早くなら時間が取れると言うことで、このコーヒーショップで落ち合うこととなったのだ。

コーヒーを買って席に戻ると、すぐに木内は頭を下げた。

「本当に申し訳なかった。あなたを犯人みたいに疑ったりして」

「大丈夫ですよ。全然気にしてませんから」

「ありがとうございます……でも本当に驚きました。鈴ヶ森刑場跡で聞いた時は、半信半疑でしたけど、原田さんの言う通りだったんで。通り魔事件はやっぱり、えん罪でした」

その言葉を聞くと、璃々子は一瞬口をすぼめた。何か不満げな顔である。意外な反応に木内が戸惑っていると、彼女が言った。

「大体のことは、ニュースで知りました。それで、ほかには何か分かったんですか。彼女の余罪とか」

「余罪ですか」

木内は思わず口を閉ざした。しばらく考えていると、彼女がさらに言う。

「アリバイはあったんですか。火災のあった日」

「どうして知っているんですか。藤川……」

そこまで言うと木内は、一旦言葉を遮った。周囲を気にすると、身を乗り出して声を潜めた。

「藤川奈緒が、放火の容疑でも取り調べを受けていることを」

「やっぱりそうだったんですね。大丈夫です。守秘義務ですよね。もちろん誰にも言いませんよ」

そう言うと璃々子は満足そうに、プラスチックカップに入ったコーヒーを一口すすった。

声のトーンを落としたまま、木内は話を続ける。

「藤川は、放火の方はまだ犯行を認めていません。それに、もし彼女が放火犯だとしたら、動機が分かってないんです。火災があった家と彼女との間には、縁もゆかりもなかった」

璃々子は何かを考えながら、また一口コーヒーをすすった。

「動機ならあるんじゃないでしょうか」

「え？」

「木内さんは、私の言ったことを大きく勘違いしていると思うんです」

「どういうことですか」

「私はあの時、通り魔事件は、鈴ヶ森刑場で起こった数々の因縁が関係していると言いました」

「ええ、だから僕も驚いたんです。あなたの言う通りだった。通り魔事件は、おはる事件のようなえん罪事件でした。だから鈴ヶ森刑場の因縁が関係していたんだと」

「やっぱり、木内さんはまだ分かっていませんね。私は数々の因縁が関係してると言いましたが」

「数々の？」

「因縁は一つではない、と言うことです」

「すみません。分かりやすく説明してもらえますか」

彼女は無言のまま、白いプラスチックカップをテーブルの上に置いた。正面の木内をじっと見据えて言った。

「まず、火災と通り魔事件は、一見関係していないように見えて、つながっているということです。彼女が佐々木さんを刺したのも、火をつけた家で焼死者が出て、錯乱していたからだと思うんです。まさか死者が出るほどの大火事になるとは、思ってなかったんじゃないでしょうか。ほんの出来心だったんです。火をつけたのは」

「でも一体どうして、彼女は見ず知らずの家に火をつけようと考えたんでしょうか」

その言葉を聞くと、璃々子はじっと木内を見据えた。

「木内さん……。まだ分かりませんか」

木内は少し考えた。だが全く答えが出てこない。

「……すみません。皆目見当がつきません」

「分かりました……では質問を変えましょう。それでは火災事故と、通り魔事件の共通点は何ですか」

「共通点？　それは……二つの事件とも、藤川奈緒が被疑者だということです」

「ほかにもまだあると思いますけど」

「ほかにもですか……。えーっと？　ああ、そうだ。同じ地域で発生したとか」

「そうです。もう一つあります。共通点が」

「もう一つですか？」

「分かりますか？」

「いえ」

本当に分からなかった。木内はもう一度真剣に考えてみた。だが、解答が浮かび上がってこない。

「では、また質問を変えます。藤川奈緒が、火災事故や通り魔事件があった南大井に引っ越してきたのは、いつ頃ですか」

「確か、三ヶ月前です」

「では、彼女が佐々木さんに別れ話を切り出したのは」

「それも……三ヶ月前？」

その言葉を聞くと、璃々子が大きく身を乗り出した。

「そうなんです。三ヶ月前、彼女は引っ越しした時期と同じ頃、佐々木さんとの交際を終わらせようとしている。私はこう思うんです。つまり三ヶ月前、彼女には佐々木さん以上に好きな人ができた。だから彼と別れようとした。引っ越しも、そのことと大きく関係しています。三ヶ月前、彼女はある男性と運命の出会いをした」

「なるほど」

「それでは、さっきの質問に戻ります。火災事故と通り魔事件の共通点について。分かりましたか」

「いえ」

「ではヒントです。この二つの事件で、通報を受けて最初に現場に駆けつけた警察官は誰ですか」

「え……」

「火災事故と通り魔事件、同じ警察官が現場に急行したんですよね」

その言葉を聞いて、身体中の血の気が一瞬で引いた。

「それが答えだと思うんです」

「それが答えって、どういうことですか」

「藤川奈緒は、その警察官に会いたい一心で、数々の事件を起こしていた……」

思わず息を呑んだ。考えたことすらない推論だった。いくらなんでも荒唐無稽すぎる。そう思った。

「僕だって言うんですか」

璃々子は小さく頷いた。

「ちょっと、待って下さい。僕は藤川奈緒とは全く面識がない」

「だからです。だから事件を起こせば、会えるかもしれない。そう思ったんじゃないでしょうか」

木内は言葉を失った。ということは、藤川奈緒は三ヶ月前、どこかで彼の姿を見かけた。そして、恋に落ちた。木内が勤務する交番の近くに引っ越してきたのも、そのためだった……。

「まだ信じられないようですね。それでは木内さんが、奇妙な視線を感じるようになったのは、いつ頃からですか」

彼女の言葉を聞いて、木内ははっと息を呑んだ。

「……三ヶ月くらい前です」

木内の背筋に、冷たいものが走る。

そう言えば、一一〇番通報のイタズラ電話が続いたのも、三ヶ月ほど前からである。奈緒はストーカーのように木内につきまとい、交番の勤務シフトも把握していたのかもしれない。そして、木内が勤務している時を見計らって、通報していたのだ。

視線の主は、藤川奈緒だった……。

そう考えると全ての辻褄が合う。

彼女は交番で勤務する木内の姿をじっと見ていたのだろう。火事があった時も……。そう言えば、火災現場には若い女性が何人かいた。その中に藤川奈緒がいたのかもしれない。

確かに、彼女の犯行は場当たり的なものだった。火をつけたのも、木内が現場に来るかもしれないという、軽い気持ちからだったと思う。だが、想像以上に被害が大きく焼死者まで出た。事の重大さに気がついた彼女は、精神的に追いつめられてしまった……。

「彼女は、どうしていいか分からなくなったんでしょう。もしかしたら、自殺まで考えていたのかもしれません。でも死ぬ前に一目あなたに会いたかった。あなたに抱きしめられたかった。だから佐々木さんを」

錯乱状態にあった奈緒は、邪魔だった佐々木を殺害しようとした。一向に別れてくれない佐々木をこの世から消し去れば、木内との新しい関係が生まれる。常軌を逸した考えだったが、彼女にとっては一石二鳥の名案だったに違いない。事件現場に駆けつけた時、藤川奈緒は必死で木内に抱きついてきた。あれは、恐怖にかられた事件の被害者を装っている訳ではなかったのだ。今思うと、もっと別の意味があったのだ。それは、恋い焦がれる人に抱きしめられた、恍惚の瞬間……。

「私が大森貝塚で木内さんと話していた時も、悲鳴を上げたのは彼女だったんでしょう。あなたが、誰か見知らぬ女性と話し込んでいるのを見て、嫉妬したんだと思いますよ。もしかしたら、私も危なかったかもしれませんね」

木内は、呆然としていた。璃々子の推論は、全て理にかなっていると思った。ここ最近の自分の身の周りで起きた出来事と、恐ろしいほどに符合している。

「鈴ヶ森で火あぶりに処された、八百屋お七は知っていますよね」

「ええ」

「一体なぜ、彼女は江戸の町に火をつけたのか。それはかつて大火事で家を焼け出された時、避難した寺で庄之介という青年と出会ったからでした。寺を出た後も、お七は庄之介のことが忘れられなかった。もう一度家が燃えれば、また彼がいる寺で暮らすことができるかもしれない。そんな思いで彼女は火をつけたんです。彼女が放火の罪を犯したのは、恋する人に会いたい、その一心からだった……」

「そうか……あなたが言った鈴ヶ森刑場の数々の因縁とは、八百屋お七のことだったんですね」

「そうです。藤川奈緒は鈴ヶ森一帯に漂う、恐ろしい負の力に取りこまれて、事件を起こしたんです。彼女には、夥しい数の亡霊が憑依《ひょうい》していたんでしょう。無実の罪で命を亡くした処刑者たちや、恋に狂って業火に焼かれて死んだ、八百屋お七の怨霊が……」

恋のためなら、犯罪行為も辞さない女。もし被害者の佐々木が命を取り留めていなかったら、藤川奈緒は自分に接近していただろう。もしそうなったら、どんな結末が待ち受けていたのだろうか。

「だから言ったじゃないですか。今現実に起こっている事件の背後には全て、歴史の奥に封印された呪いや怨念が潜んでいると」

「やっぱり、あなたはただのフリーライターではない。どうして、そんなに詳しいんですか。若いのに、東京の過去の歴史や事件に精通している」

「別に、私が詳しいわけではないんです」

「どういうことです」

「全部受け売りです。私の近くには、そういったことをよく知っている人がいて、色々と教えてくれるんです」

「そうだったんですか……僕は結局、あなたのことがまだよく分かっていない。璃々子さん。あなたは僕に東京について調べていると言った。でも、目的はそれだけじゃないような気がしてならない。そろそろ本当のことを言ってくれませんか。あなたはどうして、東京の史跡や死亡事故や事件があった現場を回っているんですか」

その言葉を聞くと、璃々子は押し黙った。そして、カップに残ったコーヒーを飲み干すと、じっと木内を見据えた。

「知りたいですか」

「はい、もちろん」

「あなたが私を初めて見た場所、覚えていますか」

木内は一瞬考えた。記憶の中をたどる。

「確か、×丁目の古いコーポの前でしたよね。あなたは微動だにせず、じっと佇んでいた」

「そのコーポで、死亡事故があったって言ってましたよね」

「ええ、僕が交番に配属される前のことです。三十代の男性で、自室で亡くなり、数日経ってから発見されたという」

「私はその死亡事故について調べているんです。男性はなぜ死んだのか。彼が死んだ日、あのコーポでは何があったのか。その真相について探っていたんです」

「でも、その男性は殺された訳じゃないですよ。検死の結果、死因は心筋梗塞で外傷はなく、事件性はなかったと記録されています」

「いえ、殺されたんですよ」

「え？」

「殺されたんです。この東京に」

「どういうことですか」

「彼は封印を解いてしまったんです。それは、この東京のどこかにある、決して触れてはならないとされていた禁忌《きんき》の封印です」

「じゃあその男性は、封印を解いたから、死亡したと言うんですか」

「そうです。彼は東京の歴史の闇に隠された、ある事象について研究していました。でも彼が東京のどこで、どんな事柄について調べていたのか、私には分かりません。死亡後、彼の研究データや資料は、彼の部屋から一切なくなっていたそうなので」

そう言うと、彼女の眼差しがわずかに揺れた。

「彼が死亡した日、あのコーポで何があったのか。私は考えました。本当に病死だったのか。それとも、禁忌に触れて呪い殺されたのか。もしくは実際に、何らかの方法で誰かに殺害されたのか。私は彼の死の真相を探るために、品川区の一帯を調べていました。その男性の魂は、成仏できずに私の周囲を彷徨っています。彼を成仏させるため、呪いの根源を求めて、古い史跡や火災現場など、死亡事故があった場所を巡っていたんです」

「なるほど……それで見つかったんですか。その男性の命を奪ったという、呪いの根源は」

「いいえ、残念ながらこの品川区では見つかりませんでした。でもこの東京のどこかにあるはずです。私はそれを探し続けなければならないのです」

「その男性は、あなたとはどんな関係にあった人物ですか。もしかして……恋人とか」

「いいえ、全然違います。私の先輩です」


コーヒーショップを出て、木内と別れた。

駅ビルを出て、京浜東北線の改札へと向かう。ちょうど朝のラッシュが始まっており、大井町駅の構内には大勢の通行人が行き交っていた。人混みの中を歩きながら、璃々子は思った。

確かに木内は若く、魅力的な男性である。藤川奈緒が一目惚れしたのも、不思議ではないと思う。だがはっきり言って、璃々子のタイプではなかった。璃々子が、木内の誘いに応じたのは、現役の警察官とつながりを持つことは、損ではないと思ったからだ。それに彼は、先輩が死亡したコーポがある地域の交番に勤務している。色々と情報を得ることができるかもしれない。

とはいえ、もう品川区は調べ尽くした。別の区に、調査の手を広げる必要がある。

京浜東北線の改札を入りホームに着くと、すぐに上り電車がやって来た。電車に飛び乗り、大井町駅を後にする。混雑している車内。満員電車に揺られながら、先輩のことを考えた。

　一体彼は、この東京のどこで、禁忌に触れてしまったのだろうか。先輩の研究は、〝東京の闇〟についての民俗学的な考察だったようだ。だがある日、大学から研究の中止が命じられた。先輩は講師の職を辞して、独自に調査していたらしい。そして、気付かぬうちに禁断の封印を解いてしまい、命を落としたというのだ。

　有楽町駅に到着する。改札を出てしばらく歩くと、日比谷駅にたどり着いた。都営地下鉄三田線の改札に入り、ホームに下りる。

　しばらくすると、地下鉄の車輛が入ってきた。ドアが開き、車輛に乗り込む。下り電車のためか、さっきの京浜東北線ほど混んではいない。車内アナウンスとともにドアが閉まり、電車が動き出した。璃々子は車輛の中ほどまで進んで行くと、つり革を握りしめた。

　先輩の霊が、璃々子の前に現れるようになったのは、彼が死亡してしばらくしてからのことだ。先輩は何の前触れもなく出現し、得意の蘊蓄を述べては消えていく。死亡した時の経緯や、調査していた研究について、彼に直接聞けばいいのだが、それもなかなか難しい。なぜなら、先輩は自分が死んでいることを、知らないからだ。それとなく、死亡している事実をほのめかしたことはあるが、頑として認めようとはしなかった。そうなのだ、先輩は幽霊の存在を信じていないのだ。だからたちが悪い。

先輩に安らかに成仏してもらいたかった。だからこうして、曰くつきの場所を巡っているのだ。先輩の命を奪った、呪いの根源を求めて……。


目映い陽の光が、車内に差し込んできた。

さっきまで地下を走っていた電車は外に出て、高架線路を上って行く。視界に、地上の景色が広がってくる。つり革を握ったまま、璃々子は窓の外を覗き見た。板橋区北部。ありふれた都心郊外の住宅街の風景である。

高島平駅に到着した。

改札を出て、南側の歩道橋に進むと、何棟にも連なる巨大な団地群が見えてきた。

後ろからついて来ていた長身の男性が、璃々子に声をかけた。

「高島平団地。総戸数一万戸以上のマンモス団地として知られている」

眉間に皺を寄せ、険しい表情を浮かべている。璃々子の先輩である。

「深刻な住宅不足が社会問題となっていた昭和四十七年に入居が開始され、都心に近いという立地から入居者が殺到した」

先輩の名前は、島野仁。某私立大学の民俗学の講師だった。

参考文献

『ふるさとは貧民窟（スラム）なりき』（小板橋二郎著）／ちくま文庫
『東京の下層社会』（紀田順一郎著）／ちくま学芸文庫
『日本の特別地域③東京都板橋区』（荒井禎雄・山木陽介編）／マイクロマガジン社
『「春の小川」はなぜ消えたか　渋谷川にみる都市河川の歴史』（田原光泰著）／フィールド・スタディ文庫
『あるく渋谷川入門』（梶山公子著）／中央公論事業出版
『江東の昭和史』／東京都江東区・政策経営部・広報広聴課・広報係
『ゆこうあるこう・こうとう文化財まっぷ』／江東区・地域振興部・文化観光課・文化財係
『日本の特別地域⑧これでいいのか東京都江東区』（岡島慎二・渡月祐哉編）／マイクロマガジン社
『学問の歩きオロジー・大森貝塚とモース(1)品川・大森』（水谷仁著）／『Newton』

２００７年６月号
『東京都史跡　鈴ヶ森刑場跡』／鈴森山大経寺
『封印された東京の謎』（小川裕夫著）／彩図社
『東京ゴーストスポット』（内藤孝宏著）／ＷＡＶＥ出版
『古地図でめぐる　今昔東京さんぽガイド』（荻窪圭著）／玄光社

解　説

千街晶之

　世界中の大都市の多くがそうであるように、日本の首都にして最大の都市である東京の歴史も、スクラップ・アンド・ビルドの繰り返しから成っている。地方の城下町にすぎなかった江戸を徳川家康が大改造したのに始まり、明暦の大火とその後の再建事業、上野戦争、明治維新に伴う江戸から東京への変貌、関東大震災後の帝都再興、東京大空襲と戦後の復興、一九六四年の東京オリンピックに向けての大開発……と、さまざまな出来事を区切りとして東京は不死鳥さながらに生まれ変わってきた。それは、古い歴史の遺産が新たな歴史で上書きされ、消されてゆく過程でもあったけれども。

　しかし、土地の記憶とはたやすく失われるものであると同時に、意外にしぶとく生き残るものでもある。東京を見ても、二十三区それぞれに埋もれた過去を物語る伝承が存在しており、それらは往々にして怪談のかたちを取る。怪談とは、禁忌をかいくぐって真実を後世に伝える役目をも果たすものだからだ。

そんな東京の伝承に関心のある人にお薦めしたいのが、長江俊和の短篇集『東京二十三区女』（二〇一六年九月、幻冬舎から書き下ろしで刊行）だ。タイトル通り、東京の区それぞれの歴史や伝承に因《ちな》んだ物語で構成された、ユニークな発想の連作ホラー短篇集である。著者は、フェイク・ドキュメンタリー番組の新機軸として名高い「放送禁止」シリーズ（二〇〇三年〜）の企画・脚本・演出を担当しており、ベストセラーとなった『出版禁止』（二〇一四年）をはじめ、『掲載禁止』（二〇一五年）、『出版禁止　死刑囚の歌』（二〇一八年）などのノンフィクションめかした体裁のミステリ小説も執筆している。

本書の五つのエピソードに共通して登場する人物は、フリーライターの原田璃々子である。彼女は東京二十三区に関するルポルタージュ企画を作り雑誌社に売り込みたいという名目のもと、実は別の目的のために東京各所を訪れる。そんな彼女に頼まれもしないのについてくるのが、私大の民俗学の講師だった先輩・島野仁だ。霊感が強い璃々子に対し、島野は頑固な超常現象否定論者だが、東京の過去に関する蘊蓄《うんちく》を披露してくれるという意味では頼もしい存在でもある。本書は、このコンビを狂言回しとして進行する。

歴史の大波から生じて消える無数の細かな泡さながら、多くの人間の生と死が繰り広げられてきた東京は、当然ながら土地に密接した怪談の宝庫である。東京各地の怪異現場を巡礼したルポルタージュや怪談実話の試みとしては、荒俣宏『異都発掘【新東京物語】』（一九八七年）、小池壮彦『東京近郊怪奇スポット』（一九九六年）、内藤孝宏『東京ゴーストスポット』（一九九六年）、加門七海『江戸・TOKYO　陰陽百景』（二〇〇三年。文庫版は『うわさの神仏　其ノ三　江戸TOKYO陰陽百景』と改題）などが思い浮かぶし、最近では吉田悠軌『怪談現場東京23区』（二〇一六年）が好著と言える。怪談にテーマを絞った本ではないけれども、建築史家・鈴木博之の『東京の地霊《ゲニウス・ロキ》』（一九九〇年）も忘れてはならないだろう。『東京二十三区女』がユニークなのは、そういったルポルタージュや怪談実話に見られる実地見聞的な綿密な考証と、フィクションとしての怪談の面白さを両立させている点である。のみならず、時制のトリックなどを駆使したミステリ的な仕掛けが随所に施されているのも特色と言える。

最初の「板橋区の女」では、かつて自殺が相次いだ高島平団地を冒頭で紹介しつつ、璃々子が探し求めている場所はここではないと早々に否定する。彼女と島野が次に向かった先は、縁切りの絵馬が今でも奉納されている「縁切榎」だった。一方で、この物語には薫という女性が登場する。五歳の時に恐ろしい光景を目撃した彼女は、成人してある医師と結婚したが、そのうち夫の様子がおかしいことに気づく。

璃々子と島野のパートと薫のパートがパラレルに配置され、やがて浮かび上がってくるのは、江戸の出入り口としての繁栄から一転して明治維新後は貧民地帯となり、昭和初期にはおぞましい大量殺人事件も起きた板橋区の負の歴史と結びついたある悲劇だ。土地の因縁が時を超えて後の世に影響を及ぼし、事件を引き起こす……という発想は、本書を通してのフォーマットとなっている。薫の夫が絵馬に記したメッセージがシンプルながらも暗号になっているあたりは、いかにも『出版禁止』の著者らしい（解読できなかった方のためにヒントをお教えすると、最終行の最後のひらがな三文字が解読の鍵である）。

「渋谷区の女」では、璃々子は何者かに導かれるように渋谷区内を歩きはじめる。彼女は自覚していなかったが、島野によると、そのルートはかつて渋谷に存在した川が暗渠《あんきょ》と化した痕跡なのだという。一方、十年ほど前に母が行方不明になった工藤肇のもとに、「貴殿の母が会いたがっている」という謎のメールが届く。肇は引き寄せられるように暗渠へと足を踏み入れてゆく……。賑やかな繁華街である渋谷と、一九六四年の東京オリンピックにより葬り去られたもうひとつの渋谷。現在と過去、地上と地下、明と暗がコントラストを成す奇怪な物語である。

ここまでの二篇が、事件関係者のパートと、璃々子と島野のパートが並行して進む構成だったのに対し、「港区の女」は終盤近くまで璃々子と島野は登場せず、六本木ヒルズに住むIT企業社長・乾航平の奇妙な体験をメインとしている。彼は会社からタクシーで帰宅しようとするが、運転手は航平が乗車する際、女性と小さな男の子が彼の後ろにいたと告げる。しかも、運転手は不気味な怪談を語り続け、タクシーは一向に目的地に辿りつく様子がない……。

島野の出番が少ないぶん、運転手が港区に関する蘊蓄を披露する役割となるのだが、彼ののらりくらりとした語りが不気味さを醸し出す。タクシー怪談の定型を捻《ひね》りつつ、ラストで読者の背筋を寒くさせるトリッキーな構成に切れ味が感じられる。

「江東区の女」では、璃々子のもとに女子高生の益子由菜から、一枚の心霊写真に関する相談が舞い込む。幼い頃の由菜と母親が被写体の写真に、女の生首が写り込んでいたのだ。璃々子は島野とともに、写真が撮られた公園を見つけるべくあちこちを訪ね歩く。

江東区は江戸時代から海の埋め立てによって拡張されてきた歴史を持ち、区の面積の三分の二以上は、明治以降に埋め立てられた土地である。昭和の高度経済成長期には、大量のごみが投棄され、他の区とのあいだにごみをめぐるトラブルさえ起きた――というのは、今となっては多くの都民が忘れ去っている事実だろう。昭和期の東京の発展において、その影で覆い隠された最大の暗部にスポットライトを当ててみせた一篇であり、本書の中で最もグロテスクで凄惨な物語となっている。

最後の「品川区の女」は、交番勤務の巡査・木内修平が主人公だ。彼は勤務中、何者かの視線を感じるようになっていた。また、死亡事故現場で立て続けにひとりの女を目撃する。ある日、火災現場で彼女の姿に気づいた木内は、その後を追い、大森貝塚で思い切って話しかけてみたが……。

　このエピソードでは大森貝塚のほか、江戸時代に多くの罪人が処刑された鈴ヶ森刑場遺跡が言及される。余談だが、私がまだ大学生だった一九九〇年代初頭、サークルの仲間たちと東京各地のオカルトスポットめぐりに出かけた体験がある。その際、同行者のうち二人が、鈴ヶ森刑場遺跡にあった「首洗いの井戸」でふざけて首のあたりを洗う仕草をしたところ、間もなくこの二人だけが首の痛みを訴えだした……ということがあった。偶然かも知れないとはいえ、オカルトスポット侮るべからずというのはその時痛感したことである。それはともかく、「品川区の女」は、視点人物が警察官であることに大きな必然性を持たせた優れたミステリとなっている。ミステリの世界では、犯罪の特殊な動機のあるパターンを説明する際、××××という歴史上実在の人物を引き合いに出す場合があるのだが、「品川区の女」は、その動機をなんと実在の××××の因縁によって説明し、舞台を品川区とすることでそれを成立させる……という、ご当地怪談ミステリならではの前代未聞の趣向を成就させているのだ。ミステリ好きほど感嘆させられる一篇ではないだろうか。

　さて、連作を通しての秘密はこの「品川区の女」で明かされるものの、説明されていない謎も残されているし、『東京二十三区女』と銘打ちながら本書では五つの区しか取り上げられていない。実は、著者が世界のさまざまな禁忌や、今まで手掛けた映像・小説について語った『検索禁止』（二〇一七年）では本書について、「物語はあと十八区分、残されている。『東京二十三区女』はまだ、始まったばかりだ。これから十八の区を巡り、十八のストーリーを作り出そうと思っている」と述べられているのだ。妖怪博士と称された井上円了の作った哲学堂公園がある中野区、辻斬り犠牲者の慰霊碑である四面塔や巣鴨プリズン跡地に建ったサンシャイン60といった怪奇名所がある豊島区、都内最強のオカルトスポットとして名高い平将門の首塚を擁する千代田区等々、大物クラスの怪奇伝承が存在する区はまだまだ残っているので、ネタは尽きそうもない。

　折しも、一九六四年に続く二度目の東京オリンピックが、間もなく二〇二〇年に開催されようとしている。それに向けた再開発の中、またしても古い東京は新しい東京によって塗り替えられるだろうが、そうなればなるほど逆に、封印された過去は怪談となって噴出するに違いない。そんな時代だからこそ、本書の続篇を楽しみにしたいのである。

——ミステリ評論家

この作品は二〇一六年九月小社より刊行されたものです。

東京《とうきょう》二十三《にじゅうさん》区《く》女《おんな》

長江《ながえ》俊和《としかず》

平成30年10月10日　初版発行

発行人――石原正康
編集人――袖山満一子
発行所――株式会社幻冬舎
〒151-0051東京都渋谷区千駄ヶ谷4-9-7
電話　03(5411)6222(営業)
　　　03(5411)6211(編集)
　　振替00120-8-767643
印刷・製本―株式会社　光邦
装丁者――高橋雅之

幻冬舎文庫

ISBN978-4-344-42794-5　C0193　　な-45-1

幻冬舎ホームページアドレス　http://www.gentosha.co.jp/
この本に関するご意見・ご感想をメールでお寄せいただく場合は、
comment@gentosha.co.jpまで。